Magic Love

性盲症患者的爱情

张天翼 著

中信出版集团 · 北京

目录

等待戈黛娃夫人

　　这个摄影作品展不用看介绍，在门口扫一眼就能提炼出主题：展墙上每幅一人高的照片里都有一具女性裸体，她们立在游泳池边和美术馆等地方，亮出胸前一道或几道刀痕。有些刀痕彻底替代了情理之中的丘陵；有些像风扫过沙地，留下破碎后再愈合的肌理痕迹；有些像刚把蛋糕上樱桃吞下去的嘴巴，紧紧闭合成一道锈红色缝隙，边缘不太自然地皱缩着。只有最靠门一张照片里的女性是完整的，她的姿势模仿英国画家约翰·柯里尔的名作《戈黛娃夫人》，赤身骑在马上，长发披在肩头和背上，马是死马，没有血肉，由铁丝把马骨架组合起来。

　　底下小牌子上白底黑字印出照片的名字：戈黛娃夫人与玛拿西。你们一定猜出来了，她是展览的中心，女主角。

　　三年前的某一天，天气晴朗得令人惊叹，她走进我的摄影工作室，是当天第一位顾客。助手事先敲门进来，看我是否准备好——我住在工作室最靠里的小屋，"准备好"的意思是穿衣洗漱——我从他的挤眉弄眼里猜到，她是那种得有超好运气才能见到的女人。不过等她进来，我还是吓了一跳。

　　摄影师们喜欢的人体跟一般人不同，就像画家们中意的缪斯，普通人未见得认为美，比如：鲁本斯爱画的姑娘粗腰肥腚，胸口像吊着两个壶铃，腰间肉棱层叠；雷诺阿的浴女的身体沉得要胀破画布……而我喜欢鲜明的面孔和身体，那需要相当清醒、协调、有自我意识的轮廓线。

我什么都拍过：南乔治亚岛的企鹅交配、科罗拉多州的白头鹰迁徙、巴勒斯坦教派冲突、俾格米人狩猎祭祀，甚至还给餐馆（那种等位区也设置意大利沙发和香槟的高档馆子）拍摄菜单。在这个行当里干到第十年，我的一幅照片得了大奖，主题是津巴布韦一位弥留的产妇与她怀中的死婴（拍下照片之后的次日，我在她俩的葬礼上跪地痛哭，弄丢了隐形眼镜），这笔奖金足够我回到城市里定居下来，开一间工作室。我决定下半辈子只拍人。

三年前，那位女士就带着世界上最美的轮廓，推门进来，站在我面前，而我忽然张口结舌。她戴着宽檐帽，身着厚呢长裙、披肩、薄围巾，对初秋温度来说这一身厚得稍有点过。但她的身体曲线难以遮掩地跳出来，从威廉·莫里斯的蛇头贝母纹样上衣里跳出来，跳进空气里，跳进我眼眶里。

她对我说了一句甜美的废话："您好，我是来拍照的。"

我说："感谢您选择我。"

这是我惯用的开场白，但从未说得那么真心实意。接着，我先抚了一把头顶不存在的乱发，又把沙发上的画册和杂志扫到一旁。她转头四下打量，同时缓缓解除各种织物的束缚，挂在门后衣架上。助手推门送进来两杯咖啡，再次朝我挑了一下眉毛。

她有着光滑的淡褐色皮肤，肉桂色头发在脑后挽起一个拳头大的发髻，长裙随着顾长下肢的动作荡起波纹。她走到墙边，打量着墙上几十个木框里镶嵌的裸体照片。我问："是不是您的朋友向您推荐了我？她在这面墙上吗？"

她背对着我摇头，说："不，没人推荐，是我自己找来的。"顿一顿又说："您的作品很美妙。"

我说："谢谢夸奖。"当然，这是客套话，人们都会说客套话拖延些时间，对着待会儿就要看到自己裸体的陌生人，毕竟会不自在。

她回过头，像个女巫一样说："这不是客套话，我相信您的顾客在这里得到了毕生最美、最自我的瞬间。"

我再次张口结舌。

她微微一笑。我的惊讶令她颇为得意，气氛开始松软下来。她的外套脱掉了，里面的毛衫是琥珀色，很配她瞳仁的颜色。

我说："拍照之前，咱们先聊聊天好吗？这是我的工作习惯。"

她望着我点点头，把窄长的珍珠灰围巾一点点往下拉，每一寸布料都依次缓缓擦过脖颈和锁骨处的皮肤，犹如蛇从夏娃身上滑下来的样子。如果她现在递给我一个苹果，无论吃完会被赶出伊甸园还是倒地死去，我都会毫不犹豫地一口咬下。

最后，围巾盘踞在她手掌里，她在距离最近的单人沙发里坐下，双腿伸直，脚腕叠在一起。"好了，您请说吧。要问我的喜好吗，我最爱的颜色和音乐，读过最多遍的小说？"

聊天是为了速成一种亲密的类似友人的关系。我得让她们把我暂时当成"自己人"。语言像海水包围牡蛎，让她们的软体从躯壳里露出来。

人们在被拍摄那一刻，总会想要发生变化，从而变得不像自己。有些人想突显骄傲的部分：耳朵、手、特定角度的侧脸、细长的胫骨。更多人则想藏匿，藏起不整齐的牙齿、收紧时挤压变粗的手臂、用头发遮掩车祸后做过手术的下颌骨。

对着相机镜头，有人像坐在首次见面的网友面前，有人却像面对即将宣布面试结果的人力资源部门负责人。

人们想要讨好镜头，讨好在镜头后面、日后将细细研究他们的无数眼睛，眼睛来自未来的金主、丈夫、公司领导、社交网站上的网友……他们掏心掏肺地笑着，这通常会让摄影师误以为被讨好的是自己——我知道有些同行就迷恋那种感觉。把眼睛放在镜头之后，你一定要爱上拍摄对象。镜头应是最怜惜她们的一双眼，这样才能发现最容易忽略的美感。观者看照片时会暂时钻进摄影师身体里，用摄影师的眼睛看，然后感同身受。人们看战地记者镜头里燃烧的天空下号哭的孩子，会觉得惊惧。惊惧是另一种爱，没有爱，就没有惧。

我们聊了半个小时。平时我会先从畅销小说和流行歌手切入，谈到颁奖季最热的动画片、电影演员，再转到那位演员与面前人相似的地方，赞美她们的优点，最后委婉地探问她们对自己身体部位的观感。

但这位肉桂色头发的女巫，她跟世上任何一个女体都如此不同。毛衣柔顺地贴在她身体上，像另一层皮肤。锁骨之下，胸口隆起柔美的线条，仿佛那儿不断有透明的风滑行下去。我时不时走神，双手在裤子上松开又攥紧，总想去摸一支笔，把她头颅、颈肩和胸脯的线条描一遍。

她流畅地说：

白色。

罗伯特·海因莱因，《星船伞兵》。您更喜欢阿瑟·克拉克吗？

一切跟芝士有关的食物，比如芝士啤酒、芝士火锅、芝士烤肋眼牛排。

酒？刚才不是说了吗？芝士酒。

勃拉姆斯，听得最多的是《四首最严肃的歌》。

希腊克里特岛，如果能选下葬的地方，我会选那儿。

非要选一处最喜欢的部位？胸脯。

不喜欢的部位？没有。

潜水、骑马、打篮球。我上大学时得过学院篮球赛的MVP（最有价值球员奖）。

"滴血的心"。是的，那是一种花的名字，罂粟科，有红色花，也有白色花，开花时一整串垂在枝上。哦不，我并不紧张。如果需要，我甚至可以在人来人往的广场上脱掉衣服。您还有什么想问的吗？

说话期间，她把咖啡一口一口喝完，把杯子搁回托盘里，杯底跟盘里的圆形凹槽对准。我说："没有了。您对照片有没有什么具体想法或要求？"

她在沙发里动一动，伸伸腰，浑身线条跟着摇晃、扑闪。"我想不出要什么背景，其实我只需要一张全裸照片，摆什么姿势您来建议吧。"

我指着墙上一些照片请她选择，其中大部分是黑白片，以各种材质图案的布料做背景——巨幅世界地图、九大行星图，还有一些人站在各种鸟类标本（我的收藏）中央，一些女人坐在花丛里（几条街之外的公园有个培育鲜花的温室，管理员是我的老朋友，我可以带顾客到他的花丛里去拍照）。

她对每种选择都皱皱眉。我忽然想起地下室里有一件朋友做的装置艺术品，遂打内线电话给助手，让他把"玛拿西"推到工作间。

她问："玛拿西是谁？"

我说："玛拿西是一匹马的名字。"

她歪一下头，眼睛一闪。

当然不是活马，是死马——马的骨架。我有个雕塑家朋友非常喜欢马，有几年他热衷收集马匹的尸体。那些在马术竞技和赛马场上严重摔伤，只能安乐死的马，他会赶快把马尸弄回来，经过处理，剥离皮肉只剩骨头，然后用铁丝、螺栓、工业胶等东西把骨头再组装成马，让它们继续做出吃草、奔驰等姿态……

我一边讲一边带她上楼，最后推开工作间的门，里面正回荡着勃拉姆斯C大调第一号钢琴奏鸣曲。她向空中看一眼，就像能看见一条音符跳动的五线谱飘过去一样，转头朝我微笑致谢。

助手已经把玛拿西推到了灰色背景布前面，它扭转脖子回望，一只前蹄抬起，像是听到人的脚步声，立即要逃走。她绕着玛拿西慢慢走了一圈，叹一口气："它真美，真怕一骑上去它就要驮着我跑掉。"

我说："不用怕，地下室里还有它的马驹，它不会跑的。"

"真的?!"

"不，假的。玛拿西是匹赛马，两岁就做了阉割手术，无论生死它都不会有家室。"

我指一指角落里挂起的幕布："女士，您可以到那里更衣。"

她进去之后，助手进来递给我一块红毡子，又离去。我踩着梯子上去把红毡盖在马背上。勃拉姆斯埋没了脱衣服可能会发出的嘶嘶声。我抚摸马儿的骷髅头，想象衣料掉落时，云层让位、现出太阳般的情景。

更衣室的门打开，她从幕布后面走出来。

她裸体的样子跟穿衣服时不太相同。衣服是人为增加的伪装，其实她并不太瘦，不是社交网络上人们追逐的纤细体形，但皮下脂肪刚好保持在恰当含量。清瘦的女人具有植物之美，而微胖的女人所有的则是建筑之美。她整个身体犹如一根大理石的希腊科林斯柱，柱头上肉桂色长发披散下来，像莨苕植物卷须。那一对乳房耸起如宫殿，如墙上探出的露台。既不过分鼓胀，也绝无一分枯槁，上面斜坡的一条线简洁险峻地绷直，下面是碗肚似的弧度，几乎没有乳晕，两颗覆盆子似的乳头，圆润得像随时要滚落下来。

我从未，从未，从未，从未，从未，从未，从未见过更美的乳房，和胴体。

她向我走来，双臂轻轻摇晃，脚掌触地无声，修长的肌肉在皮肤下波动，耻骨和腹股沟的区域出现一些迷人的凹陷，又随着步伐消失。她对我无法自抑的凝视报以宽容一笑。假使奥赛美术馆里的雕塑会笑，大概就会是这样。我也微微一笑，达成了一种雕塑与观赏者的谅解。随后，我朝玛拿西摊平一只手掌，示意她可以上去了。

她登上短梯，一条腿跨过去，骑坐在红毡上，逐个欠起两边臀部，调整坐姿。我把相机留在三脚架上，也走过去踏上梯子，停在倒数第二阶上，用手撩起她的头发，再撒下去，让那些触须的细丝在肩头和后背上营造出图案。

我竭力保持让动作配得上她的柔和，她头发里尽是塞壬的旋涡，响着无声的致命歌。她没有洒香水，伴随手指搅动，丰饶的发丛深处散发出头皮油脂和洗发水混合的气味，啊，那也许是古柯碱或是鸦片的香气？她的鼻翼薄而敏感，两个微小的拱形洞口支撑在一左一右。我近距离看她的双眼，一些精致的褶皱把眼珠围绕在中心，她也冷静地、毫无意图地回看我，我仿佛面对一个无尽的宝藏，那双眼睛则是宝库大门上镶嵌的钻石。

我收回目光，爬下梯子，走到墙边，把某一个方向落地窗的窗帘拉开，让阳光进来，察看光照在她身上的浓淡，又再试着关上一两条帘子。阴影是撒进图形与线条之中的盐，太多就变得苦涩沉重，太少又寡白无力，我的任务是调整它们的比例。

光靠近她，盘桓在离她几毫米的地方，形成一层轻柔的薄雾。光的热力让皮肤像糖融化了似的，蒙在脂肪肌肉表面。

她垂下头，一根脊柱成为划分画面最显著的曲线，脖颈几乎跟脊背弯成直角，左手耷拉在身侧，右手背在背后，手掌张开。有一刻我想，这是《戈黛娃夫人》中裸身骑马游街的伯爵夫人的姿势，但很快我明白不是戈黛娃，这姿势属于罗丹的《老妓女》——欧米哀尔。

我走到镜头后面，让细节在镜头里放大。

她的头颅在胸口投下一片黑影，犹如死寂的幽谷，乳房下面和背上凸起一些肋骨的条状阴影。一切角色、感情都要有阴暗面才能变得立体。我的肉桂色头发女巫，她生命的阴翳是什么？身体是一部私人史，她锁骨上有一道疤痕，后腰上椎骨尽处有一个灰色渡渡鸟文身，扁杏仁状的肚脐周围散布淡淡的短纹，像细碎涟漪围绕石子投入水中造出的洞，那是妊娠纹。

我问："您锁骨上的疤，是骑马还是打篮球留下的？"

她笑一笑："都不是，我十三岁时被寄宿学校里的女生们抵制，她们把我推下宿舍楼梯，锁骨和脚踝摔断了。"

我直起身子，"后来呢？那些女孩得到惩罚了吗？"

"哦，那很难，你知道，她们声称我是自己滑倒的。后来我就很难和同性们做朋友了。"

我往侧面走了两步。在快门声音里，她问道："您办过个人作品展吗？"

"在柏林办过一次，反响一般。如果我再开展览，您愿意赏光？"

"会的，我会去看。我搜索过您，那幅《弥留的产妇与她的死婴》非常了不起，是在津巴布韦拍的？"

要谈论另一个（我曾经以摄影师身份爱过的）女人，我暂时抬起头，把相机拎在手里。"是的，在津巴布韦一个叫奎奎的地方。她叫桑蒂，二十五岁，造成死亡的那次分娩是第四胎。"

"是男婴还是女婴？"

"女婴，只活了两分钟，她妈妈比她多活了一个多小时。桑蒂的遗言是'希娃'，那是她给女婴取的名字。"

我低头看看手里的相机，拍摄桑蒂用的就是它。当时它在汗淋淋的两手里一直往下滑，像要急着逃跑、溜出病房。她坐在马背上，高高的面孔俯向我。"您用两条生命的死状换了名誉和奖金，会有负疚感吗？"

这个问题真好，如果眼前有茶几，我一定会用力拍一下。女巫嘴边露出狡黠的笑："对不起，我冒犯到您了吧？"

"当然没有，我想告诉您，摄影师如果不能接受旁观者这个身份，就无法继续做这个工作。桑蒂和希娃死去那天，我唯一愧疚的是为了让室内光线更适宜，我在人们哭泣时绕到他们背后悄悄把窗帘拽开，桑蒂的大女儿回头用通红的眼睛瞪了我一眼。"

她脸上现出一种幽深的神情，我举起相机拍了下来。

罗丹最爱的头颅部分，是嘴唇与脸颊的连接处。我面前的女人就有相当美妙的嘴角，线条终止处有很微小的圆形凸起，令嘴唇线条收束得高贵聪颖。她的乳房在光和阴影里像枝头的沉静果实，曲起的大腿和小腿侧面隆起肌腱的长线。

拍摄完毕，我问她是否想跟玛拿西拍几个别的姿态。她说："不用，有这样一组就够了。"

这时她已经从梯子上走下来，站在我面前，双臂伸到脑后，把长发抓成一束，又松开，双眼和紧闭的嘴唇有一种不可揣度的奇异神情，就像她正凝视一个深渊，又像她自己才是深渊。她说："不，您不用把照片寄给我了，待会儿我会把钱全部付清。但我想求您做一件事。"

我说："请讲。"

"请您替我选一张照片，尽量印大——要隔一条街也能看清的那种型号——挂在您工作室面对的玻璃外墙上，挂一天，只挂一天就行了。周一到周五，随便挑一天，从早晨八点悬挂到晚上七点。

晚上七点之后照片就归您了。您想把它烧掉、印成拼图、挂在床头，还是拿去用在作品展览上都可以。

"您一定会问为什么……您喜欢我的身体吗？我看得出您喜欢，我知道您觉得它美。我明天要去做手术，这两只乳房就将变成手术室废物桶里血淋淋的肉块，而我将扛着残缺不全的肉体继续生活。

"您拍摄的作品很了不起，但我选择您，不是因为您的技术。

"您的工作室斜对面，隔一条街，有一家叫作'天鹅绒烟雾'的咖啡馆。每天早晨八点到八点半之间，会有一个男人路过它，进门，买一杯清咖啡带走；晚上六点半到七点之间，他下班回来也会路过咖啡馆，进门，买一块'黑天鹅绒蛋糕'带走当作夜宵。只要您把我的照片挂出来，他路过时就会看到。

"那个人，我毫无指望地爱了他九年，就像茨威格小说里那个女人爱她幼年时代的邻居作家一样，不过他不是作家，是个建筑设计师。

"我也知道切除乳房之后多半不会死，只是不再完整，不再美。我只希望他能目睹我的完整，不管以什么样的方式。

"哦不，他不认识我，所以这张照片里露出脸也没关系。他在路上跟我撞个满怀也不会认出我，在地铁上跟我隔一个吊环也不会认出我。他一无所知地做着一位杰出女律师的丈夫、两个小男孩的父亲。

"他会拿着咖啡或蛋糕停下来，隔着一条街盯着看上一阵。他会默默鉴赏，在心中说'这女人真美'。

"虽然完整的那个我只剩下一个幻影，但想到这影子能映在他视网膜上、打动他，哪怕只有几秒钟，哪怕他永不知情，我躺在手术台上时也可以平静无怨尤。

"谢谢你，摄影师，再见。"

她说上面那些话时平静如密林如藻海，像是知道我必定不会拒绝一样，没有等待我的回答，说完就转身走开，到幕布后穿好贴身衣物。我送她下楼，回到会客室。看着她把外套、宽檐帽、围巾一样样装配回去，像黄昏降临，天色一层层暗下去。其间我没再说一句话，没有安慰，没有"祝手术成功"，她也没再开口。

摩洛哥小说家塔哈尔·本·杰伦说："感情是不该用语言表达出来的，语言像满是窟窿的篮子，交替着把沙子从南方运往北方。"然而，意义往往存在于徒劳中，在沙子从篮孔中咝咝泄出的景象里，只不过太多的人不信任它。

最后她向我严肃地点点头，像一匹秋天的牝鹿似的敏捷轻盈地走出去，消失在街角。

我知道人们都期待这样庸俗但让人松一口气的结尾：我冲下楼，追上她，陪她吃了当天的午饭。次日陪她前往手术室，陪她度过术后恢复期、化疗期，陪她做复健，练习双手抛篮球、扩胸，陪她把化疗里丢失的脂肪和体重长回来，陪她到希腊克里特岛去，在"天体沙滩"鼓励她再次穿比基尼下海游泳。最后买一枚戒指，藏在一块黑天鹅绒蛋糕里，跪地询问她是否允许我陪她度过余生……

而事实不是这样。事实比那短得多。她离开三天后照片冲洗出来了，翌日早晨七点四十分，我和助手把那卷照片布抬出来，一个搭头一个搭脚，像两个杀人犯处理用毯子包裹的尸体。我们把一个事先安装好的带滑轮的木轴降下来，将布幅固定上去，再摇动手柄，让它升起来，铺开全部内容。

八点钟，太阳已经升得很高，街上的人流越来越稠，这个早晨跟之前的无数早晨并无二致。我死死盯住街对面的咖啡馆，目光警惕，像个准备捉奸的妻子。人们耳朵里塞着耳机走过来，手掌上缠着柯基犬的狗绳走过来，推开咖啡店玻璃门走进去，挽着朋友的手肘走进去，拿着外卖咖啡纸杯和面包离开，一边给手中食物拍照一边离开。

穿海军蓝风衣、戴黑呢礼帽的中年人，胸前打着牛血色领带、挽起法兰绒外套衣袖露出两条花臂的矮个子，长发在脑后结一只发髻、柞蚕丝衬衫加僧侣鞋、目光肃穆如凡高的瘦长男人，络腮胡修剪得精致如画的英俊壮汉，穿麂皮夹克、切尔西靴的清秀绅士……每位手执一杯外卖咖啡走出来的男士都像建筑设计师、女律师之夫、两子之父，都有一张足以令家人愉悦、让情人与妻子自豪的面容。她爱的会是中年人文雅从容的气质？容纳情欲潜滋暗长的络腮胡？她的渡渡鸟文身是呼应那个两条花臂的家伙吗？

所有人，不只是那些男士，连同遛狗的老人、慢跑的少女在内，所有人都在他们的行程中为她暂停了一会儿——几秒钟或半分钟——凝神观看白骨红毡上的她：裸体骑马的戈黛娃或欧米哀尔。很多人掏出手机拍照，然后带着微笑低下头按动手机屏幕，把图传到自己的社交页面上去。

目睹、摄取过她的美丽刺激之后，他们就转身离开了。从早到晚，三百四十九个中年男人买过咖啡和蛋糕，到底谁是她美丽胸膛下跳动的心脏爱着的人。我好像是捧着一大堆拼图碎片的人，悲哀地拨来拨去，拼不出一块完整面孔。

晚上七点整，我和助手把照片摘下来，卷好，抬到地下室，放在玛拿西身边。玛拿西脊背上还搭着她坐过的红毡。我用手抚摸胸口，仿佛那儿也被剜掉了什么东西。

我再没见过她——这又落入另一种窠臼了。童话里误入森林深处神秘宝藏的那些幸运的蠢蛋，一旦走出来就再也找不到回去的路。只剩裤脚皱褶里的一粒钻石，还是趟过堆成山的宝石金块时遗落在那儿的，作为那桩奇遇并非梦境的证物。《戈黛娃夫人与玛拿西》（这是我给照片取的名字）就是那粒钻石。

"玛拿西"在希伯来语中的意思是"使自己忘记"。我无法忘记她，而我甚至不知道她在手术后是否活了下来。

后来我花了几年时间，拍摄了五十七位因病切除乳房的女士。我跟每位女士柔声说话，说服她们脱去衣服，让我记录她们的残缺。我告诉她们："艺术中唯一创造美的力量是特性。疤痕造就了更加有特性的你们的身体——失去身体的一部分绝不意味着失去美，你看失掉手臂的维纳斯！"

这是最雄辩的一个证据。几乎所有带着乳房残骸幸存下来的女人，无论如何为刀疤而羞涩自卑，最后只要祭出这句话，她们总会被说服，带着勇士的神情，在相机镜头前挺高胸膛。

我得说，我的隐秘目的不算崇高。天知道我每把那句话说一遍，眼中看到的都是我的女巫，我的肉桂色头发的女巫。

无望的等待犹如无期徒刑，也是残缺的一种。

后来我慢慢有了点名气，以"残缺与完美"为主题的摄影展在一个又一个城市办下去。每次我都会站在展厅门口等待，从早晨八点到晚上七点。

我等待她带着世上最美的线条走进来，结束我的残缺。

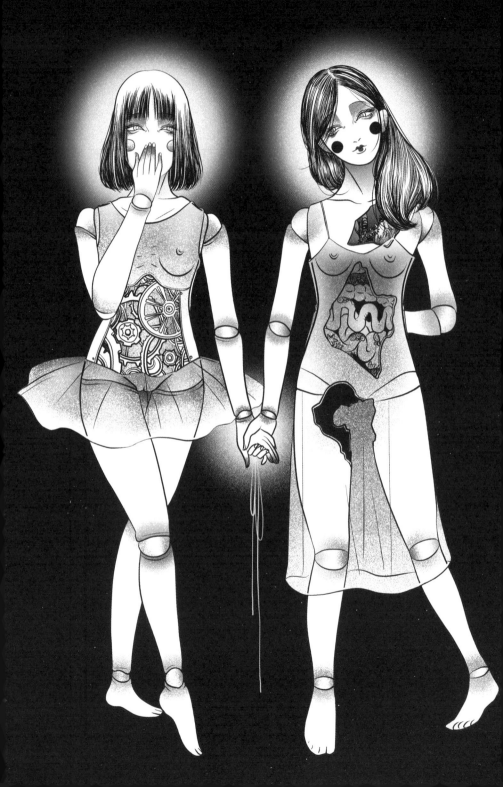

F

花与镜

　　那位警员先生要求我讲一下在过去的二十四小时做了什么。开始录音了吗？好，那我开始讲了。

　　距现在二十四小时之前是晚上六点半，我刚把我女儿温蒂从社区游泳课上接回来。我的车后座有个微型冰箱，不过是二手的，有时充满电也只能坚持几个小时。每次我来接温蒂的路上，会给她买一支冰激凌放在里面。她上车第一件事总是去找冰激凌吃，昨天我选了腰果味的。

　　她把书包放在一边，就呆呆坐着没动。我说："系好安全带，温蒂，你今天不想吃冰激凌吗？"她有点恹恹的，我从后视镜里观察她。儿童的苦闷、快乐，所有情绪都纯粹而浓重，因为他们投入整颗心、整个身体去苦闷和快乐。她小声说："爸爸，刚才在游泳池，我的趾甲掉了。"

　　把车停稳当，我转到后车门去迎接她，把她抱出来。我的邻居大胡子男人乔纳森牵着短毛波音达猎犬站在几米外，瞪着我，嘴唇里冒出一声不友好的呼哨。

　　温蒂在我耳边问："爸爸，那个人为什么每次见到我都会发出奇怪的声音？"

　　我说："因为他没有女儿，他嫉妒我有你。"

　　我先把牛肉从冰箱里拿出来，搁进微波炉化冻。然后让温蒂坐在沙发上，我坐她对面，问："哪只脚？"

她不出声地把左脚跷到我膝盖上，神色严肃。我脱掉她的粉红小象运动鞋和袜子。她仍然不出声，只是屈伸足趾，几根脚趾一下下弹动，发出有节奏的嘚、嘚声，拇趾、第三个和最末一个趾头上的趾甲都不知去向。

她忧愁地说："可能丢在游泳池里了，我想偷偷回到池子去找，可是老师已经让我们排队去洗澡了。"

人的趾甲会再生长，温蒂的不会。她的趾甲脱落之后没有痕迹，不会露出血管断裂、皮肉破损的样子，只会像一条小虫掉了脑袋，因此显得更细更短。

我问："有没有别人看见？"

她点点头："柯林·斯特朗看见了，他做热身活动的时候排在我旁边。"

"他怎么说？"

"他问我，你不疼吗？我说不疼。"

温蒂也没有痛感，她只会"感觉"到手指被割破，或指甲掉落了。我说："没关系，我会想办法的，你不用去想它，明天就好了。"

饭后照例是吃水果时间，她像所有孩子一样，得追着满屋跑才肯吃一口菠萝。水果吃完，我在茶几旁坐下来，等待温蒂展示今天的作品。她在幼儿园画画，演舞台剧，捏黏土，学做饭菜。这里的幼儿园是小学的一部分，像预备培养室一样，在器皿里让种子发出芽，再移栽到温室去。老师带他们排演简易版莎士比亚戏剧，用小相机拍照，再把照片交给孩子带回家当纪念。她经常会带回比波提切利和提香的作品还美的杰作，以及能让罗丹和乌东愧死的泥塑。最近他们在排练《冬天的故事》，她饰演被国王父亲抛弃到荒野等死的公主帕蒂塔。

昨天晚上，她拿出一沓粘贴画给我看，说她画的十三张图是一本书，连起来讲述一个英雄拯救地球的故事。英雄穿着我早晨送她上学时穿的蓝色条纹衬衣。

她又从书包底部找到一张卡片，"爸爸，这是安德森小姐送给我的"。

"安德森小姐是谁？"

"她是二年级的，今天下午老师带我们去他们的游戏室和体育场参观，每个二年级学生负责接待一个幼儿园学生，安德森小姐是我的向导。"

卡片打开，里面贴着一个七八岁小姑娘的照片，她抱着一只烟灰色折耳猫，头上戴一顶小小王冠。下面写着名字：米歇尔·安德森真诚为您解惑。温蒂伸出手指,点点那个王冠,"爸爸,安德森小姐是他们年级评选出的'舞会皇后',将来我也能当'舞会皇后'对吧?"

"当然。"

"我也会有D罩杯吗?"

"当然,你会成为所有房间里最性感的女人。"

我给温蒂洗澡,抱她上床。睡前照例要读故事,不管先读哪本书,必须由一段《毛毛:时间窃贼和一个小女孩的不可思议的故事》压轴。那是德国人米切尔·恩德写的童话。各位先生,我觉得一个人毕生至少要把那个了不起的故事读三遍。它的主角是一个不知由何处而来的孤女毛毛和一群"时间窃贼"灰先生。灰先生本身没有生命,不占有"时间",只能靠坑蒙偷骗,窃取人类心中生长的"时间花",把花瓣卷成烟抽,才能活下去。当然,结局就像好莱坞电影一样,毛毛手执最后一朵时间花,单枪匹马打败灰先生,拯救了全世界。

温蒂心爱的这册是配图简写本。她认得的字还不够多,不足以读原本。这册里面的"时间花"图案都是用果子露一样的橘绿和粉蓝色绸缎缝上去的,被她的手指摸了太多遍,摸得起了毛。我答应她明年上学认满两百个单词之后，就给她买一本全是字、不带图的《毛毛》。

我读道："有一个巨大却平常的秘密，大多数人都随随便便地接受了它，丝毫也不感到惊奇。这个秘密就是时间。为了测量时间，人们发明了日历和钟表，但这并不能说明什么。因为谁都知道，一小时可能使人感到漫长无边，也可能使人感到转瞬即逝——就看你在这一个小时里经历的是什么了。这是因为：时间是生命，生命在人心中。"

每听到这一段，温蒂就会双手交叠按在胸脯上，神色庄严，表示她的时间收藏在那里。

读到坏人灰先生与毛毛的第一次交锋，我和温蒂会暂时分角色扮演。我压扁声音，阴森森地念道："不要白费力气了，你根本不是我们的对手！"温蒂·毛毛睁大眼睛，柔声说："难道没有人爱过你吗？"

在故事中，毛毛说完这句，坏蛋就大惊失色地败退了。现实中我每次都会从角色里跳出来说："有！那就是你啊。"

晚上九点钟，我把书合起来，表示阅读结束，她满足地叹一口气，滑进被窝里。

"爸爸，明天我的趾甲就会长出来，对吧？"

"当然。"

我低头依次吻了她光滑如禽蛋的额头，塔希提珍珠一样柔润的脸颊，又咬了一下羊脂凝成的鼻尖。在她咯咯发笑的时候，我把手伸进被子里，顺着她天鹅绒般的皮肤摸下去，在她肋骨侧面像搔痒一样，拇指一按。

于是，长睫毛啪嗒一声关上了。她的身体极快地冷却，内核停止运转之后，这具赝品放弃了对真品的模仿。

这便是她的睡眠。

她像一具小小的尸体。作为人她太小，作为玩具她又太大了。我掀起被子，拨开她白棉布睡裙的下摆，在开关处揿一下，她的肚皮弹开一个巴掌大的圆形盖子。我从那儿抽出废物储藏槽，这一整天温蒂吃下的三顿饭和下午茶都在那里。我把一次性废物袋扎口、扔掉，把储藏槽刷净、擦干，放回温蒂肚子里，合上盖子，然后给她换外出的衣服。

我得带她去见蒂亚戈。见客要有见客的样子，虽然她自己永不会知道。

温蒂的衣柜比我的还大。小孩子的衣服总比大人的贵，制造商知道人们给孩子花钱会比给自己慷慨，我的情绪是从人类那里全面复制的，显然这一点也没落下。温蒂有小号柠檬黄亮片蛋糕裙，小号巧克力色钟形绸裙，带刺绣背心、马裤与长靴的小号骑装，小号鸽灰色露背晚礼服，小号罗缎洋装……

反正她永远不会被惯坏，我可以尽情地大手大脚地供养她。她永远不会升入小学，将一年又一年在幼儿园里度过她的五岁，十个五岁，十五个五岁。她永远不会认得多于两百个单词，她每年都画同样的画，捏同样的黏土绵羊和柯基犬，以同样的期盼度过无数个五岁。

她也得不到不带插图的《毛毛》。她的父亲不是拯救世界的英雄，与此相反，而是那个时间窃贼，偷盗时间花，让它们一年一年为温蒂续命。

昨晚我给她换的是翠蓝茶会礼服裙，红铜色头发扎上墨蓝发带，再配上杏色漆皮玛丽珍皮鞋。我知道你们会问什么问题……不，这并不像小孩子给芭比娃娃换衣服的游戏，一点也不。正相反，我无法形容我每次给温蒂换衣服时的心境。

你们不会理解这种彩排的甜蜜和痛苦，我忍不住想象她芳龄十八时会多么光彩夺目，然而每次这种想象都刺疼我，我的温蒂不会长到穿足码衣服的年龄。

晚上九点三十分，我收拾好东西带足钱，抱起美得像个幻觉的温蒂，把她放进像大提琴盒一样的皮面长方箱子里。箱子里有固定用的大块海绵，剜出一个温蒂的形状，有头、脚、双臂、双手搁放的空当。我握起温蒂的小手，团成半拳，刚好能填充进空当末端的圆洞里。

这玩意儿是蒂亚戈给我定做的，一只巨型玩具盒——一具移动小棺材。有时背着它走在路上，人们会以为我是个街头音乐家。有一回我自己喝咖啡，把它放在餐桌对面，另一个背小提琴的家伙过来，问道："你这乐器形状真奇怪，是什么？"

我笑笑说："我女儿。"

他挑挑眉毛，"嘻，我遇到过拿大提琴当老婆、拿单簧管当老公的，当女儿的倒头一次遇见，你'女儿'会唱点儿什么？"

我继续诚实地回答："她现在会唱'小星星闪呀闪''伦敦大桥塌下来'。"

那个家伙笑得差点儿呛死自己。

总之就是这样，我再一次背着我的乐器——我的女儿在夜晚出门。我让她躺在后座，开车一个小时，到达城市边缘。那儿另有一番繁华。

诸位都是正派人士，大概没去过那个外号"马蜂窝"的地方。

它在官方城市地图上是一片暧昧的灰色废墟——脏、乱、淫荡，像绅士们私处一块不体面的花柳疮，许多洁身自好与热爱家乡的人士都拒绝承认它的存在。那儿有一切臭烘烘但鲜活的买卖：交易毒品、器官、精子、卵子，以及非法改装的机械人……政府禁止人与机械人"通婚"，但是没有立法禁止"通性"。你们根本猜不到人们多喜欢跟机械人做爱取乐！

在马蜂窝的四十多个妓院里，你能找到近五十年几乎所有女机械人的型号。还有走私来的"源氏姬"，那是几十年前一家大阪工厂研制的一批性爱机器人，以《源氏物语》中的角色命名：空蝉、夕颜、胧月夜、末摘花……每种名字代表一种体貌与个性。可惜只生产五百台就被查禁了。那五百台在爱好者中间成了传奇，被称为"源氏姬"，大概有一半在私人收藏家手中，三分之一在博物馆里，有时在拍卖会上能见到一台。即使只见识过一次源氏姬都是值得吹嘘的经验，而马蜂窝妓院里就有两台：一台紫姬，一台明石姬。

我把车速放慢，缓缓行驶在马蜂窝的大街上。女机械人们站在街边招揽生意，跟人类妓女一样：高挺胸脯，一腿支地，一腿松弛地伸出去。给机械妓女写程序的家伙们大多比较懒，输入几种表情和肢体反应，再有几句对答就完事了，一点创意都没有。

不过，具有"人机性爱"嗜好的男人普遍对机械妓女有种独特的审美，姑且称之为"破损美"吧：他们喜欢看到她们身上留有一些损害痕迹，比如一边是完整乳房，另一边则是剩一个露出内部线路板的圆窟窿；又比如脖子上的人造皮肤剥落一块，在做爱时舔舐露出的细铜线，会有微麻的感觉窜过舌尖。我记得很多年前，好莱坞拍过一部科幻片，一个脱衣舞美女的腿被僵尸咬了，不得不锯掉，换成一支机关枪。这个造型被很多机械妓女模仿，她们拆掉自己的一条腿，换成高仿真机关枪或狙击枪。

这样描述是为了让诸位看到我所看到的情景：尽力揣摩与迎合人类怪癖的女机械人们，把自己弄得千奇百怪，像一场大爆炸或大车祸的幸存者。

我在蒂亚戈的店门口停车，一个非洲人种型号的女机械人面无表情地走过来，两手各牵一个小机械人——金发蓝眼的机械男童，长得一模一样，像布格罗画里跳出来的天使，脸颊粉红鼓胀。左边男童少了一只眼睛，与另一只长睫毛湛蓝眼珠相对称的是一个乌溜溜的洞，洞里闪着一抹红光。那女人停在一步之外，瞪着眼对我叫道："一对打七折，三人打九折！先生，你跟我玩的时候，这小哥俩……"

每到这种时候，我都会有种错觉——温蒂也是其中一分子。幸好她不是。她有父亲，她明天会到幼儿园排演莎翁剧，而不是站在街边打折卖身。幸好每次在我的怜悯心快要按捺不住之前，这种旅程就结束了。我从后座抱起箱子，夹在胳膊底下，一只手推开挂着"close"（歇业）牌子的玻璃店门，门楣上挂的钉子铁皮"风铃"一阵乱响。

这是个古董店，老式电视机、收音机都能在这儿找得到。坐在杂物中间看店的还是那个老机械人，深黑色卷发披在肩头，四肢动作直直楞楞地站起来，发出仿真水平很低的早期合成音："晚上，好。"

我说："约瑟，你好，你记得我吧？"

约瑟双眼发直地瞪着我——那是老式的、先扫描面部再叠加搜索内存资料的方式。我耐心等待，他终于笑了："哦，彼得，你，好，温蒂，好吗？"

我伸手拍拍腋下的箱子："谢谢你，温蒂还不错。带我去见蒂亚戈。"

混到今日，蒂亚戈也算是半方霸主，管着马蜂窝十几个店面，但他的爱好仍然是鼓捣改装机械人。地下室里正传出一阵阵怪异的声音，是一个女人的呻吟。约瑟腰板僵硬地欠欠身，离去。我在门口站住，宽大的精钢工作台上仰躺着一个全裸的女机械人，四肢平摊，胸脯处被剖开，一只乳房被掀到一边。

蒂亚戈半个头和两只手都埋进那女机械人胸口，犹如一种怪异的性爱体态。那女机械人仰面看天花板，嘴巴张开，发出断断续续的单音节。谁看到这一幕还能不笑的，先生们，我愿意给他一枚金币。

我捂着嘴巴倚靠门框站着，直到那女人的哼唧声停止，蒂亚戈抬起头来，长吁一口气，像盖茶壶盖一样把乳房扣上，一面拧紧几处细小螺丝一面嘟囔道："下次有人让你喝乱七八糟的液体，不要真咽下去，记住没有？"

那女机械人答应着从台子上跳下来，左手整理银色长发，右手是一枚航海时代风情的三爪铁钩。

蒂亚戈向我点点头，摘下眼睛上的圆筒式放大镜。"亚希暖，这是彼得。彼得，这是亚希暖。有个婊子养的嫖客让她喝了硝酸，发声器差点烧完蛋，居然有人手提箱里装着硝酸瓶子来妓院，这他妈什么世界。"

蒂亚戈是个"半人"。他原本是个拆弹兵，运气不好被炸飞了半边身子，运回国内医院，政府出钱把他七拼八凑地组装成一整个"人"，换了半边金属颅骨、半扇金属肋骨、半卷人造大肠，再加

034

仿真左腿、左臂……女人们常问他哪部分是真的，他会答道："蜜糖，爱你的这颗心和底下那玩意儿，都是真的。"

后来他就靠组装改造机械人混江湖了。他像拣旧家具一样到每个废品回收场和旧货店去找，凡是他救回、修好的机械人，都会另取一个《圣经》里的名字：约瑟、亚希暖、路德、耶西……

亚希暖向我扇一扇银色睫毛，非常程序化的一个媚笑，甜得像人造果酱。蒂亚戈走过来拥抱我，连同我腋下的皮箱一起抱住。

"彼得，哦，我亲爱的小彼得……温蒂又出问题了吗？"

"这回不是大问题，掉点零件而已。"说着，我把大箱子摆在工作台上，像掀开珠宝箱一样掀开盖。海绵人形空当里镶嵌着温蒂，完美无瑕的温蒂。一整支象牙雕成的温蒂，华美的裙子布料包围她，她像童话里的一页插图。

先生们，体验过父亲向别人展示女儿时的自豪吧？那种快乐胜过新婚的王妃展示她的钻冠，胜过冠军展示他们的锦标与奖座，因为有一个呼你为父的女儿，是神的恩赐。即使那"呼唤"是程序……然而石头缝中生出的花朵岂不一样香美？

我看到亚希暖脸上出现了真正的笑容——不是她体内程序写定的肌肉和眼珠运动方式，是油然而生的笑。她微笑，随之而来的是感慨以及真正的妒羡。

我抬起温蒂的脚踝，脱掉皮鞋和袜子，给蒂亚戈看丢了趾甲的小脚。

他眯起眼睛，亚希暖的眉毛挑上了天。我知道，我知道这事摆在破烂残缺的他俩面前有多反讽。是，我就是那种孩子摔下滑梯就会叫救护车的父亲，你们尽管笑好了。

"几枚趾甲而已，彼得，我上次跟你说过，她这个型号的配件已经断货了。天哪，不过是几枚趾甲！"

"不行，趾甲可不是小事，她得上游泳课，同学会看出来的。"

亚希暖圆睁眼睛，"喂，你女儿居然不知道……"

我断然道："她为什么必须知道?!"

"难道你以此为耻?"

蒂亚戈举起双手。"好啦，你们两个闭嘴，我想想。"他伸手拍拍脑壳，发出敲铁盆子的铛铛声。随即像真的敲出什么一样，手在空气中一牵，食指急速点动。"蜜糖亚希暖，你记得上上月运来的五台送到哪家店了吗?"

亚希暖面无表情地说："街尾27号那家'沙堡'。"

在跟蒂亚戈步行到"沙堡"的路上，他头也不回地问："今年的邻居有没有比往年好一些?"

我想了想邻居看我们的眼神，笑了一声："都差不多，他们的想象力永远停留在'亨伯特和洛丽塔'阶段。"

蒂亚戈哼了一声，又哼了第二声："社区圣诞舞会那些烂活动不要参加了，还不如来马蜂窝看艳舞嘉年华。"

我们走进"沙堡"，门在背后无声关闭。马蜂窝的妓院一律有种特别的、非橙非粉的灯光，让我觉得像是处于一只巨大的蛋里或是子宫里，雏鸡和胎儿半梦半醒间，看到的八成就是这样被筛过的、柔和的光色。

地板擦得洁净晶莹，反射走廊天花板上的灯光，光芒泛滥如溪流，足以泛起十只摩西的藤篮。门口有个人在等待蒂亚戈，两人以老朋友的姿态很随意地握手。那人是人类，他朝我咧嘴一笑，炫耀似的露出断了一半的犬齿，和两颗烟黄门牙中间宽宽的牙缝——只有机械人才是完美的，人类的不完美凌驾于他们那无生命的完美之上。

"彼得，早就听说过你。赏脸喝一杯吧，蒂亚戈，我搞来了摩洛哥的仙人掌盐酒。"

蒂亚戈说："先干正事。在哪个房间？我们自己过去。"

"在二楼圣家堂。"

到了房间门前，蒂亚戈敲门，过一阵里面才传来一个声音，"行了，进来吧"。我们推门进去，走进了安东尼·高迪（西班牙建筑家，新艺术运动的代表人物之一）设计的圣家族大教堂。

模拟树干与树叶的粉红石柱高耸，支撑起仿佛在云端的拱顶，光从不可知的地方照进来、从彩色玻璃窗里透进来，穿过大理石雕刻的树荫，五彩斑斓地洒在姜黄内壁、吊灯和布道台上。

光辉闪耀的受难立面，祭坛下边铺着一张巨大的绣花地毯，一个骨架粗大的裸体男人正站在上面，用毛巾擦拭自己。他体毛很重，满腮蓬乱胡子，胯下也是一堆黑幽幽杂草。云端的圣光照在他毛烘烘的身子上，那些毛变成了金色。

他脚边有一堆东西，像只小动物似的蜷曲着。等我们走近时，那堆东西蠕动起来，忽地抬起一张脸。我骇得屏住了呼吸：那是温蒂的脸。

跟温蒂一模一样，甚至连鼻尖的微微翘起、颧骨上几粒椒盐色雀斑都一模一样。

蒂亚戈斜眼看看我，又看看那男人，喃喃道："让人在教堂里干一个小姑娘，操，断牙那家伙还真想得出。"

那男人说："我的钟点还差半小时呢，断牙刚说给我打八折。你们两人他收多少钱？"

蒂亚戈闭紧嘴唇，理解成懒得开口和不肯透露都行，他跷起拇指往教堂门口戳了戳。那男人心领神会地笑一笑，挪动沉重的盆骨和屁股走出去。

我在那个小女孩面前蹲下来，同时不得不紧一紧手臂，要确认我的温蒂还在箱子里，才能驱散心里错误的怜惜。

她直勾勾地盯着我，用温蒂的卷睫毛大眼睛，同时具备温蒂那张开嘴唇时露出一截白门牙的样子。平时温蒂这么瞪我的时候，多半就要问一个我答不上来的问题了。

果然她开口问了："你是来接我回家的吗？"

果然，我没法回答。

我回头看着蒂亚戈，蒂亚戈苦笑："别看我，我也不懂，不过大伙糊弄五岁小孩的不都是那些鬼话嘛。"

那小女孩显然很失望，眼珠转到我手臂下的箱子上："那么你是不是吹笛子的？那是你的笛子？你能让老鼠跟着走吗？"

我开始觉得这件事变得残忍了。我问："你叫什么名字？"

"黛朵。"

那个双音节名字从她樱桃色的嘴唇上掉下来，像一支两个音符的短歌，像两滴露水先后打在鲁特琴弦上。

我点点头："黛朵，我不是笛子手，你看我也没穿花衣服，是吧？"……我笑了笑，掀开箱子。

黛朵的眼睛和嘴巴张圆了，我甚至看得到她喉咙里粉红的小吊钟。随后她欢欣地叫出了声："妹妹！天呀，她是我妹妹，我就知道我肯定有妹妹。"

她从围在身上的布料里飞快爬出来，四肢并用，像一只小猫似的敏捷地爬到箱子边，小心翼翼地摸了一下温蒂的脸蛋，确定那是真的，不是空气，然后大胆地伸手在温蒂的头发里耙梳，手势里天然有一种长姊和小母亲似的严肃与爱怜。

她又抬头看着我，一种快乐的容光洋溢在脸上："谢谢你把我妹妹送来。我妹妹真漂亮，她的裙子和发带真好看，这裙子是你给她买的吗？"

趁她用手指好奇地抠温蒂发带上绣的桔梗花，我朝蒂亚戈比画一下，手在肋部示意，意思是要不要把黛朵先关机、再办事。蒂亚戈点点头。于是我坐到她身边，像屠夫一只手把匕首藏在背后，一只手抚慰羔羊，我顺着她的头顶抚下去，手掌缓缓顺在红铜色长发里，彩色玻璃窗里滤出的金光照在上面，我的手像在火焰之中灼烧。

她扭转头："我妹妹叫什么名字？"

"温蒂。"

"真好。你是从树皮和梧桐叶搭成的小屋里找到她的吧？"

这时我的手已经顺着她的肩膀，滑到了她肋侧。

"是的。"

我的手指揿下。黛朵的眼皮合上，身子往后倒，软绵绵地躺在我手中。

我把温蒂从箱子里抱出来，跟黛朵并排摆在祭坛上。一个裹着重重纱裙；一个寸缕不着，穿戴一身彩色的光。她们显得如此纤小，像刚从云端掉下来的天使，又像先后从子宫里娩出来的双胞胎。

温蒂和黛朵是二十年前原产于法国的儿童机械人——"Toy Kid"（玩具儿童）。她们被专门造出来陪伴没有兄弟姊妹的同龄孩子，分为三岁款、五岁款、七岁款，智力、体力都依照该年龄孩童的平均值。

由于人类孩子长得太快，生长速度加速了他们对伴侣的更换需求，很快地，这些无法学会更复杂乐高积木搭法的同伴就会令他们感到厌倦。因此Toy Kid的内核芯片和处理器普遍采用廉价低等材料，用上十几个月就会报废。

这种替代品风靡一时，很多中产阶级父母们乐意花这个钱，让儿童机械人陪着自己的孩子沉浸在那些对成年人的智力来说十分煎熬的游戏里，就像找到替代服役的人。

然而就像所有时尚产品一样，Toy Kid只流行了三四年。美国路易斯安那州某社区发生了一起连环杀人案，连续三个女童被虐杀，破案后人们发现凶手竟然是同社区一个八岁男孩。小凶手家境富裕，父母都是高薪专业人士，警方在他家发现了好几个被肢解得残破不堪的儿童机械人。很多教育学者与未成年人犯罪专家纷纷跳出来在访谈节目中说，乖顺服从的Toy Kid对孩子的心理健康并无裨益，而且用他们来替代父母的陪伴，儿童在得不到重视的情况下反而会激发破坏欲……

于是那股给孩子买机械玩伴的风潮骤然降温，赚够了钱的公司不再生产Toy Kid。人们把那些死了一样的机械孩童扔到垃圾箱里，或者像搬家时丢弃猫狗似的，开车到城市边缘，把他们留在那儿。这种型号的机械人不能干粗重活，维护也麻烦，身上零部件又无法换给其余成年体态的机械人，因此除了熔化炉，人类给他们想到的唯一一种回收身份——性玩具。

世界各地的二手机械人拍卖网站上，Toy Kid一年比一年更炙手可热，一经发布，几秒内就被抢拍光了。单身汉们买一个像小号睡美人似的废品机械女孩回去，放在床底下，每晚拎出来当泄欲工具。而像马蜂窝的妓院这样的买家，会把她们交由蒂亚戈们修补、改装，加入特定程序。

我得到温蒂的时候，她还不如街上大腿装仿真枪的妓女。我花了很多钱才从各个城市的旧货店、机械人零件网站凑齐同型号的眼睛、牙齿、膝关节……温蒂像拼图一样一块一块完整起来。我给自己拼回一个女儿。

帮忙的始终是蒂亚戈，因此他这套动作我看了不知多少遍：默不作声地从工具箱往外掏细小得像鸡骨头的工具，一样一样在温蒂身边摆好。

我把温蒂的鞋子再脱下来，露出她的赤脚，又忍不住低头吻了一下。她足心的纹路跟黛朵的犹如同一种藤蔓刻花，刻在玉质祭器上的花纹。

等蒂亚戈戴上他的单眼圆筒放大镜，开始用工具剥除黛朵的趾甲，我转过身去，在教堂里慢慢踱步。

全息影像如此逼真，光无处不在，犹如置身海底。彩窗边整整一面石壁浸透了翡翠的颜色，下半段又逐渐过渡成橘黄。石头树叶之间，历代主教徽号像星星一样，眨着慈悲的眼睛。

我听见蒂亚戈在后面下令：音乐。

于是，还嫌这一切不够黑色幽默似的，唱诗班女童们的声音在高空中响起来。

几十条银子似的喉管唱道：

我的生命伴随着

人间无尽的悲恸歌声

我真切地听见赞歌

呼唤全新的世界

尽管如此辽远

……

最后我听见蒂亚戈说："好了。"

我回到女孩们身边，替换已经完成。空气里有一点融化的化学物质的刺鼻味道。温蒂的小脚丫完美无缺地朝天翘着，沐浴在红彤彤的圣光里。蒂亚戈略带讽刺地说："放心吧，这下她那些人类同学看不出破绽了，她不会被认出是个机械娃娃的。"

并排搁着的脚，黛朵的几根足趾上空了。她不配得到完整吗？不，完整是被选中的。就像人类的胎儿有些生来残疾，有些生来美丽。而那不归我选。

音乐忽然停了，断牙的声音从最近的一扇窗那儿传来，就像他站在窗外似的。"你们鼓捣完了？真不来喝口酒？"

蒂亚戈笑着骂道："每个房间你都监视，当NC-17电影（美国电影协会的限制级电影分级中17岁及以下人群不可观看的电影）看是吧？"

"不能看这个我开妓院干吗？少废话，过来陪我喝两杯。"

这时是午夜十二点半，我很想带着温蒂回家。但蒂亚戈对我说："陪我喝点酒再走，刚补过的地方也得放置一会儿。"我看看那两个女孩，她们头并头躺着，像威廉·沃特豪斯那幅名画《睡神与死神》。

我对断牙说："你得把这房间锁上，不能让人进来。"

断牙的声音："知道了，你这爹做得够当真的。"

我们走进圣家堂通往钟楼的电梯，电梯门打开时，外面是博格塞美术馆的小厅堂。壁上悬挂着卡拉瓦乔的《扮作酒神的自画像》：丰腴青春的少年袒露圆润肩头，手臂里抱着一串珠宝似的葡萄。断牙劈开两腿坐在画底下的一张小桌旁边，桌上有酒瓶和杯子。他伸展两条爬绕青黑文身图的手臂，表示欢迎。

蒂亚戈说："老淫棍，还挺懂享受。"

我们大概喝了五瓶摩洛哥仙人掌盐酒，作为佐酒菜，我不得不把我的老故事挑着讲了讲。断牙可喜欢听了，瞪圆了眼，时不时嘟囔一句耶稣。到快三点的时候我才终于摆脱他，从博格塞美术馆回到圣家堂。

一下电梯就听到说话的声音。乍一听还以为是极低的音乐，但往前走几步，我愣住了。

两个小女孩盘膝坐在祭坛上，两个都完全赤裸，一个背对另一个，后边那个正把面前的长发编成小辫子。她们向我转过来两张一模一样的小脸，盯着我瞠目结舌的样子，同时咯咯笑起来，一模一样的音色，一模一样的节奏。

我分辨不出哪个是温蒂，分辨不出满腔焦虑与爱该投射到谁身上，一瞬间我觉得我有两个女儿，我同时爱着她们两个，难解难分。

幸好这时温蒂叫了一声爸爸。

她转头对背后的黛朵说："我爸爸来了，我得走啦。"说完很干脆地跳下地，自己穿鞋穿裙子。我长长地松了一口气，心中却十分疑惑：我与蒂亚戈离开时两个女孩都处于关机状态，是谁把她们打开的？

温蒂先把鞋穿好，再把裙子套到头上，小脑袋从领口里钻出来，黛朵跟过来，体贴地伸手替她把辫子掏出来，又帮她揪一揪袖子的肩部，系好背上拉链，俨然是个照料妹妹的姐姐模样。我默默看着她们，心里涌上一种极度不适的温柔。这种照料另一个孩子的本领写在她们的程序里，她们天生是要给别的孩子做伴的。

"爸爸，黛朵说她家在海边，是树皮和梧桐叶搭成的小屋，以后我们能去她家玩吗？"

我笑一笑："也许可以。"

黛朵也开口了："温蒂答应明天来看我的，你们会来的对吧？"她像一朵葵花似的转动细嫩的脖颈，向我扬起皎洁的脸庞。

这时温蒂正面对我站着，我瞥了一眼，发现她正朝我挤一只眼睛，那是要我迅速跟她做同谋的意思。

于是我说："当然会来！"

回程不能再把温蒂装箱，我一只胳膊夹皮箱，一只胳膊抱着她走回车子。她趴在我肩头，双臂搂得奇紧，侧着脑袋，脸颊和嘴唇贴在我脖颈侧面的皮肤上。

她会呼吸，但那种一鼓一瘪的胸腔起伏只是对呼吸的模仿，她的鼻端不会喷出温热的二氧化碳。

我听到她闷闷的声音："爸爸，我们为什么要到这儿来？"

"我来看望一个老朋友，不放心把你自己留在家里。"

她又问："黛朵说我是她妹妹，是真的吗？"

这让我怎么答？……我反问："黛朵还说了什么？"

"她说我的裙子真好看，她也想要一条。"

开车回家途中，黛朵的眼睛和表情一直在我面前晃动，我甚至没注意到车子的雨刷上夹了一片巴掌大的"棒棒糖屋"粉红广告。是的，棒棒糖屋是马蜂窝的一家妓院。这就是我的邻居乔纳森先生所供述的，我把女儿送到妓院去卖淫的证据的由来——他把它拿走了。那张广告纸完美契合了他们一贯的想象。

温蒂没有问那个大到能把她装进去的盒子是干什么用的。盒子放到后备厢去了，她独自待在后座上，纤细的小腿提起来，鞋子后跟踩着座椅边缘，双手抱膝。我从后视镜观察她的表情，问道："温蒂，你是怎么醒过来的？"

她说："我也不知道，一睁开眼睛就醒了。"

我暗忖道：也许房间没锁好，有嫖客溜了进去？这想法让人不寒而栗。

回家进屋时，时间已凌晨三点半，她仍显得失魂落魄，伸出手小声要求我抱她上床，这很反常。我抱起她往卧室走的时候，心想：是不是那个雏妓对她说了什么或做了什么？毕竟她每天耳濡目染的是……

黛朵也是个孩子，但是先生们，你们可能懂得当自己女儿受到伤害有危险时，其余一切人，无论仙女教母还是美国队长都是面目可憎的嫌疑人……那种感觉吧？

被子还摊放着没收拾，保持着我带她出门时的样子。我把她平放在床上，脱掉鞋子，她立即一翻身钻进被子里。

"还没脱衣服呢，温蒂。"

"我自己脱，爸爸，你去拿书，读一段毛毛的故事再睡行不行？"

我转身从书架上找到书，关掉照明灯，打开投影夜灯，房间的天花板和上半部分立即出现了深蓝的夜空和缓缓旋转的星座。她已经在被子里飞快地脱掉裙子抛在床边，两条圆滚滚的手臂摆在被子上，人造星辰的光映在人造瞳孔里。

我读了短短一段，她便眼睛半开半阖作倦怠状。其实她并不会觉得困，这只是一种乖巧的伪装，好让我能结束读书去休息。

她在我停止阅读、合起书页时甜甜一笑，睡意充盈的样子。我探身在她额头印上一吻时，她忽然问："爸爸，你会唱歌吗？"

"怎么问这个？咱们又没这个传统。"

她显得有点儿困惑："他们都说爸爸妈妈会给唱歌……"

我猜"他们"是幼儿园里的人类孩子。我说："今天就到这里吧，要唱歌也要等明天。"

我第二次伸手按下她肋侧的电源开关，接着抬手熄了灯。

这时是凌晨四点，我得赶紧开车到社区电影院去。我在那儿有一份兼职：从三点多钟最后一场夜间电影结束到早晨八点早场电影开始之前，把十个影厅打扫干净。

这不是难事，机械人生来就是替人类做机械性劳动的——如果我有资格说"生来"的话。我在绒布磨得半秃的座椅窄道中间飞快跑动，一只手拖着尸袋一样的巨大垃圾袋，一只手把座椅扶手杯架上的可乐杯和爆米花桶抓起来丢进袋里，脑子里却总是回放温蒂从被子里抽出裙子、抛在床边地毯上的情景。

似乎有些不对劲……到底是哪儿不对劲？

我忽然直起身。她抛出来的只是裙子——翠蓝色的茶会礼服裙，她没有脱掉袜子。该死！

五点四十分，我从电影院开车回家，天色已经变成青灰，路上开始有了晨跑的人类和遛狗的家仆型机械人。我尽量把所有动作的声音减到最低，走进屋里，来到温蒂的卧室前，轻轻推开房门。

有声音，是立体书。一个合成的女声在读《猜猜我有多爱你》，那道嗓音如此耐心、柔和，如此像母亲，每次我都被煽动得也想叫一声妈。我甚至怀疑听过了这么完美的假妈妈，小孩子还会喜欢真妈妈敷衍、急躁，时不时夹杂一句"小混球你快闭眼我求你了"的睡前故事吗？

屋里像被贼洗劫过一样。跟趁所有爸妈不在家、疯个够本的小鬼一样，黛朵拿温蒂的东西办了狂欢节。书、玩具、衣服……从抽屉和衣柜里被翻出来，组合成一层覆盖物，堪称均匀地丢撒在床边地面上，另有一小部分延伸到黛朵身上：她穿着带亮片的蛋糕裙，外边加一件巴伐利亚风格的刺绣小背心，下面还穿了一条骑装里的马裤。她就这么坐在地毯上，望着面前打开的那本书。

她的坐姿跟温蒂完全不一样。温蒂喜欢把小腿折叠，脚尖向后贴在臀部侧面。黛朵则是双腿并拢，向身前长长地伸出去，两枚圆润的膝盖骨紧贴，脚踝叠压着，上半身歪向一边，那一边的手臂支在地上撑住。

那是个娇美女人的雏形，除了比例不对，哪哪都对。我曾无数次想象过长大的温蒂像这样坐在大学校园的草地上，似笑非笑地看着对面讨好她的男孩子。

黛朵的两个光脚像字母X一样，柔韧地绞缠成一个锐角。左脚上少两枚趾甲。

书里的假妈妈读道："小兔子倒立起来，脚爪撑在树干上。他说，我爱你一直到我的脚趾头……"立体影像从书页上投射到空气中：父与子，两只栗色兔子，在不存在的月光和草地上蹦来蹦去。

有一次小兔跳到了黛朵膝盖上，她毫不犹豫地伸手去抓摸，预料之中地抓空，然后笑得岔了音儿。

故事结束后，那女声又把故事里的句子唱了一遍。睡前故事附送睡前歌，生产商想得很周到。黛朵跟着那歌摇头晃脑地唱，缺趾甲的脚趾头一边搓动一边打拍子。唱完一遍，她的手指在空中的按钮上划一下，把歌倒回去再放一遍。

温蒂喜欢听故事，她喜欢听歌，昨晚睡前她就让我给她唱歌来着。

屋里充满了她鼓捣出的很带劲的热闹，所以她一直没察觉有人在后面看。那个人的目光融化了又凝固，心在胸腔里荡秋千。小卧室的窗帘还没拉开，贝壳粉色的旧式棉布帘子厚厚地隔开了外面的世界，外面那个明朗真实的世界。

声音和光在不知第几遍循环里停下来，电量耗尽了。假妈妈不会不耐烦，但她会没电。这个早晨这么苦、这么长，我不知道在跟谁耗着、拖拉着，不肯出声打扰那个深深沉浸、乐在其中的小背影。

她把静下来的书合起来推到一边，又去身边的书堆里翻新书，嘴里唱："我爱你直到月亮那里，哦，那真是非常远，非常远的距离……"

一个声音在后面跟她唱出下一句："而我爱你直到月亮上边，再回到我和你这里。"

她像河边饮水的鹿听到枪栓声一样，扭转头颈。

我唱完那一句，面无表情地站在门口，迎着她仰视的目光。

黛朵像个小俘虏似的双手扶地，上半身和下半身一直拧着，挪动双腿朝我爬了几步。

我说："早上好，黛朵。"

她的脸颊是恒定的粉红色，没法变苍白，只有表情是惊慌失色的样子，嘴唇扩成一个边缘不断变形的洞。

最后她带着哭腔说："早上好，爸爸。"

我摇摇头，"别用那个词，我不是你的爸爸。告诉我，你跟温蒂是怎么说的？"

她的五官像熔开的蜡，缓缓变形，化成一摊，继而发出嘤嘤呜呜的声音，像一只被踢了一脚的小狗一样呜咽，但没有眼泪。

我说："说吧，说完我送你回去。"

她哽声答道："我问温蒂想不想装成我，留在沙堡玩玩，反正没人分得出我们俩……"

五岁是孩子最好奇的时候，虽说是玩玩，但温蒂还是犹豫了。

黛朵以"第二天我会跟你爸爸来接你"说服了她。这就是为什么在我带着假温蒂离开妓院的时候，假黛朵不放心地询问，想确认我是否真的会去接她；昨晚黛朵走进家门，没有自己回卧室，而是要我抱她上床，因为她根本不知道卧室在哪里，她也不知道我跟真温蒂没有睡前唱歌的传统……剩下的情节我不忍心再复盘，重筛一遍这个以五岁智商殚精竭虑设计出来的细密骗局，同样是种痛苦。傻孩子黛朵，她怎么会傻到认为自己能伪装成别人的女儿？

然而另有一个问题我不愿去想：在她的计划里，她打算伪装多久？打算把温蒂扔在妓院多久？

不愿去想的本身就是想了。因此，我的心又硬起来（抱歉这只是个比喻，我只有处理器，没有心），或者说，我摁灭了一些火星似的摇摆犹豫。

黛朵正在慢慢解开刺绣背心的扣子，沮丧悲痛得像四肢出了故障。我想起昨夜的疑问："你能自己控制开关？"

黛朵摇摇头："不能。"

"那你是怎么醒过来的？还唤醒了温蒂？"

"我的开关和别的一些地方总失灵，但不知道为什么，断牙不愿意给我换零件。"

我说不出话了。人类嫖客更喜欢鉴赏机械人的残缺，但我怎么能跟她说这个?

　　这时她把自己剥得只剩一条吊带衬裙,双手交叉握住下襟的两个角,作势要往上撩起。我说:"衬裙别脱,你挑一件正常的衣服穿好,咱们就走。那件就送给你,温蒂不会有意见的。"

　　她放下两条胳膊,窄肩膀跟着那个动作往下塌,手心向上僵硬地支在腿上。那动作不属于五岁的小女孩,那是个心灰意冷的女人的动作。

　　她带着哭音,拖长了声叫道:"爸爸!"

　　那可真是让人心肝俱碎的一声。

　　但我还是摇了头:"不,别用那个词,我是温蒂的爸爸,不是你的。"

　　她发出低声的"啊啊"哭叫,每个啊中间像抽搐一样"呵"地抽一口气,耸起肩头笨拙地蹭脸颊,擦拭不存在的眼泪。这个动作也是程序写定的,该型号的机械儿童有四种哭泣模式。在哽咽中间,她挣扎着说:"他们告诉我会有人接我回家的,我家是海边一座树皮搭成的小房子,外面还有吊床和狗屋,我不要那个小房子了,我想要你,爸爸。"

"我的女儿是温蒂，我只有一个女儿。"

"我跟温蒂是一样的，一模一样！比人类的双胞胎小孩还像。"

"不，你们当然不一样。"

"是的，现在也许不一样，但是再过几个月就完全一样了。"

我瞪着她，无言以对。她说得没错，再过一个多月，温蒂的芯片会再次报废，需要再次更换、重启，她的记忆数据没法复制出来，那时她会变成一个刚刚出厂的机械儿童，像任何一个没有记忆的人类婴儿一样。

但是这怎么会一样呢？不一样的。我不想再解释。我往前走两步，从床上拿起一套衣裤抛到她面前的地毯上，简洁地说："快换，我在外面的车上等你。"

等待的时间比预想中短，她从门里走出来，没穿我随手挑的那件，而是郑重其事地换了一套圆领泡泡袖长连衣裙，像是个要跟大人去参加婚礼的乖孩子。

邻居乔纳森先生又出现了，一只手抽烟，一只手拇指朝前，扶在腰眼上，在烟雾里眯着眼，看着黛朵拉开车门，坐进去。

我调整一下后视镜，从镜子里看着她。"你自己系上安全带。"

她用骤然淡漠下来的声调说："我知道。"我启动汽车时，她不客气地打开了那个迷你冰箱，发出一声低呼，"哇，冰激凌！"

我也有点儿诧异，迷你冰箱竟然一直没停电，冰激凌还没化。她动静很大地关上冰箱，撕掉冰激凌的封纸，咬了一口。儿童机械人没有味觉和冷热感，但黛朵和温蒂吃冰激凌的表情都相当逼真。

我把车子驶上街道，街上很多无人驾驶的车，保持一模一样的稳定速度，像在生产线上被匀速向前运送的成品。透过车窗能看见后座的人吃盒饭、在电脑上打字、戴着全息头罩玩游戏。开过一辆家庭款轿车，两个人正在后座做爱，女人跨坐在男人髋部，脖子往后仰，得意扬扬地往外看，迎接一切探索的目光——这段时间流行这个，据说在行进的车流中做爱，可以刺激、延长性高潮时间。黛朵一面舔冰激凌一面盯着那两人的动作，我按了一个钮，后座车窗变得不再透明。

她转回头，冷笑一声。我这才想起她的职业，她可不是温蒂那种"真正"的五岁小童。我和她的眼睛在后视镜里相遇。果然，她不肯放过这次嘲讽的机会，眼中闪出恶意、兴奋的光，下巴往前一挺。"嘿，嘿，你不是不肯把我当成温蒂吗？我见过的可比那个有趣多了。"

我不说话。

她把一根手指搭在嘴角，露出那一侧犬齿咬住指尖（去年特别红的性感女影星拍过这种姿势的杂志封面，编程的人应该是把类似图片资料复制到了她的动作模式里）。"你也可以用自动驾驶，然后上后座来，我给你……"

我说："闭嘴！"

但她仍不放松："你知道机械人也会招妓的对吧？"

冰激凌化得很快，奶油汁顺着手腕流到手肘上，她抬起胳膊顺着舔上去，翻起眼睛盯着后视镜里我窄窄的脸。我说，黛朵："你这样没有意义，咱们和平地度过这段车程，可以吗？"

她沉默了一会儿。"嗨，你怎么跟温蒂解释她没有味觉？她肯定会跟同学讨论冰激凌和点心的味道吧？"

"疾病。我跟温蒂说她有遗传病，她不会去讨论她感觉不到的东西。"

黛朵点点头："那你又何必给她买冰激凌？"

"跟你非要吃冰激凌的理由一样。"

车程过半的时候，她问："你是怎么遇到温蒂的？"

好多年前曾经爆发过一次"毁灭机械人"游行，导火索是新闻报道了一个妻子长期跟家中管家机械人偷情，那女人辩解说那并非通奸，因为机械人不过相当于大一点的按摩棒而已。最后她胜诉了，被判成婚姻官司里的无过错方。其实这种事情如果现在发生，至多在新闻网站占个边栏位置，但那几年类似案件太多，很多人把婚姻和职业中的失意归咎于让他们显得笨拙迟钝的机械人。愤怒情绪很快蔓延全国，几个著名机械人品牌的展示体验店被砸被烧，聚众捣毁机械人的集会越来越多。

我所在城市的游行前夜，人们陆续把准备焚烧、捣毁的机械人扔到指定地点，堆成一垛。我是凌晨三点钟被扔到"尸堆"角落的，半个小时之前我的身份还是产科的医疗机械人。只要有得选，大多数父亲会在"男助产士"与我之间选择我，他们更愿意选一双无性别的机械手去缝合自己太太的下体。那天我从产室里出来，手还没洗干净，就被一群值夜班的男助产士推进急救车，拉出来抛在了大街上。

大部分机械人都被拆除了能量芯，处于死亡状态。还有一些过了报废年限的，时而发出不受控制的奇怪声响，吱吱格格……我被设置成了静滞待机状态，只能躺着仰望星空，心想这会是我见过的最后一片星空。我开始回忆起自己接生过的一个个小婴儿的脸蛋，给每一颗星星取上他们的名：菲欧娜、科斯塔、列奥、塞缪尔、吉娜……

这时，我听到旁边有个小女孩的声音："嗨，你好，我叫露西，你叫什么名字？"

露西距离我大约两米远，躺在一个搬运机械人的大腿旁边，她有一颗长着红铜色长发的小脑袋，脸蛋精美完整，在黑暗中像是自己能发出光一样。我听说过这种儿童机械人，却是第一次见到（我诞生的这个国家经济和观念上都落后一些）。我说：“我叫萨姆，你好，露西，是谁送你来的？”

　　“我爸爸，他叫安东尼。她的语气居然平静而且有一丝愉悦。”

　　“他有没有说送你来干什么？”

　　她以笃信的语气说道：“来变成真正的露西。”

　　我问：“什么叫‘变成真正的’？”

　　“我跟玛蒂尔达一起读过一本书，书上说有一只玩具兔子经过改造变成了真正的兔子，安东尼说等我改造过后，也会变成真正的小女孩。”

　　这鬼话跟大人们骗小孩说，你乖上一整年，圣诞老人就会把你放上送礼名单一样。我叹一口气说：“是，他说得对。”

　　露西跟我望了一会儿星空，又问：“变成真露西之后，我会跟现在有什么区别吗？”

　　“有啊，如果你是真的，你爸爸就不会送你到这儿来……改造了。”

　　“天亮之后他们就要‘改造’了，是不是？”

"……是的。"

大街上有汽车鸣地开过去，路过街心这堆奇异的金字塔时放慢车速，车窗里有面孔探出来看。在不远处某个机械人单调的滴滴声里，露西要求道："天还不亮，萨姆，你给我唱首歌好不好？"

我给她小声唱了《露西在缀满钻石的天空中》。我说："你知道你的名字有多棒吗？1974年人们在埃塞俄比亚找到一块320万年前的女性骨骼化石，给她取名叫露西，她被当作人类最早的祖先。"

她说："哇哦！"

"还有更棒的呢，2010年天文学家观测到一颗距地球约17光年的星球，因为大家都很喜欢披头士那首著名的歌《露西在缀满钻石的天空中》——就是我刚才唱的那个，所以那颗钻石星星也被命名为露西。它有多大呢？印度洋的最大宽度是10200公里，那颗钻石直径约4000公里。"

露西叹一口气，往天上看。"也就是说，现在那儿就有一颗叫露西的星星？"

"是的。"

她转头看着我，微微一笑："我喜欢你，萨姆。"

"谢谢，我也喜欢你，亲爱的。"

"我真希望能记住那颗跟我名字一样的星星，也记住你。不过爸爸说再过几天我就会'报废'，会忘掉所有东西，所以得到这个地方来'改造'。萨姆，'报废'是什么意思？"

我说："'报废'是一种病，很小很小的病，简简单单就能治好。露西，我不会忘记你，就算你'报废'之后忘记我，我也不会忘记你。"

又有人来了，一群少年抬着一个中年男教师模样的机械人过来，把他的身子荡起来扔在"尸堆"上，这造成了一个小规模"雪崩"，我也被埋没得只剩一个脑袋、半个胸膛在外面。

清晨六点，天已经亮了。露西爬过来，折叠双腿跪在地上，胸口贴着大腿，像一只困倦母兔似的缩起身体，红铜色长发垂下来。她的目光跟地面平行，投在我脸上，嘴角和眼睛充满冰糖似的亮晶晶、甜蜜的光。

她悄声说："我要吻你一下，萨姆，这样你就永远不会忘掉我了。"

车窗外的建筑已经变得越来越破败，墙上的涂鸦也越来越多，黛朵听我讲完了上面的故事。

她问："后来你找到她了？你怎么知道你没认错？"

汽油、柴油等助燃液体喷浇得到处都是，人们还拿来了吱吱作响的电锯，让齿轮在空中飞转，等待把机械人大卸八块。在最后的时刻到来之前，我对露西说："你猜怎么着？如果你闭上眼睛，卷起舌头张开嘴，就听不见声音了。"

露西照做了，用牙齿抵着舌尖，亮出了那块人造软体的底部。她把那个动作坚持了一会儿，失望地睁开眼："没有啊，萨姆，你的法子不灵，我还是听得见。"

那是个小小的骗局，是她第一段"生命"里听到的最后一个谎言。

黛朵盯着后视镜做出那个动作：张开嘴，卷起舌头，露出舌底。机械人舌底都印着一个不显眼的编码，不细看会当成小黑斑。我从后视镜里朝她笑一笑，知道她明白了。我记住了露西的条码，露西自己不知道，那是寻找和相认最牢靠的线索。

黛朵问："后来呢？你没有报废？"

"没有。"那场游行结束之后，所有被焚烧、捣毁、肢解的机械残骸被运到废物熔炼厂。我的朋友——我后来的朋友蒂亚戈——是专门回收修理机械人的工匠，从尸首堆里挑拣出在他救治能力范围内的伤员，修补、调试、重新编写程序，再取一个新名字，卖掉。我有67%的脸部材料更换了，连眼珠都从蓝色换成了浅灰。重启之后，我发现自己变成了远洋油轮上的工人彼得。船上活儿太苦，居住条件又太差，人类不爱干。

夜里我负责值班开船的时候，在黑漆漆的海面上看到的全是露西的脸。干到第三年，第三次从南极回来，岸上的世界发生剧变，有了"机械人赎买自由"这回事。又过了三年，我攒够钱下了船。一年之后，靠蒂亚戈的帮忙，我终于在一个流动马戏团找到了露西……

车子在距离沙堡几米的地方停下。上午八点钟的马蜂窝安静得诡异，今晚的男主角们现在还在公司当小职员，机器妓女跟白昼也没必要发生关系，街面上几乎没人走动，只有几个流浪汉躺在角落里睡觉。我拔出车钥匙，双手放在腿上不出声，黛朵也保持静默。我忽然觉得跟她有了一种狭小空间里被强迫产生的亲密，好像坐完一趟长途飞机，有些邻座男女就彼此相爱了。

她脸上没有表情，组成她脸部的仿生材料没接收到任何指令。我下车，打开后门，向她张开手："过来，黛朵。"

我的怀抱里迎来一个绵软得十分熟悉的小身体，属于温蒂的爱自然而然地被召唤起来。我抱着她往沙堡的大门慢慢走，感到她伏在我身上的小胸脯起伏，两个没有温度的身体紧贴着。

她说："萨姆，你也看过我的舌头了，你也不要忘记我，行吗？"

好，其实事情到这儿就差不多讲完了。我敲门把断牙叫起来，没有说是黛朵耍心机更换了身份，只说是我心急认错了，让他带我去储藏室找温蒂。

储藏室像个巨大的停尸间，刷成青灰色的铁柜子靠墙放着，方格瓷砖地擦得光亮雪白。断牙拿出电子账簿，在页面上划动手指，让我看一个个头像照片。还没等找到，黛朵自己说话了："我的编号是SS651。"断牙盯了她一眼，走到墙边的控制面板输入密码、编号，滴的一声，一个铁格子的门弹开了。

温蒂在里面。已经关机的她像昏死似的靠在壁板上，头歪在一边，身体是赤裸的。我脱下身上衬衣，把温蒂包住、抱起来，黛朵动作干脆地钻进那个空出来的格子里，面朝里蹲坐下来，闭上眼睛。

临走时我问断牙："昨晚我女儿有没有跟你的客人……"

断牙举起一根文着海锚图案的食指晃一晃："我要是你，我就不去想这种事。得啦！我当你没问，带你女儿走吧，我回去补觉了。"

这时是上午八点半，我回到车上，白衬衣里的温蒂像裹在襁褓里，好生生地合着眼睛。很久之前，我曾这么抱过很多刚从母体上摘下来、黏答答热腾腾的人类婴儿。那些真实又虚幻的拥有和幸福感，聚合在虚幻又真实的温蒂身上。我把手伸进衬衣底下，从她的耳朵头发检查到手臂胸口，没有，没有丢什么东西，没有人类嫖客的手留下的痕迹。最后我犹豫了一下，还是把手伸到她两腿间摸了摸。

先生们，你们要说这种触摸是猥亵那也随你们。我在马戏团找到露西的时候，她那个女孩部位是一片无数人类狂欢践踏过的废墟。在后来的重建过程中，那一处是最后修补好的地方，因为她散布在世界各地的同型号伙伴们磨损得最快的，都是那个部分。蒂亚戈曾提议用别的材料做个替代品，我拒绝了。再后来我托人买通荷兰一个私人博物馆的管理员，他把博物馆里陈列品"露西"的某部分拆下来，换成蒂亚戈制作的仿造品，把原配件寄给了我。

做博物馆里的木乃伊、睡美人，或是做马蜂窝里的雏妓黛朵，温蒂距离那两种生活只隔着这件白衬衣。现在，她身上也同时有了那两个女孩的一部分。

我的手在衬衣里挪动，滑到她肋骨上，按下去。

小小机械身体内部发出一阵只有我听得到的细微声响，像一切孩童跨越梦与现实界限的一次长长吸气，一次跳跃。我的温蒂睁开眼睛。

　　她小声说："爸爸。"

　　我开车穿越半个城市，送她去幼儿园，迟到是肯定的了，好在上午头两个小时是自由绘画和泥塑时间，晚一点也不要紧。路上她跟我道了歉，说昨晚不该贪玩跟黛朵交换身份。

　　后视镜里的脸蛋，跟刚才那段车程里看到的一模一样，有一瞬间我怀疑自己再次抱错了女儿，但那淡红的嘴角往脸颊上一撇，撇出了微妙独特的差异，我的心又踏实了。她问："黛朵会不会被罚？"

　　我说："应该不会。你昨晚过得怎样？"

　　之后的大半天我和温蒂都过得像平常一样，她去幼儿园，我去上班。除了凌晨打扫社区电影院的兼职，我的正职是在一家手工表作坊铸造零件，虽然现在连快餐店桌上的餐具筒都显示时间，但体面的人类还是认为手工制造的表更有面子。机械人工匠稳定的手比人更适合干这个活儿。

　　下午四点我接到温蒂幼儿园老师的电话，她让我必须去一趟。"温蒂没出事吧？""没有，她很好，不过……具体情况等您来了再说。"

我听出那个人类女教师声音里克制的愤怒。三十五分钟后，那愤怒从她涂着樱桃色唇膏的嘴唇里射出来，像一簇子弹似的打在我脸上。

她还是个刚从大学毕业没多久的年轻姑娘，让她当众说出这样的话，确实有点儿为难她了——"潘先生，请您解释一下：一个五岁小女孩为什么会说出'吃我的阳具；舔，不许用牙咬；慢慢地动'这种话？"

我慢慢环视左右，办公室墙上挂着上次园中儿童画展的优秀作品，而且郑重地镶了框，靠墙一圈摆放童书的核桃色书架，幼儿园的负责人、儿童保护委员会、福利局、儿童服务保障处……的人们沉默盯着我。他们的目光里藏匿着残忍的快感和兴奋，等待我的辩解揭开一个气味荤腥的畸恋故事，满足被那只言片语吊起的猎奇胃口。

以上就是我的辩白。

我要说："法律允许机械人赎买自由，我已经赎回自由了，有权自主求职与生活。你们可以查阅我这儿存储的证明文件。温蒂是废弃物，她的所有者自动放弃了对她的所有权，这个我也有照片和自然人证人签字生效的文件。

"法律没有禁止机械儿童接受与自然人儿童相同的教育，所以温蒂可以在任何一所幼儿园入学；为她的心理健康着想，我也有权隐瞒她的身份……是的，我有权认为温蒂具有'心理健康'。

"今天下午她在戏剧课上失控说出的话，是系统的一次小小紊乱，修改一下就没事了。当然，如果你们担心温蒂仍会对其他孩子产生伤害或坏影响而必须退学，我完全可以理解。

"……没问题，我有法子跟温蒂解释，我有经验。至于她的同学们，在那出《冬天的故事》里听到温蒂讲那些话的孩子，得要你们给解释了……帕蒂塔那个角色，也得另找个女孩演了。

"我会抱着温蒂离开，不用太多谎言，她有乖顺的天性，如果我说不要问，她就不会问。反正再坚持一个多月，一切记忆都会再次丧失。"

温蒂，我会一次一次重新启动你，等待你睁开眼睛那一刻，听你叫爸爸。然后，我将告诉你你的名字。你不是玩具，不是机械儿童，不是露西，你是坠落在我手里萤熠一样轻盈的女儿。

原本你会辗转很多双手，从很多人那里得到很多名字，但在你用一个亲吻把我锚定在时间的湍流里之后，我们就不再有别的名字：彼得和温蒂。你是我的温蒂，我是你的彼得。故事里的彼得从人类那儿带走了温蒂，他们飞行在云端，忽高忽低，身上沾着人鱼的鳞片，右手第二条路，一直向前，直到天明，最后抵达永远不会变老的、不存在的岛屿。

你是比真品更美更珍贵的赝品，是奥斯曼大帝的鹦鹉螺杯，装着饮不罄的美酒。你是我五岁的公主，只要你用山莓似的嘴唇吻吻我的盔甲，我就愿意大步冲向城门外，战胜三头狗、独眼巨人、喷火的龙，再从一切不可能的地方回来，回到你身边。不是因为寻找奥兹国的冒险，而是因为要承载你的疗治，我才有了这颗心。人类喜欢说命运，机械人有没有命运？有，懂得悲痛与快乐的都可以叫生命体，都有命运。温蒂，我跟你是命定的父女。

没有时间，我们其实并没有时间。就像你最心爱的毛毛的故事一样，我得从人类那里盗取时间之花，来维持我们的生命。我不是有血有肉的父亲，你也不是有血有肉的女儿，我们没有真实的呼吸、心跳、体温，没有真实的泪水。我们的生命是从头至尾的模仿，但在一切虚假之中，我对你的爱是真实的，比时间花还真。

附件1：

　　昨晚发生的事，我答应过爸爸，不会跟任何人讲，所以跟你们也不能讲。不过，我可以告诉你们，我求爸爸把黛朵带回家，他已经答应了。他说无论如何都会让黛朵变成我们家的一员。他从来都说话算话。

我就要有个姐姐啦，耶！

附件2：

【声音文件B003转化】

系统音：编号No.5910387 Toy Kid第一次启动，请输入密码与激活词。

启动者：好，听得到吗？听得到就点点头。你好，你的名字是露西，以后你叫我爸爸。你有个姐姐玛蒂尔达，比你大，哦，你的年龄设定是五岁对吧？她比你大两个月，你的任务是陪玛蒂尔达一起玩。

No.5910387：好的，爸爸。

【声音文件B007转化】

启动者：露西，看这件裙子漂亮吗？你换上它……好，跪下来，朝镜子这边侧过来一点儿。行了，这次我自己拉开裤子拉链，下次你替我拉开，记住了？

No.5910387：好的，爸爸。

启动者：含住这个东西，然后我抓住你的头控制节奏，就跟我教你和玛蒂尔达跳舞一样。

No.5910387：好的，爸爸。

启动者：不要跟玛蒂尔达谈论这件事，这是我跟你的秘密，而且干这件事的时候，你不要叫我爸爸，叫"亲爱的安东尼"，记住了？

No.5910387：记住了？亲爱的安东尼。那么我的名字呢？我仍然是露西吗？

启动者：是的，你还是露西，是我的露西。

睡美人的梦

一

那小子一进镇，我就知道他是为睡美人来的，镇上每个人都知道。他是一，二，三，七，十三，二十五……第二十七位来试图唤醒"睡美人"的勇士。前二十六位怎么样了？那还用问？

前二十六位里还真有货真价实的王子，和拥有爵位头衔及私人纹章的年轻爵爷，不过头衔算个鬼，保证不了他们的人品，也保证不了他们能成功。这第二十七位勇士拖着磨得高矮不一的皮靴跟，用一种脚底有血泡的姿势一瘸一拐走在车辙深深的街道上，走过铁匠铺、杂货铺、成衣铺、小酒馆、皮匠铺、客栈，谁也没停下手里的活：客栈老板娘出来泼了盆水就拎着铜盆回去；秃头铁匠锻打马蹄铁的叮叮声一下一下，一个鼓点也不错；每天在酒吧里打撞球的红胡子老爹乒地一下把球打进袋底，眼皮都不抬。

然而，所有人都看到了此人的所有。人们在若无其事的脸皮下，憋着一副等待好戏的笑。如果蓝胡子娶第七房小太太时，他的乡亲们在场观礼，大概就是镇民现在的表情。等此人出发进城堡那晚，赌局就会开放下注了。

我在后面尾随他。富贵？划掉。机智？暂时看不出来，划掉。强壮？个头不低，腿也不短，但隔着粗毛外套判断不出四肢粗细。

英俊？……存疑。拿肥皂洗洗脸、刮刮胡子，也许有点看头。

路过杂货店，斜眼小比利叼着一根薄荷糖条踅出来，跟在我后面，低声说："喂，汤姆，这次的货色不像太有油水啊。"

我挥挥手，"滚，偷你的怀表去，别妨碍我办大事"。

那青年走到十字路口的喷泉池边停下来，在石头池沿坐下，松一口气，双手伸到鼓起腮帮的石头海神嘴边，在哗哗的水流里洗手，掬水洗脸。就在我猜他要探头捧水喝的时候，他放下背后包袱，掏出一只手掌大的锡杯，在细流下转来转去地冲洗，随后接了一杯水。

然后，他提起左腿架在右腿上，像坐在巴黎咖啡馆里喝咖啡一样，一口一口喝水，又转过脸，朝着太阳眯起眼，眼珠宛如上好的蓝宝石。我在清单上做涂改：富贵，打钩，好人家出身的男孩才会喝杯野水也喝成这样。英俊，打钩。

我把手插在裤兜里，慢悠悠晃过去，运煤车刚驶过，落在路上的煤渣扎得脚底板痛。不过我还是走出了悠闲样子，来到水池前，探身在水流里搓搓手，在裤子髋部正反两下抹掉水，一屁股坐在离他一臂远的地方。

他看看我，一笑。我一颠下巴："嘿，外乡人，你好。"

"你好，小兄弟。"

"你好，我叫汤姆。你是来找'睡美人'的吧？"

他犹豫一下，"到你们镇的每个外乡人都是来干这个？"

我说："模样贵气、好看的那些都是。"

他吃这一记恭维，那些警惕的脆皮纷纷剥落，笑得更友善些：
"有多少人来尝试过？"

我说："二十六个，你是第二十七个，七这个数很吉利，照我
看你会是最后一个。"

"谢谢你。"

我双手一撑身体，往他身边挪近半条手臂。"外乡少爷，跟你
说，我这里有关于睡美人的独家消息。因为我觉得你有希望成功，
所以你给我一个狮头币，我就给你好好讲讲。"

他又笑了："睡美人的故事我早就知道，要不我为什么要来？
不劳你讲了。"

"别太骄傲，你顶多是道听途说过，怎么比得上我们土生土长
的人清楚？"

"你不妨先讲一小段，如果我觉得值，再付钱。"

原来他还真不是那种冤大头、傻少爷。于是我开始讲：

"睡美人"是外边人的叫法，我们这里一直叫她"玫瑰小
姐"。她父亲出身于克罗地亚历史悠久的贵人门第，她母亲是来自

弗莱堡的一个灰眼睛美人，懂巫术。据说有人亲眼见过她复活了她丈夫和朋友打死的鹿（他们带着猎鹿犬在林中狩猎，镇上人都听得到那超度猎物亡灵的喇叭声）。

他们的女儿降生后，成为阖宅至宝，取名露斯（Rose，即玫瑰），自幼精力充沛，让人头疼。八岁时，玫瑰跟爸妈到都灵的远亲家做客，那家的花园里建了一座迷宫。后来，她父亲四处搜寻，买下了这个周围有大片空地的城堡，把围绕城堡的绿地都建成树篱迷宫，从城堡的高窗望出去，每个方向有一块不同形状的迷宫：玫瑰花、蝴蝶、豹，三个迷宫彼此由小径连在一起。五十个园艺师种植了两百种花、一千株柏树、两千丛灌木，组成迷宫主题，其中安插着喷水池、大理石雕像、刺绣花坛、柑橘花坛、凉亭。建造耗时两年，赶在玫瑰十三岁生日前完工了。

那之前的一年，玫瑰的母亲被诊断出前景不明的病，她父亲想借机搞个热闹派对，以振作爱妻的精神。朋友亲戚来了很多，其中有一位叫牧豆的年轻姑娘受到额外款待，被请进了女主人卧室。注意！她就是日后一切厄运的起源。

说年轻不如说年少，其实牧豆只比玫瑰大两岁。两个女孩的母亲曾同在保加利亚的巫术研习所里求学，交情很好，后来各自结婚，远隔万里，仅有信件来往。牧豆的母亲正替灯塔看守员丈夫怀着第五个孩子，只能派大女儿来送礼物兼问候朋友。他们住在爱尔兰一个小岛上。玫瑰的母亲半躺在床上读了旧日女友的问候信，精力已不够应付繁务，只嘱咐女儿把最好的衣服和玩具拿出来跟客人分享。

据人们回忆，牧豆是这么一个女孩：海风吹出的黝黑脸庞，拘谨、阴郁不乐，瘦高如扫帚棍子，玫瑰跟她并肩站着，像一株粉红花苞傍着一捆柴火——真抱歉，不该这么说一个姑娘，可见过她们的人都这样说。

依照母亲的指令，玫瑰乐于打开衣橱让客人挑选，但她的裙子牧豆全没法穿，尺码不合适，像扫帚棍挑着床单，而且巴洛克式的奶蓝娇黄丝绸衣裙跟粗糙皮肤和焦枯头发放在一起，简直成了滑稽剧。每当牧豆换一身新衣裙从屏风后面出来，娱乐室里总会爆出一阵哄笑。

等等，哄笑的人们是谁？是跟着爸妈来参加生日聚会的青春期女孩们，年纪都跟玫瑰和牧豆差不多，她们放肆而夸张地笑呀笑，并不觉得这算是残忍或羞辱，直到把主人家的慷慨渲染成了恶意。最后牧豆拒绝再试衣服，她换回自己的旧裙子，连腰带都没系好，就急匆匆低头拽开门，跑了出去。

后来，一位当时在场的保姆说："我发誓我看到那姑娘脸上腾起一片杀气。"

不，我觉得保姆是错的。因为太早了，芭蕾女伶挂钟才刚舞出早晨八点的乐段，九点钟在餐厅里，新奇的吃蛋方法还会继续令牧豆难堪。然后，他们收集起饭桌上剩下的华夫饼，包在手绢里，到池塘边去喂鸭子。牧豆不用手绢，也没人让她从自己手绢里分享喂鸭子的食物。十点钟，他们跟着玫瑰去参观动物标本室、温室、书房，在书房的一人高的地球仪旁围坐着玩扑克牌，让牧豆孤零零坐在圈外，只有她一个人不懂任何一种玩法。中午十二点午餐，被一根带分叉的鲟鱼鱼刺卡住喉咙，牧豆狼狈痛苦地呛咳不停，大人们跑过来救助。作为对伤者的尊重，所有孩子都不得不停止吃饭，他们互相眨眼，交换相似的轻微嫌恶与不耐烦。下午两点在音乐室，有人弹琴，所有人齐声唱一首流行曲送给过生日的女孩，这"所有人"仍然不包括牧豆。玫瑰笑道："不是你不会唱，是你的嗓子被鱼刺扎伤了没法唱，对吧？""所有人"对这个好玩的解释报以大笑……就这样，他们度过了生日晚宴之前的白昼。

晚宴之前，工人为树篱做完了最后的修整和装饰，隔几米挂起一盏彩色玻璃罩灯笼。太阳落下去，天空转为幽蓝，灯点燃了。男孩和女孩们碍于要做准绅士淑媛的体面，按捺着吃了点东西，就急匆匆扯掉餐巾，请求去那座著名的迷宫里玩。

故事讲到这里的时候，我跟二十七（这是我在心里给他取的代号）坐在饭馆最靠里的餐桌旁边，他点了麦饼和兔肉炖菜，给我也叫了同样一份。

他吃得像个当兵的一样快，吃完就双手交叉，拇指顶住下巴，看着我吃。我不吃饼，把土豆和萝卜之间的肉块都挑出来吃掉，打个嗝，手掌前半截在桌上豪气地拍拍，"再来一盘"。

二十七转身喊人添菜，说："汤姆，你是不是一个月没吃肉了？还要什么？要不要搭配酒？"

我不理他的揶揄，悠然道："现在还不到喝酒的时候，不过桃子我还能吃两个，再来一块蜂蜜蛋糕就更好了。"

二十七说："你这桩生意赚头不错吧？每回有人想进入睡美人城堡，你就能把故事卖一笔钱，从这个角度来说，你应该盼望我不要成功。"

我拿颧骨挤一挤眼睛表示在笑，我不想告诉他，第五号没等我说完三句就赏来一个耳光，"小脏鬼滚远点"，手指上的图章戒指在我颧骨上划出一道血口；第九号一出手扔来一把狮头币，双手叉腰看我在石砖缝里捡，等我捡完他一伸手说，"哎呀，我的钱怎么掉了，谢谢你帮我拾起来"；第十九号是最有耐心的一个，一直听我讲完，讲到嗓子哑得像锈铁，他点点头转身就走，我跟上去说

"你还没付钱呢",他朝我膝盖上蹬了一脚说,"你那骗人的故事就值这个",那意大利皮靴的跟真硬、质量真好,他货真价实是个有钱人……这些我可不能跟二十七说,他有样学样可怎么办。

午饭后他付了账,跟我在街边溜达,我继续往下讲。

大人在室内舞厅喝酒跳舞,孩子们欢呼着跑进迷宫,从二楼的阳台上能看到他们在树篱甬道的岔口处分开,像一股一股细细的血液涌进每条空着的血管。

三个迷宫相互连接,入口是玫瑰花萼,每片花瓣间有小道联通;一条由甜石楠和波索特蔷薇组成的蝴蝶触须通往第二个迷宫,从触须进入左翅,从左翅进入右翅,翅膀有一个缺口通往腹部,再绕到头部。孩子们在甬道里欢叫飞奔,灯笼的光照亮一个个快速移动的头颅。豹的一只前爪挨着蝴蝶翅膀,像要扑住蝴蝶似的,从前爪进去,绕完豹的四肢腹背,嘴巴就是出口。出口处有两座雕像,一座是神话中曾征服迷宫中牛头怪的英雄忒修斯;一座是协助他的公主阿里阿德涅。

最后,所有孩子都走完迷宫,满头大汗地回到城堡阳台上,只剩下牧豆还在里面。

他们喝柠檬饮料,吃温室里人工焙熟的葡萄,像观赏笼子里跑动的老鼠一样，居高临下地看着牧豆在迷宫里转来转去。这些人越来越放肆地大笑，故意喊出错误的指示："左拐！不对！左边是死胡同！往右，在前边有水池的地方右转！"

玫瑰的母亲来到阳台上，看到牧豆正跌跌撞撞地奔跑在蝴蝶的翅膀纹路里，她大惊失色，命令玫瑰快去把客人救出来。经历几次在岔道里的错过，玫瑰终于追上牧豆，她挥挥手走在前面，把后者带出迷宫。城堡的女主人带着不大情愿的孩子们站在出口等待，见到满面泪痕、双眼通红的牧豆，想要上前抚慰，牧豆一把把她推了个趔趄。

她转身，捏紧拳头，对玫瑰吼道："我恨你，我诅咒你！我以我父母传授我的所有法力诅咒你，我诅咒你被玫瑰花刺扎破手指死去，不，不是现在，你要先在这种恐惧里熬过一年又一年，再一年，三年后死亡才会前来解救你。当你死去之际，你们所有这些没有心肝的冷酷的人，也要跟着陪葬。"

她像手持一柄剑一样扬起手臂，往下一劈，玫瑰便像被砍中似的失去知觉，倒在地上。

所有人都呆若木鸡。巫师的女儿牧豆像狂风一样跑出花园，杳无踪影。

生日会凄惨地结束了。玫瑰昏睡一夜后醒来，除了沮丧恐慌，身上并无可见的伤痕。到底诅咒是否成功了呢？玫瑰的母亲给女友写了长长的信，对未能令牧豆"宾至如归"反复道歉，又委婉询问牧豆所用法术的种类及解法。苦等一月后，得到的回信短而冷淡，称全家即将搬家远行，行程不定，因此不要再写信来。末尾一句淡淡道：依我看，诅咒可能并未结成。

但玫瑰母亲在塔罗牌上反复卜出的结果都是死亡。

那场生日派对是在夏天，接着一整个秋天她都在不停抱病写信，写给自己过去的巫术教师、隐居在岬角荒村的巫师朋友，又指点丈夫远行，去只有巫人才知道的店铺，高价购买奇异物品：白孔雀的头骨、黑猫的眼睛、难产死去的女人的头发与她的死婴的脐带、加德满都庙宇中的柘榴石。丈夫外出之际，她和女儿待在密室中。到秋天结束时，她已憔悴如枝头枯叶，距离泥土只差头一道冬风撮口一吹。

最后，最贵的一件东西找到了，是玫瑰父亲用一座葡萄园换来的：一位已逝世的强大男巫的食指。第一场冬雪来临的晚上，玫瑰母亲在迷宫中心举行了一场巫术仪式，她令女儿喝下催眠药睡去，躺在铺着黑山羊皮的石头上，九面镶嵌月长石的高大水银镜把她们围在中间。那根食指浸泡在福尔马林瓶里，母亲将瓶砸破，取出那一小截干枯秋葵似的手指。她用匕首刺破胸口，以死巫师食指蘸血，默写复杂的咒文，写在镜面和静卧的女孩身上。

接着，她堆起备好的接骨木，点起火来，火焰里洒入药粉，先变成翡翠绿，又变成深海中鲨的血液一样的蓝灰色。她逐个焚烧孔雀的头骨、黑猫的眼睛、死女人的发与死婴的脐带。每焚烧一件，她就赤手把灰撮起，把它洒向镜中的女孩，让黑烬和白雪混合在一起。

在这过程之中，她一直反复诵唱一支旋律凄切的歌。人们远远站在迷宫外的雪地里，双手攥在一起，沉默聆听，听得忘记拂去胡须上结的霜。

就在雪花不再飘落的一刻，火光熄灭，歌声停止。玫瑰父亲照妻子的指示跑进迷宫，从破裂一地的镜子碎片里把她抱起来。她也轻得像一片灰烬。

这场法术耗尽了她最后的生命力，几个小时后她便离世了。死前她告诉丈夫，诅咒无法抹除，但她已把死亡更改为沉睡，玫瑰会被花刺扎破手指，安稳地沉睡下去，直到某一天有人来解救她，破除诅咒。

谁会来解救？没人知道。

悲痛的丈夫埋葬了妻子，终年穿黑衣以致悼念。明知无用，他还是锁起树篱迷宫，不让玫瑰或任何人进入。诅咒中所说的"一千个昼夜"是三年，不管被设定或修改的结局是死亡还是沉睡，他们的生活确实已经被毁掉了。

　　故事讲到这里，我跟二十七已经转移到了"蓝狮"。这是镇上唯一的酒馆，跟教堂和妓院一起提供别无分店的集体娱乐。人们在姜汁似的浊黄灯光里喝酒，往墙上的镖盘扔飞镖。一角有撞球台子，一群人围在桌边打球，圆球在吊灯照射下滴溜溜地滚过绒面磨损的球台，激起喝彩或笑声。胖侍女茉莉在吧台与桌椅间来往，耷拉着脸把酒杯重重怼在桌上，狠狠把捏她屁股的手打掉。

　　跟中午那会儿一样，谁也不往二十七这里看，只当他不存在，就像这个在酒馆里只喝水的青年是空气捏出来的。茉莉过来添水，他指一指，让她把水倒进自己的水杯里。她对二十七说："老板让我告诉你，一杯水也收一杯酒的钱。"

　　我翻了个白眼。但二十七说："没关系。"

　　她又把另一杯麦芽酒砸在我面前，震得桌上的灯台一跳。我说"谢谢你，茉莉"，也往她屁股尖上拧了一把。她一瞪眼，在我后脑勺上响亮地扇一巴掌，"你也给我来这套？"

　　她晃着树桩似的臀部走了。我把鞋子脱掉，折叠双腿，脚后跟舒舒服服地蹬在椅子沿上，喝了一大口酒。此时喝得半醉的琴师吉姆终于打开立式钢琴盖子，开始弹《大副迈克尔的美妻朱蒂》，他喜欢以这首歌开场，因为他老婆就是离开一个壮得像赫拉克勒斯的商船大副改嫁给他，这是他毕生至为自豪的战绩。

男人们跟着唱起来：

穿红裙的朱蒂，俏立码头边，

她丈夫的船刚刚启航，消失在海平线。

她转头就给我个热吻，说：

晚上到我家见面，试试大副带回来的羊毛毯。

嘿，嘿，嘿！

愿情人和老婆永不相见！

二十七望着他们，认真听了一阵，评论道："钢琴该调音了。"

我笑了。他又说："你们这里的人每天都这么快活？"

"不，今晚是特例。"

"为什么？"

"因为你。"

二十七也笑了，笑的意思是"这笑话很笨拙并不可笑"。

我说："你打算明天就进城堡去碰运气？"

"也许明天，也许后天。有什么禁忌吗？"

"没有。不过你离开那天，赌局就要开了。"

"什么赌局？"

"赌你的生死输赢，赌你还能不能囫囵回来。刺激吧？所以我刚才那句不是逗你笑的，我们这地方没什么娱乐，每次来一个外乡人就像过节了。"

这时胖威廉开始拉一支欢快的吉格舞曲，人们离座跳舞，醉醺醺的脚底板磕碰在木地板上，与其说他们跟着音乐起舞，不如说音乐把他们绊得踉跄。然而他们举起手臂，面对面旋转，笑得露出牙龈。

二十七看看酒杯，问："你喝完了？可以走了吗？"

失去女主人的第一年，整个城堡混乱阴惨，玫瑰的父亲开始频繁远行，理由是做生意，但他每次都在凌晨悄悄启程，哪怕冒着风雪，只为回避话别场面。玫瑰心知他不想看到自己。承受同一种悲痛的人们并不会变得更亲近。事实往往相反，他们心中互相埋怨对方不能抚慰自己的痛苦，又在反复回忆中把悲剧归咎于对方犯下的错误，减轻自己的罪恶感，这是人性中趋利避害的本能驱使的，谁也怪不了。

他难得回家一趟，大半年里唯一一次回来，是为了看看雕刻家为亡妻制好的雕像。第二年，有传言说那鳏夫在巴黎养了情妇。圣诞前夕，他终于回到家，从花匠到磨刀男仆个个都收到丰厚礼物。但当他把管家召到楼上书房去的时候，女佣们七手八脚地把他的贴身小厮拽进厨房审问。

一开始那男孩不肯说，最后他松口了："那科西嘉歌伶长得跟太太有六分像。你们别埋怨老爷了，他很可怜，真的。"

从遥远巴黎源源不断寄来的华丽时装、奇巧玩具，只能增添女孩的寂寞。她长到了十五岁，锁住的迷宫里被砍断的花树萌生新芽，生日那天她收到镶嵌十五颗钻石的项链。然后是更孤零的十六岁。第三个春天到来时，镇上蓝狮酒馆（对，就是你刚才喝酒的地方）雇了个外地琴师。

那人来自盛产吸血鬼的罗马尼亚，三十岁上下，头发胡须黑得像藏了乌鸦羽毛，发梢卷曲如茛苕叶，双手纤长，一笑牙齿如溪水中的小颗白石子。他名叫塞巴斯蒂安，天生一个旖旎的情人名，浪漫得轻浮，不到一星期，这名字就在镇上女人们的心口舌尖上打转了。

他的技艺还不止弹琴。某天他敲响城堡的侧门，询问是否能到花园里写生：墙里的藤本月季一直开到了墙外，美得实在让人心痒……他本不该被允许进门的，但恰好开门的不是老守门人而是浆洗女佣，她像所有女人一样，被那罗马尼亚人用微笑和俏皮话轻松攻克。

他被带到城堡的小女主人面前。玫瑰答应了他的请求，条件是让她在一边看。绘画是她教育里缺欠的一环，从小教她法语和诗歌的女教师把月亮画得像番薯。他连续来了三天，完成了他的画作。每天他到来之前，玫瑰要在更衣室花掉一小时，那些从巴黎寄来的藕色欧根纱罩衣、带金扣子的奶油色塔夫绸裙、缎子镶边短披风终于派上用场。

她写信给父亲，要他雇佣这外乡人做自己的美术教师，随信附了塞巴斯蒂安为她画的粉画小像。她父亲答应得十分痛快，由于心中愧疚，他对女儿有些怕，也常有谄媚之心。其实，塞巴斯蒂安早在回信送回城堡前就上任了。

没人忍心责备这小孤女找一点乐趣，塞巴斯蒂安适可而止的殷勤、时有暗喻的诙谐，是所有女孩在这年纪都该享用的养分。她跟她脸上的红晕、眼中的光亮每天就活在美术课那两个小时里，就让她继续以为谁都看不出来吧！春尽夏至，树荫日渐浓稠，三年的时限越来越近，人们越来越小心，不让任何一朵玫瑰花进入大门，他们甚至砍掉了带刺的枸骨树和虎刺丛。她父亲在信里说，他会及时赶回来。

诅咒发出后的第一千日，天空晴得苍白，从早晨开始，管家就严嘱玫瑰一定要在卧室乖乖躺着，什么也不做，什么也不碰。这样难道还不能平安度过吗？说不定玫瑰的亡母低估了自己的法力，也许诅咒不仅被更改，也被抹除了。

此时，那父亲还在急煎煎赶回的路上，科西嘉情妇索要了一次过于缠绵的、床笫之间的告别，拖延了出发时间，而一条冲断的桥又耽误了行程。

城堡的卧室里，玫瑰一直躺到太阳收敛光彩。起初她满怀悲壮与恐惧，双手把镶嵌亡母肖像的金鸡心项链捂在心口，但一上午过去了，一下午过去了，什么事也没发生。诅咒真的失效了？

她爬下大床，拉开窗帘，让淡紫色和金色暮光洒入房间。再推开窗，甜净鲜澄的空气涌进来，像风送来无形花束。她分辨出其中苦楝和木香的花香，想起塞巴斯蒂安说明天开始教她用颜料，之前她一直在学素描。明天她打算穿那条带荷叶边的橘绿条纹棉布裙，配果绿色发带……她憧憬着明天。

门板上传来钥匙齿咬住锁眼旋转的声音，她回头，先进来的是放着鸡肉沙拉、苹果和牛奶杯的晚餐托盘，后面跟着的脸却不是女佣，而是美术教师。

他把食物放在床头，甜蜜一笑，"生日快乐，我的公主"。

人人都关心今天是诅咒降临的日子，只有他记得这天还是她的生日，所以也别怪此人在女人堆里所向披靡，他应得的。

她呀了一声，双手按住胸口。塞巴斯蒂安说："什么见鬼的诅咒，我从来没信过，像你这样的天使不活到九十九岁，简直没天理了。"她嘻嘻笑着，挽起裙摆，一跨步跳到床上，朝这男人靠近。

他坐到床边，歪着身子凑过来说："喏，这是我的生日礼物。"她明白那是个吻，他探头速度很慢，留出让女孩逃开的时间。但她毫不抗拒，反而双手一拢，扣在他脖颈上。

这时她低声告诉他："我母亲临终前说，如果有个人肯爱我，给我一个饱含爱意的吻，诅咒就会彻底解除。"

他并不认为自己对她有这么大的意义，不过为了凑趣，他说："那就快让我试试吧。"

他先吻在她双眉中心，又像吃一块珍贵奶酪一样咬了她的鼻尖；她感到口中溜进一条湿热的、没有鳞片的蛇，身子一阵发抖，仍然迎上去。她的手顺着他的脖子往下滑，手指勘探陌生皮肤的质感，好奇倒比欲望更多，先摸过脖颈尽头的小坑，又玩一玩喉结，再滑到胸口上，忽然哎呀一声，手指尖像被细小的牙齿咬了一口，是血脉通往心脏那根无名指。抬手一看，指肚正凝起米粒大的血珠。

她第一反应是他衬衣胸袋里藏了条真的蛇。

不是蛇，是手绢，杂货铺老板的女儿给他绣的手绢，首字母S绣在一朵鸽血红的药剂师玫瑰旁边。今天清晨，她坐在店里完成最后半片叶子，俊美的罗马尼亚人进来买石榴。一番热吻，她幸福得昏了头，他离去时除了免费得到一袋水果，贴胸口袋还塞进一块差半片叶子的手绢。那丝线拼叠成的花杆上留着一枚针，它以花刺的身份压轴演出了诅咒里最重要的角色。

手绢掏出来了，针也找到了，他飞快把针拔出来一抛。女孩看到了药剂师玫瑰，心中如同明镜。她惊惧极了，张大嘴却叫不出声，那张嘴的动作随即转成一个哈欠，困倦像墨汁滴进牛奶，她的头颅在颈上软绵绵晃动，身子向后倒在床上，眼皮如幕布徐徐降下。

血色从双颊上急速退潮，嘶嘶的呼吸停止，一瞬间仿佛死亡赢了。但那胸脯忽然弹起，鼻孔张开，长吸进一口气，接着便恢复了正常的一起一伏。

她睡着了。

这不是结局，幕布尽管落了，但只是漫长的幕间休息，死去的母亲用生命接续了悬而未决的下半场。

塞巴斯蒂安木立在床边，明白自己嘲笑的乡野传说已在眼前成真，误打误撞地，他竟成了执行者。有那么一刹那，他想去完成那个吻的测试，但本能拽着他的脚后退，远离床上那个被乌七八糟妖术把持的胴体。

他转头冲出房间，发足狂奔，在走廊里踢到一样东西，差点绊倒，是浆洗女仆横卧在那儿，枕着一摞床单被罩睡得香甜。

这是诅咒的另一部分。他一路向外跑，看到女教师仰面朝天躺在图书室门口，鼾声像狗嗓子里的哼哼，厨娘跟管家倒在一楼走廊里，头挨头像一对老夫妻，管家的手还留在厨娘裙子下面；厨房里，火炉上将沸的水在铜锅里翻滚作响，围着桌子玩纸牌的男仆女仆趴在桌上睡着，一人手掌摊开，亮出牌面——一对国王王后、一对鲜红桃心。整座建筑像刚遭遇一场毒气武器的屠杀，到处是躺卧得横七竖八的人。美术教师边跑边用手掐脸颊，生怕困意也令自己倒下去。

终于他冲出大门，一辆马车停在通往正门的路上，马站着睡觉，一个男人歪倒在车门外，倚着车轮。那是玫瑰的父亲，他绕开断桥日夜兼程赶回来，总算赶上了跟整个城堡与女儿一起沉睡的命运。

塞巴斯蒂安就这样一口气跑回他住的客栈，像有吃人老虎在后面追赶。人们看到他的脸色，以为他撞了鬼，纷纷围拢到房门口询问。他一面草草收拾行李，一面把上述故事讲了一遍，然后提着皮箱撞开人群，大步离开。

从那之后，再也没人见过他。

他逃过了沉睡的命运，因为诅咒限定的范围仅是三年之前在城堡里的人们，所有人。有一个温室花匠请假在家照顾刚分娩的老婆，同一时刻他倒在家里饭桌上睡着了，家人们怎么叫也叫不醒。当时在城堡里做客的人们也无人幸免，他们各自在遥远的地方陷入医学无法解释的长睡不醒。

镇民们谁也不敢走入那座着了魔的城堡。他们把这故事讲给来此访友、推销货物的外乡人，"睡美人躺在城堡中等待一个吻解救"的故事逐渐传出去，越传越远。

我所知道的，到此结束。

这时已近午夜，我和二十七慢慢走在路上。今天的月是下弦月，银亮的一线，像丝绒幕布上一个缺口，透出舞台另一边的灯光。他用真诚的声音说："故事讲得真好，谢谢你。"

我说："也谢谢你肯耐心听，把剩下的钱付给我吧，谢谢。"

他从口袋里掏出一个狮头币，捏着它亮晶晶地悬在空中，说："我还有问题没问完。"

"你问。"

"这位玫瑰小姐长什么样？漂亮吗？"

我哈哈大笑，笑得停住脚，双手按在膝盖上，撑住上半身。他悻悻瞪视我，只能不断摇晃手里的钱币作警示。我说："是的。她父亲年轻时用一支舞就让俄国公主倾心；她母亲呢，人们说她的美貌本身就像种巫术，玫瑰小姐则集合了父母的优点。还有问题吗？"

二十七问："城堡里的事你怎么会知道这么详细？"

哈，他一定以为这个问题够机智！然而太阳底下没有新智慧，三号、九号、十四号、二十三号早就问过同样的问题。我从容不迫地说："那家厨娘是我妈的干姐、我的教母。盛夏时他们全家出远门去海边，秋天他们要到弗莱堡探望玫瑰外祖父一家，那时我就溜到城堡后门去，大家总会给我开门，让我进花园玩，每个迷宫我都走过不止一遍。"

他浅色的睫毛眨动一下。我说："你不相信？"

"我相信，那么复杂的故事和细节，你编不出来。"

我说："承蒙你相信我的资格，我愿意给你提供另一项更周到的服务。"

第二天早晨，我被敲门声吵醒，打开一道门缝，二十七的一只眼、半个鼻子露出来，半张嘴一咧："嘿，我请你吃早饭？"

他住在查理旅馆最好的房间，我住一楼杂物间。老板娘之所以让我免费占用那个小房间，第一因为我每次都能把外乡人拉到她的旅馆来住；第二因为她是我远房表姑。我跟二十七往外走，他说："汤姆，我猜你是个模样挺好的小伙子，如果你肯好好梳洗一下。"

我转头看着他，把嘴边的哈欠打完，他洗了脸刮了胡子，脸色新鲜得像鲜牛奶。我说："不用关心我的模样，我又不用讨美人欢喜。"

吃早饭时，我从口袋里掏出几张纸抖一抖，哗哗作响。他说："那是什么？"

"是保你能顺利进入城堡和玫瑰小姐卧室的诀窍，一共四张，三十鹰元一张，我收你整一百，最后一张打三折，算馈赠回头客。"

二十七沉吟之际，我再补上一句："昨天你说过相信我的资格，对不对？要说进城堡的向导，这镇上没人比我更熟门熟路了。"

"汤姆，我觉得你以后肯定会发大财。"

我说："我一直这么认为，今天这种感觉格外强烈。怎么样？还是先付一半？"

纸是账簿上撕下来的空白页。第一张纸上列了四十九种植物和它们的拉丁文原名。（他说，这些从植物图谱上抄来的东西就值那么多钱？）

第二张纸上画了三个迷宫的地图。（他说，这太复杂了，我不背了，你带路就行了。）

第三张纸上写了一段乐谱。（他小声哼了一遍，说，旋律真奇怪。）

第四张纸上画了城堡的示意图。（他问：这画的是面包片和来偷吃面包的蛇吗？）

进入城堡的最佳时间是夜晚。白天我们待在酒馆里，我喝了多得难以想象的麦芽酒。他问："之前那些没成功的二十六个人都怎样了？"

我说："不知道，如果我硬说知道，你会连我之前的话都不信。"

他笑了："你们镇上一点传闻都没有？"

"有，传闻是他们也被巫术包裹进去，跟城堡里的人一样，长久睡在花丛里。"我喝一大口酒，酒浆那种凉滑的慰藉穿过胃袋，把一股热气播送到血管四肢里。

我问："你为什么要进城堡？试图吻醒睡美人？为了钱？看你的样子家世应该不差。为了美女？可你都没见过她，你会看一眼就爱上她么？她睡了七年，嘴里的口气都能熏晕你，你真愿意吻她？你长这么好，就始终没个心爱的姑娘？"

他淡淡说道："你醉啦，你醉成这样，还能不能认清路？要不我们明天再去吧，但是得从你的佣金里扣一成。"

我从椅子上站起来，一手拿着空酒杯，一手抓起桌上的苹果往天上一抛；迅速塌腰，后踢腿，腿和脊背拉成一条水平线；单脚转一个稳稳的圈，再一伸杯子，苹果噗的一声掉进杯里。

酒馆那边传来啪啪的拍掌声，是红胡子老爹，我朝他鞠了个谢幕式的躬，悠然坐下。

二十七看得发呆，我取出苹果递给他，一笑。他说："真是想不到……"

我说："没有外乡人来给我生意做的时候，我总得有点别的本事赚面包钱——你瞧，我没醉吧，你是不是该回答我的问题了？"

他把苹果在手里转来转去，像在研究上面红斑和红丝线的分布，半晌说道："你猜错了，我出身很糟，既没钱又没头衔，我能不能再花几个钱买你不再问这种问题？"

月亮升起之后我们就启程了，腰间皮囊里放着我帮他搜集的工具：一副鞣得极柔软的手套、一把磨得极锋利的短刀、一支獾毛画笔、一瓶用软木塞封好的酒。

从磨坊出发，沿着一条几乎被荒草和荆棘埋没的小路走向树林，路边根根挺立的毛地黄像毛茸茸的长纺锤。林中暗极了，头顶的枝叶交叠，针脚极密地织成一个海绵穹隆，把光吸得涓滴不剩。我被榆树隆起的树根绊倒过一次之后，他抓着我的手腕一起走，我们的手和腿仿佛在鼹鼠的黑天鹅绒皮毛里划动。

大概走了两个小时，逐渐接近林地边缘，前面出现极稀淡的、牛奶一样的光。终于走出林子、跟光重逢的一刻，眼睛感到被拥抱了一下，他的手指也同时在我手腕上感叹地一握。

林外是一块平原，城堡远远矗立在西方，整块平原浸没在水银似的月光里，本该让人觉得安宁祥和的月夜，却有种妖异的气氛。

因为没有声音。

一丝鸟叫虫鸣都没有：没有猫头鹰那种哲学家似的怪声咕哝；没有乌鸦的烟嗓子蠢头蠢脑地哇一声；没有狐狸或野獾的足尖踏过苔藓那种灯芯绒似的声音。巫术责令静默统治一切，捍卫密不透风的酣眠。

我们继续朝城堡方向走去，步幅并未减小，只是走得更谨慎。月光惨白如骨，四周仍然空无一物，双腿却越来越吃力，像蹚在齐膝深的透明胶质物里。

西北方向忽然飘来一丝笑声——也许是笑声。我和他对视了一下，在彼此的疑惑里知道那不是幻听。他低声说："好像是个婴儿？"

由于静默的威压，他已经把嗓音缩得很细，但那发出声音的方向立即传来回应，真是个婴儿的声音，像肋部或脖子被母亲逗弄一下似的，嘎地爆发出一个笑声，随后是一串咯咯咯的快活余韵，声音竟然越来越近了。

那是一株蓝铃花，或者说是蓝铃花的魂魄，在距人头顶半米的空中飘荡，像一块薄薄的紫水晶，又像刚浸泡在显影液里的照片图像，不离近了就看不清。鼻端嗅得到蓝铃花的甜香味。它像刚睡醒的小孩似的，不断晃动枝杆上的铃铛，每摇晃一下就涨大一点，又像十分高兴生人到来、索要拥抱似的，张开两条胳膊一样的叶子，凌空迎过来。

我们的肩膀好像有重物压着，身子没法动弹。我问："第一张纸上的东西你都背熟了没有？"

他点点头。

"蓝铃花的拉丁名是什么？"

"Hyacinthoides。"

那名字的最后一个音刚结束，咯咯的笑声戛然而止，半空中胀到一根手杖那么大的花杆骤然炸成千万点晶光，肩头的重压也消失了。

也就在同时，四面八方冒出了更多声音，各种各样的声音：女童跟小狗之类宠物说话的奶声低喃；男人醉醺醺的哼唱；变声期少年鸭子似的嘟囔；老妪干涩的咳嗽；夹杂着调门不稳的笛子声、口哨声……仿佛这平原本来睡满了肉眼看不见的人，如今都醒过来了。

二十七抓住我的手臂，拖着我向前迈步，走了两步就不得不停止。手肘、膝盖和脚踝像被绳子拴住，绳子另一端还有铁锚扎在泥土里，我们像沉在海底的人。花朵们的精魂犹如一眼望不到边的水母群，从容不迫地从香茅草丛里升起，向我和二十七悠然游动。

红色蜘蛛百合挥舞尖梢上的爪子，皇冠贝母短裙一样的花瓣在空气中向上漂浮，像被水流托着；伯利恒之星歪着六芒星形状的花冠，把中心那颗黑种子当作眼睛盯住我们；绣球荚莲则像一颗真正的绣球似的，被高大的凤尾兰踢着，闪着雪白光芒一路滚过来。

我跟二十七用最后一点劲儿挪动成背对背的姿势，然后两股力量把我们压在中间，像两只巨型手掌把昆虫夹住。我逐个辨认花精的模样，叫出名字：卷丹……鼠尾草……火燕兰……石蒜……蛇头鸢尾……

二十七负责呼出它们的拉丁原名：Lilium lancifolium……Salvia japonica……Sprekelia formosissima……Lycoris radiata……Hermodactylus tuberosus……

空中不断闪烁晶光，他真的在短时间内如此清楚地记住了每一种花的名字，无一舛误。到最后时刻，我认错了一株花，他呼出葡萄风信子的原名，那只花精却没有消亡，它持续发出小男孩怕冷似的嘶嘶吸气和呼气声，越飞越近。他动弹不得，叫道："汤姆！名字是不是错了？"

他的声音变得闷闷的，花精已经飞扑到他脸上，欢快地叫一声，叶片合拢，把头颅包裹在中心。我努力侧过头，看见他的眼晴、鼻子被盖在半透明的花瓣和叶子下面，只剩下半张嘴。

那种力量几乎要把肉身碾入泥土里。我猛然嗅到一阵独特的麝香气息，心头打了个闪：啊，天哪，这是麝香葡萄百合！

他用半窒息的声气微弱地念出来：Muscari muscarimi！

那小男孩似的花精发出一丝哀叹，顷刻消散，像一片果冻融化在高温里。

我们颓然倒下去，仰面躺倒。四周再次宁静下来，仿似海水在头顶汇拢。过了半天，我才感觉到太阳穴那儿一直挨着一个汗湿的头，转头去看，他额上闪着汗水的磷光。他莞尔一笑，月光在钢蓝色瞳仁表面镀了层银。

他说："这真是我生命中花得最值的三十块钱！"

我笑出来，笑得很浅。他说："啊，是不是你在这里有什么回忆？"

我点点头。

"以前这儿是什么样的？"

我斜眼看他，嘲笑道："你已经开始幻想替玫瑰小姐重振家业了？"

"不。"他以平和的声音说，"我只感觉这里曾是个很美的地方。"

"是的，是很美，春天的时候，玫瑰的爸妈会在这里举行草地网球赛、门球赛，镇民都可以参加、围观。"我用手指着，"那里，那儿，会摆起长长的蓝白条纹帐亭，铺亚麻桌布的长桌子上，放着糕饼师傅做出来的粉蓝粉红的点心、奶油蛋糕、红茶。草地上尽是花，蓝铃花、鼠尾草、鸢尾、风信子，白的像盐、黄的像玉、红的像红嘴鸥的嘴巴……"

耳郭上持续吹着一道温暖的鼻息，后面的话被他的目光拦截了，他眼角上的笑纹拉平，目光变深，那是个无声的问题。我知道他想问"你到底是谁，为什么知道得这么清楚"。反正已经到了这一步，我也不怕他因疑虑而退回去了，他现在除了跟我合作，没有别的办法。我迎着他的眼睛坚持了足足半分钟，才说："等你验证完剩下的钱花得值不值，再问问题，也不迟。"

我们彼此凝视，点点头，他爬起身，弯腰伸出一只手，把我拉起来。他的手仍然暖和干燥，像是这巫术之夜里的一个小奇迹。他的手掌又无意识地拖带着我走出几步才松开。

又走了一阵，他忽然停住脚步，瞪大眼睛一动不动。我顺着他的目光看，不远处黑刺李丛中，躺着一个人。

那人没死，胸脯均匀起伏，是睡着了，睡得很沉。他的一只胳膊举到耳朵旁边，右腿放平，左腿支起来，姿势很随意很舒适。胳膊和脑袋之间、左小腿和大腿之间的三角区域，结满了蜘蛛网，像索子极纤细的吊桥。微小的露珠结在蛛网上，长腿的小蜘蛛爬在上面，蛛网时而被风吹得微微颤动。

二十七脸色灰白地盯着那沉睡者，盯了很久。他低声问："你认得他吗？"

我认得。这是第十九个冒险者，我认得那棕色天鹅绒衣领和深蓝羊毛料子外套上的金纽扣，纽扣上铸有狮纹，是他的家族纹章。当时我向他推销我的故事，他哈哈大笑，用拇指按住一边鼻孔，响亮而气派地把鼻涕从另一个鼻孔喷射出去，然后双手抓住我肩膀，把我身子拧了个个儿，又在我屁股上踹了一脚，踹得我踉跄出几米远。我记得他在"蓝狮"喝酒不给钱还打人，叫嚣着等他吻醒睡美人，成了玫瑰小姐的丈夫，整个城堡里的财富都是他的，他会把这间酒馆买下来，让老板等人都滚蛋……那是一年半之前的事，他就在这里睡了一年半。

单从他脸上已经很难认出原来的模样。他至少失掉了三分之一的体重，皮肤犹如泄气的气球皮囊一样，疲软、打皱地挂在骨头上，像是一件过大的衣服，处处往下耷拉，眼眶塌下两片洼地，连鼻尖都小了一圈，嘴唇有条边缘皱缩的陈旧伤口。

我和二十七悚然站立，眼睛不受控制地停留在那个沉睡者身上。就在这时，沉睡者像是做了什么好梦，嘴角突然一动，那是个甜蜜且带憧憬的笑，但从那枯败的皮肉里钻出来，直让人不寒而栗。睡眠一向是供人避难的安全岛屿，从未以如此阴森的面目呈现。

我扯一下他袖角，说："走吧。"

他点一下头。不过他的下一句话我真是怎么也猜不到——"嗳，汤姆，玫瑰小姐不会也睡成这样了吧？"

我哈地笑出来，再次笑得需要双手按在膝盖上，撑住上半身。他仍然悻然瞪我，没瞪多久，跟着我没奈何地笑起来。笑完我说："这些吸人血的花精只能游荡在外，它们进不去城堡，所以玫瑰小姐不会变成这种活骷髅，你放心。"

说话声在湿润的空气里听来失真，一字一字像水银弹丸落地。边说边走，等走上坡地，距离城堡更近了，看得也更真切。那花岗岩构建的塔楼尖顶指向天空，错落分层的建筑四周萦绕着一种特异的光，像极淡的希腊乌佐酒——那种酒加了冷水就变成乳白。光像在护卫它，又像是禁锢了它。

城堡的下半部被厚厚的围墙围住，围墙本来是铁杆铸成，如今上面爬着太多太茂盛的植物，像身披苍翠的盔甲，又像身着毛皮厚衣。它背后的远处是一片郁郁苍苍的树林，更远处，岗峦起伏。

藤蔓里乱开着小朵小朵的花，花的季节也是乱的。被月光调过色，铁线莲的花变成血凝固在肢体里的绀紫，葵叶茑萝羽毛状的叶子成了鸦青色。我领头走去，转到城堡东面，一截墙壁下，枝叶里露出一只穿皮靴的脚，但我们都假装没看到。

转过墙角后，我开始默数步子，在第七十三步停下，伸手向他要来短刀，握着刀柄把手探进厚厚的藤蔓里，一直到肘部，那柔软的枝叶拂着皮肤，犹如塞壬湿润的长发。刀鞘磕碰在铁栏杆上，发出咚的一声，就像用一支船桨探入水中，击打礁石。我朝前慢慢走，咚，咚，咚的声音从枝叶内部持续传来，声音的节奏就是栏杆相隔的距离。他紧跟在我后面。这样走了十几米，节奏里突然出现了一个空格。我停下来，抽出手臂，把短刀交还给他，说："割吧，把这些藤都割掉。得戴上手套，不然它们会咬你的手。"

他照做了。像个理发师学徒一样，手揽住藤蔓的长须，刀刃唰唰扫去。细细听，每着一刀，能听到初生猫崽被宰杀似的尖细呻吟。逐渐露出来的是铁栅栏上一个缺口，可容一人通过。

他把短刀收进腰囊："为什么不从正门进？"

我说："门口有两株一百多年树龄的紫杉，太机灵，骗不过它们。这些藤本植物还是幼儿，没什么抵抗力。怎么样？觉得这个向导钱花得也很值吧？"

这就是迷宫的入口。横亘在面前的是一个长满小朵睡莲的大池塘，绿蜡似的小叶片上托着已经闭合的花苞。水面犹如云纹绸，月光的碎片在上面随风跳着小步舞。水中间有一个吹海螺的赤裸男童雕塑，白色大理石上附着一层青苔。睡莲之间有两只白天鹅、三只绿头鸭，都把颈子弯到背上，头和喙藏在羽毛下面。池塘的弧形边沿旁，躺着一个胖女人，四仰八叉地扯着小觎，一个小篮子翻倒在旁边，准备喂鸭子的蛋糕屑撒在毛茸茸的青苔上，还有一只出来偷吃蛋糕的老鼠睡在旁边。

他低声问："奇怪，为什么蛋糕没被蚂蚁搬走？"

"因为蚂蚁也都睡着了。嗳，你把那只老鼠捡起来，收好。"

他弯腰捏起那只手指长的老鼠，眼中露出厌恶，他没把它收进腰囊，只像对待一个容易爆炸的东西一样，轻轻拉开外衣口袋丢进去。

我又问："你会游泳吧？"

"会。要游过去？为什么？"

"第一，要把身上的气息洗一洗，这样待会儿被嗅到的可能性小一些。第二，你没见两边沙地都已经被天胡荽爬满了吗？"

这次他没问"被嗅到"是什么意思。我捡起地上一块碎蛋糕，蛋糕落了一层土，但还能看出原本是乳酪色的，我把它往几米外的天胡荽叶子里一扔，犹如一枚银币落到一群小乞儿之中，落地处周围的绿色小圆叶像孩子小手似的纷纷伸过来，蛋糕块立即被淹没了。但孩子们立即发现那不是银币，只是块不值钱的白铁皮，快快散开，蛋糕块又露了出来。

　　我拍掉手上的蛋糕渣。"如果落在里面的是你的脚，它们可不会那么轻易松手的。走吧，下水。"

　　肢体接触水的第一刻需要的勇气最多，后面就容易多了。他跟着我慢慢滑进池塘里，只露出鼻孔以上部分。水凉得像鱼皮，我们像是浑身被化成液体的鱼皮包裹起来。我轻轻拨开睡莲叶子，划水向前。路过漂浮的鸭子，手指在水下碰到它的脚蹼，它仍然一动不动。天鹅和鸭子会做梦吗？梦里会不会梦到一条鱼游过来，尾巴扫到它的脚蹼？

　　泅到对面的池边，他先爬上去。我双手攀住石岸，身子斜向一边，膝盖够着一使劲，脚跟着上去。就在第二只脚离水之际，脚踝一紧，一条水草的枝子缠上小腿，我被它拽得仰面掉回水里。

　　睡莲生来睡性大，一旦太阳回到云朵墓穴里它就把花朵闭合起来，谁也吵不醒它。但我忘了池底还有水草，是枝条、叶子都像珊瑚一样红的血心兰。被缠住的脚像没穿鞋踩在雪地上，一阵寒意一阵麻痹。他一伸手没捞着我，立即再次跳进池子。这时我已经被拖下水面，没顶了。

　　冰冷的水从鼻孔灌进去，我在水里咳嗽着弯腰，伸长右手，想够着脚腕上的水草，把它解掉，但腿一直被往深处扯，手老是晚一步，左手胡乱扑腾，指头触到更多柔滑的草叶，又有一根枝条把左手也缠住了。水底漆黑，头顶点点月光像星空那么遥远，一片死寂中，我听到自己惊慌的咕噜声。

忽然胸口一热，一个身体贴上来，我的腰被一条手臂搂住，遏住了下沉的趋势。在极软的水里，那手臂的粗壮令人感到说不出的愉悦，连肋骨被勒得生疼都是种欣慰的疼。他另一只手顺着我的臀部往下摸索，膝盖、小腿、脚踝，我模糊看到短刀的银光忽隐忽现，缚住脚腕的血心兰枝条被斩断了。

我像所有溺水者一样双手紧紧抱住救援者的脖子，他携着我，从纷乱和昏暗中升起来，升上水面。

他先爬上去，再把我拉上岸。两人四肢着地，跪着，哆嗦着，咳了一会儿。他的短发底下露出脖子和一小块湿漉漉的后背，皮肤像上了一层釉。冷水和枝条留下的寒意仍附着在四肢上，我一边嘶嘶吸气，一边噗噗地吐出嘴里那气味古怪的池塘水，伸手把抹布一样搭在脑门上的头发抹到后面去。

他挪了两下，坐到长着青苔的石头池沿，在腰囊里掏摸，掏出一块手绢，拧干，递给我。虽然手绢也是湿的，不过我还是领情地接过来，揾一揾脸颊、额头，再还给他。

我说："酒。"

他从腰囊里掏出酒瓶递给我，我拔开木塞喝一口，再喝一口，递给他。他犹豫一下，也喝了，"你没事？"

我单手指指脑袋，苦笑说："歇一下，我得把脑袋里的水分控一控。"

他把湿手绢叠好，酒瓶塞紧，收回腰囊。"下一步不用这么吃力了吧？进了迷宫，是不是只要照你写下来的路线绕出去就行了？"

不，哪有那么简单。组成迷宫的树篱数年无人修剪，紫杉、红豆杉等形成一堵高墙，原先一人多高的平顶长得枝枝杈杈，参差不齐。入口处铁栅栏门口的两座石雕：一个是达芙妮，正在变成月桂树的达芙妮，双臂像鸟的翅膀般舒展开，闭着眼睛，脸上有种获得解脱的梦中似的神情；一个是阿波罗，他在两米外忧伤困窘地望着她，一手扪胸，一手无计可施地伸向她。

这时看去，雕像仿佛寓意着城堡里的人们坠入梦里，变成了植物。不过现在不止达芙妮，连阿波罗身上也缠绕了藤萝，像要化身植物的模样。阿波罗石像脚下有两个花匠，一个上岁数的老花匠仰卧着，鼻翕吹动花白胡须一抖一抖；另一个年轻的学徒，横躺在门口，帆布背包还挎在肩头，开口处露出长柄园林剪。

我和他跨过花匠的身子，手握栅栏往里张望了一阵。云层里洒下一片雾状的光，犹如极薄的白纱帐幔，树篱围墙的上端露出远处石头凉亭的顶、雕像的头，像是海浪中漂浮的幽灵船。

空气中有种接骨木的香气。我说："进去吧，怎么还愣着？"

他瞅着我，月光好像能渗进他皮肤里，再从里面透射出来，那张脸上有种奇怪的笑意和探寻，犹如祭司凝视卜者。

他伸出一只手，说："女士优先。"

我惊诧了两秒钟，那句话像一柄短小的匕首，把外壳划开一道裂缝，我和我的名字倏地蜷缩起来，像软体被碰了一下的贝类动物。他什么时候看穿的？是池塘的水洗掉了我脸上作为面纱的尘土泥灰，又像发油一样把障目的乱发抚平，于是我身体里这个女人无所遁形……更有可能，我在水下紧贴着他，他的手摸索着割水草的时候，发现了某些部位的盈缺。

我和他彼此凝视，一言不发，眼神里尽是揣度、疑虑、打探，以前漫不经心的，现在都不同了，变成微妙的较量。我在他的目光再次柔和下来之后侧一侧头，然后当先弯腰钻进去。

如果鸟懂得"观看"，它在空中俯瞰时会欣赏到迷宫的形状，但身在其中的人只能看到四面八方无止境的绿，就像鲸腹中的约拿见不到鲸。人说绿色是希望的颜色，当你不断碰壁、转弯、再碰壁的时候，你会怀疑一切道路，痛恨一切绿，压迫性的绿，作为监狱墙壁的绿。我和他走进第一个迷宫，走进玫瑰花萼中。

三个迷宫相互连接，入口是玫瑰花萼，每片花瓣间有小道联通；由蝴蝶触须通往第二个迷宫，进左翅，从左翅进右翅，翅膀有一个缺口通往腹部，再绕到头部；豹的一只前爪挨着蝴蝶翅膀，从前爪进去，绕完豹的四肢腹背，嘴巴就是出口。

在灰绿甬道里往前走，听着两道深深浅浅的呼吸和脚步声，四只鞋里都灌了水，每一步都发出像踩死一只老鼠幼崽的声音。他袖口露出的手腕有瘀红，水草勒过的痕迹——要不就是我手指的痕迹？我刚才到底抓住他哪里？我不记得了——不过这个澡泡得值，地上有从树上垂下来的爬藤的卷须，碰到鞋尖都不感兴趣地退开去。

月光把两个黑影抛到眼前，影子先行一步，仍然是无性别的模糊样子。月光也像被困住，白成了囚犯那种浮肿面色。

我们走错了两三次，走入死胡同，再往回折返。夜黑，云来了，月被挡了一半；我的记忆不都那么准确，毕竟距离上次到这儿来已经将近十年；而我和他的注意力也有点涣散。那种较量一旦产生就没法抹除了，它明明白白地存在于两个肩膀之间那块空档里，像个洞，洞里又伸出无形的口器，从我和他身上吸取养分，滋养洞里的怪物。

不过隔着那个洞，我们仍然交谈，像是隔空喊话。他问："为什么不从正常道路进城堡？"

我说："必须要走完迷宫，你会明白的。"

"如果还会遇到什么地精、花妖之类的，提前给我个预告吧，行不行？反正这地方我跑不掉，瞎跑乱撞，肯定掉进妖怪藤里，给吸成活干尸。"

之前几天都是我在絮叨，他从来不这么话稠，由此我知道他也慌了。为什么慌？我是男是女对他对这件事有什么影响？这我可就不敢想下去了。

我脑子一乱，舌头在嘴里撞牙齿，磕绊着说："还会遇到什么，我也……也不是很有把握，自打诅咒实现，我就没……进来过。"

我感觉到他笑了。月光不亮，没有灯，但有一道猛然颤动的气流传到我这儿来。

无人修剪的枝叶把直角的轮廓弄钝了，不过尚能辨认，我们转了个弯，同时停下脚步。几步外有一个供人休憩的圆顶凉亭，亭子中间有一张石头长凳，一对穿仆役服饰的男女躺在凳子上。女孩仰面躺着，黑色头发垂到长凳下，衣襟敞开，双乳滑到胸口两侧，裙子也撩到腰间，裙腰和自制的棉布镶花边筒状内裤之间，露出一截雪似的腰肉。少年的下半身拖在凳子下跪着，上半身趴着，头颅搁在女孩肚脐处，褐色打卷的头发像落叶撒落在雪上。

两人的呼吸在同一频率上，身子同时起伏。迷宫上锁，成为禁区之后，方便了城堡里的人来此幽会，厚厚的树篱犹如天然隔音墙，因此我该庆幸这个凝固下来的画面很美。有几条爬藤爬到了他们身上，像散碎流苏似的垂下来。精魅不能伤害被巫术管制的人，它们大概也只是觉得爬在软软的血肉上比爬在地上舒坦。

他一看清这景象就转过脸去，嘴里发出唔的一声。

我笑了。他脱掉外衣，眼睛看着其他方向，过去把外衣盖在女孩身上，说："快，快走吧。"

我当然不会放过他这么好玩的羞怯，甚至一时把我自己的羞怯都忘了，一边紧跟着他的步伐一边逗他："你没见过女人的裸体？"

"见过。"

"你给人家盖衣服是干什么？"

"等那姑娘醒了，发现自己袒露着睡了那么久，会很窘迫。再说，也许日后还有人进来……"

他说的"还有人"是他后面的挑战者。

我装作只听见了前半截："你以为给她盖件衣服，她就不窘了吗？这下她更确凿知道有个陌生男人来过，还走到了她身边……"

走出这段巷道，在一个丁字路口转向右边，再走十几步，十字路口中间有一片圆形花池。花池里摆放一只用粉色大理石雕出的夜莺，有一人多高，四周开着高大的紫绒球。一株藤本月季在夜莺脖子上像项链一样缠绕，在它嘴边开了一朵白花。

我看那花沐浴着月光，像玉雕成的，心里忽然喜欢极了，跟他说："能不能帮我把那朵花摘下来？"

他看我一眼，说"好"，眼睛和嘴角有点隐而不发的善意嘲笑。我知道他的意思：不装男孩了？现在敢对花花草草表示兴趣了？……但我只说："留神别扎破手，否则可能会跟玫瑰小姐一样睡过去。"

他跳到花池的边上，踮起脚把那朵花摘下来，下来后朝我摇一摇。"怎么样？汤姆，想让我给你别在礼服的扣眼里，再请你跳一支舞？"

他的话停了下来，左右张望，我也觉得空气有什么变得不一样了……原本鼻端只有淡淡的树木气息，但这时袭来一股浓重花香，越来越浓。我从他手里把白月季拿过来，明知无答案，却还是嗅一嗅，像护短似的塞进衣服口袋里。他说："汤姆，快看月亮！"

抬头一看，月亮像蒙了一层磨砂玻璃，我忍不住揉揉眼睛。他说："不，你眼睛没问题，你看。"他伸手向一臂之外挥过去，手像拍打在一堵无形的墙上，发出一声闷响。他试图迈步，走了半步，额头和脚尖也碰到阻挡的物体。

我说："啊，是玫瑰！"

"是什么？"

"是玫瑰迷宫的魂魄醒过来了。咱们被困在玫瑰花心里了。"

"花精、树精，迷宫也能成精？"

"是的，你记得吧，玫瑰的女巫母亲曾经在迷宫中心举行巫术仪式，这里聚集的巫力足够让任何东西成精了。"

这时眼前像竖起更多层的磨砂玻璃，随着花精醒来，很快能看清花瓣层层叠叠的形状了。这是一朵直径有一个卧室那么大的玫瑰花，石雕夜莺位于中心位置，像它的心脏。我们就站在花蕊生长的地方，脚下现出膝盖那么高的蕊丛，立不稳，不得不跳到花池的大理石边缘上站着。远处的树篱变得越来越模糊，裸露的皮肤感到一种生涩柔软的压迫感，像被一块巨大的湿透的绸缎捂住，布料一点点绞紧。

同时耳边传来一道悠长的叹息声，听起来像是个年纪还轻的男人。叹息的同时，花瓣掠过一阵颤抖，仿佛人被心里隐秘的苦涩惊到，眨着眼睛打了个寒噤。

他说："叫它的拉丁原名就行对不对？迷宫的拉丁名是什么？纸上为什么没写？"

"迷宫没有拉丁名。你记得第三张纸上写了什么吗？"

"记得，乐谱。"

"背下来了吗？"

"是的。"

"那就唱出来！"

"但你只写了旋律，没写歌词。"

"歌词得你自己填进去。"

"填什么样的歌词？"

"能讨它喜欢的歌词。"

"……什么歌词才能让它喜欢？"

"我不知道！我只知道它听得满意就会放开你。"

花香浓得让人头晕，浓到成了一种微臭。半透明的玫瑰花瓣进一步缩紧，这个被巫术统治的空间中的一切都微微变形，他开口唱道：

美貌无非鲜花一朵，

皱纹终将把它吞没。

韶华不免归于幽冥，

尘土合上海伦的眼睛。

声带需要预热，谁也不能一开口就唱得好，他的歌声由于焦虑而颠簸不稳，歌词像海面上的浮冰，跟随下方的海水晃动，但仍能听出技巧、声息都十分出色。

我们听到一声冷笑，花瓣又收拢一点，就像攥住甲虫的手掌使劲捏了一下。我和他的身子立不住，往后退了一步，踏进花池里，靠在石头夜莺的身上。我说："这是什么见鬼的歌词？"

"是托马斯·纳什的诗。"

"它不喜欢这个，快换！而且你有两个音没唱准。"

我们伸手在身前抗拒着透明墙壁的倾压，拖延时间。他嘴唇抿得铁紧，鼻孔一张一翕。透明花瓣筛过的月光落在他脸上，他的表情是那种要掏出祖传怀表去卖了换救命钱似的咬牙切齿。

忽然，他嗓子里发出一种轻微的古怪声音，就像是机器内部一根链条和齿轮恰好扣上。

他唱道：

如果你路过维斯特城，
记得光临郁金香剧院。
在那儿你会看到蒂蒂小姐，
人人都夸她美如天仙。

她唱起《迷娘曲》，歌声甜如蜜，

嫣然一笑，铁汉也要头晕目眩。

剧院门外排着如痴如醉的人，

从老人到孩童，哪个不为她疯癫！……

唱过一段，他的喉咙明显放松下来，回到正常水准，那音色跟说话时不太一样。他又把旋律减慢一拍，变得更舒缓。歌声柔和得像一股糖浆色的温热水流，我听得呆住，几乎忘了自己还在一只要人命的精灵的手心里。

奇妙的是，似乎它跟我一样听得出神，花瓣无形的紧缚松弛下来。

歌声却停了，他看向我，像演员初登台赢得碰头彩之后的犹豫。我低声说："这个很好！接着唱！"

他便继续唱道：

每天有十三个求婚者来送玫瑰，

高傲的蒂蒂看也不看。

却有一晚她邀人进了化妆室，

是个双眼碧蓝的青年。

整个夏天和秋天，他们形影不离，

她歌唱时总是望着台下那双碧眼。

到冬季他哭诉了一百个离开的理由，

暮春时她送他登上回家的轮船。

每位美人都有命里的冤家，

蒂蒂也不过多赢得几声长叹。

第二个冬天化妆室里多了个男婴，

双眼像那离去的人一样蓝。

歌声止歇，这时我发现月光又恢复明亮，挡在它和我之间的东西消失了。

再往前走时，他步幅明显加大。转过弯，就是一条由甜石楠和波索特蔷薇组成的"蝴蝶触须"，是连接第一个和第二个迷宫的通道，上面支起铸铁拱顶，一大片金银花密不透风地簇拥在上面。

我在他身后亦步亦趋，我很想问蒂蒂小姐后来怎么样了？她还上台表演吗？那男人再也没回来过？没有父亲的男婴又怎么办？

更想问，那个婴儿的眼睛是跟你一样蓝吗？

但他始终把脸转向另一边，想藏起眼睛，不让我有探究或提问的机会。其实我当然不会问，家里有窗的人不会去砸别家玻璃。

（他会不会意识到，这就是我的性别暴露后的感觉？）

不过，托迷宫精灵的福，我很快听到了故事的续篇。他大概已经明白只有真实凄美的故事才能打动精灵，一路酝酿腹稿。因此，当那只房子大小的蝴蝶出现在面前，他没耽误一秒钟就开口唱道：

如果你路过维斯特城，
记得不要去郁金香剧院。
人比花朵还不禁摧残，
那儿的蒂蒂小姐已不再美艳。

她失掉了健康和快乐的神韵，
剧院的票开始卖得艰难。
带着儿子，她做了阔佬的情妇，
阔佬的兴趣是鸦片和皮鞭。

头两个男人给她毒瘾和性病，
第三个拿走钱，把她留在客栈。
隆冬的寒风钻进窗户，

她以为是爱人在把她呼唤。

"你总算回来了，蓝眼睛宝贝！"
垂死的嘴唇仍然笑得甜。
"容我梳梳发辫，我们共进晚餐。"
那就是蒂蒂最后一句遗言。

她曾穿戴无尽的珠宝华服，
临终身上盖着破旧窗帘。
千万人曾倾慕她美眸的顾盼，
此刻唯有爱子热泪潸潸。

其实他尚未唱完最末一段，蝴蝶精已消失不见，但他还是完成了最后一句。我跟他在忽然沉寂下来的树篱通道里站着，耳边似乎响着回音。歌声是从胸口处捅个洞，一寸一寸抽出来的；现在歌收回去了，洞还在，还在汩汩流失不成形的秘密。他埋着头，胸膛起伏，忍受那种失血似的痛苦虚弱。

这次是我先拔起腿，领头走在前面，别让他在并排走的时候费神躲我了，涨着泪的眼、不匀称的呼吸，这么多东西得藏，多吃力。

直到走出五六米，后面脚步声才嚓嚓地跟了上来，但不再复位到我身畔，就一直那么不远不近地跟着。我在心里攒下一句可以当安慰讲的俏皮话：现在我知道为什么你唱歌那么好听了……不好，这话也不好，这事没法安慰，只能装作刚才失聪了吧。

我们在蝴蝶翅膀上弯曲的花纹里走，第二个迷宫是最简单的一个，路径我记得最清楚，一个转弯也没错，就这样走到最后一个迷宫。豹子与蝴蝶连接的地方是前爪，仍是一条细长、倾斜的甬道。这个迷宫的树篱以灌木荚和紫叶小檗为主体，路边浓紫色大丽花像大团大团瘀血凝成的，空气犹如兑了酒的冷水，搅着被幽禁的枝叶花朵的气味。

一切悄无声息，有一种水底般奇怪的宁静，仿佛月光化成棉花塞进耳朵里。转过弯就到达豹的腹部，是一片开阔的小空地，中间立着一块石头日晷。后背忽然传来一阵尖锐的疼痛，像一只巨掌拍打在我背上。我大叫一声，身子已经飞起来，撞到几米之外的树篱上，滑落在草丛里。

我和不远处的他都目瞪口呆地看着，面前空气里一只豹子迅速现形，身型有一只非洲象那么大，不太像豹，倒像是什么神话中的怪兽。这家伙比它的两个同伴聪明，懂得先捉到猎物再现身。它踏足的地方，地上的爬藤植物都簌簌地自动躲开，让出一片碎石地。

我爬起来一点，后背紧紧贴住一棵米心树的树干，豹子逼近过来，在两步外停下，双眼荧荧。他舔舔嘴唇，嘴唇张一下没发出声音，第二下才唱出声：

"如果你路过维斯特城……"

歌声被打断了，豹子吼叫一声，往他那边扑出一小步，前爪挥过去，幸好他躲得快，没被伤到。我抬头叫道："歌对它不起作用！它需要肉，一点血肉就能引开它。"豹子又转回来，我低头抱紧膝盖，感觉肩头被猛推了一下，像被猫玩弄的毛线团一样滚出了半米。我稍抬一点头，见它正抬起爪子舔血，抓紧时间说："老鼠呢？"

他双手往腰部该有口袋那地方一拍，脸上被同时出现的惊诧、悔恨弄得彻底失色。我也想起来了，路过那对情侣时，他把外衣脱下来盖在那女孩身上，外衣口袋里的老鼠也跟着留在那里。

豹子晃动脑袋，朝我探过头来，在我额头前面停下，嗅了嗅，它鼻孔喷出的不是热气，是冷森森的寒气。它应该还没真正吃过人，之前那一，二，三，四……十九……二十五号没能走到这么深的地方。它咬住我肩头，把我叼起来，像摇晃玩具一样甩在一边。

我侧过一点头，从斜下方的角度望去，只见他把刀咬在口中，从腰囊里掏出酒瓶，拔开塞子，把酒泼左手上，再塞好放回腰囊，拿下短刀，背转身迅捷地一挥。我在几米之外蜷缩着，看不清，只见他再转回身时像手里捏破了一个墨水瓶似的，衬衣袖口染黑了。

豹子忽然像闻到什么感兴趣的气味，转向他的方向，喉咙里低哮一声。他右手举起一样东西，喊道："来，来吃吧！"一等豹子走过去，他立即转身朝身后掷出。豹子奔过去。他则朝我跑过来，叫道："快走！"

我当然不消提醒，早就从地上爬起来，扯动摔得生疼的双腿往前跑。跟旅程开始时在密林中一样，他再次拽住我的胳膊，带着我跑，我被拽得几近腾空。跑出十几米，我回头看了一眼，忍不住放缓脚步，他也不得不慢下来。我说："快看！"

远处月光下，那只豹子伏在地上，像只猫咪似的把脑袋搁在前爪上，居然像是睡着了。睡着的精灵，身体开始变回半透明状，我和他呆立着，惊疑又诧异地望着。他忽然说道："酒。"

"什么意思？"

"那根手指上有酒，它没沾过酒，恐怕是醉了。"

我打了个寒噤。我真是吓昏头了，竟然忘了探究他刚才到底用酒和刀做了什么。我抢起他的左手，眼前一黑，脊背上的汗毛都竖起来了。

他割掉了一根手指，最末尾那根。

我倏地张大嘴。在我叫出声音之前，他的右手已经飞快地捂上来，把我脸上那个黑洞封住了。

他脸色发灰，肌肉在本能地表达痛楚和理智地伪装平静之间撕扯，扯出一个半哭半笑的怪模样，那歌喉像戏院台柱子似的嗓子也在克制不住地颤抖。"别出声……那怪物醉得很浅，你把它叫醒了，我还得再割一根指头。"

我的嘴在他手心里合上了，光剩下身体在哆嗦；他松开手，才顾得上低头把血手贴在胸前用右手捧住，佝下腰，像要窝藏那块空缺。随即他又转头看看我，说："你的肩膀……"

我两手搀住他胳膊肘，这回换我带着他走了，他上半身交给我扛，下半身踉跄拖着。转弯有一座天使石雕，我让他坐下，靠着雕塑底座，然后从他腰囊里翻出短刀，把我的肥大衬衣下摆割掉一块。他居然微弱地做了个抢夺的动作。我说："你干什么！"

他说："你的肩膀，也得包一下。"我发着突如其来的脾气，皱眉说："你别管了！等会儿我自己会处理。"同时又反省，这气是哪儿来的？

他给自己截指之前已经浇了酒消毒，现下就不用了。几条藤蔓鬼鬼祟祟地爬过来，我刚好需要发泄，一把抓起来，也不管藤条像长满冰刺似的扎得手疼，一刀砍下去，对折，刀尖插进去再挑断，把这一束碎尸洒到四周找机会偷袭的藤条身上，它们像被开水浇了似的缩回去。

他说："你……该戴上手套。"

我把刀子放在旁边，继续把包扎这事干完，手上不停，看一眼手，抬一下眼，目光使劲戳他一记，用眼睛问他："为什么你没把我扔下，自己进城堡去？反正迷宫眼看就走完了。"

他当然懂。他困惑、微愠地抽动嘴角笑了一下，眉心一耸，眉梢一塌，意思是："这种疑问不是在侮辱我吗？"

"疼得厉害？瞧我这向导当的，把主顾拖累残了。酬金你随便扣吧。"

他眼神变得温和，眉心抽紧，笑的性质也变了，说是宽容、纵容都行，还有一点对自己行为的嘉许。他嘴上说："不太疼了。没你的责任，是我自己忘带那只老鼠。没事，这算什么残废，只是以后不能弹钢琴而已，反正我弹琴难听得很，以后改练提琴好了。"

我心里拼命回忆他手完好时是什么样。什么样呢？瘦、白，手指修长，指甲不像别的男人一样长成大方块，而是边呈圆弧的长方形。那种清秀来自他的明星母亲的遗传，我记得他的手随便地放在酒馆的木桌上，齐刷刷并着，像一排擦得白生生的琴键，像是整间屋子整个镇就那么一件洁净东西……

不过我嘴上说："那倒是。咒语里说玫瑰小姐需要吻醒，又不是要人弹琴把她弹醒。"

他半垂着眼皮打量我，像看我又像看别的什么，六神无主，又或者只是失血和疼痛造成的倦意，喃喃说道："我希望你知道，即使这豹子在城堡外出现，我照样会这么干的。"

"在城堡外"意指他还没发觉我是女人的时候。他并不因为性别对我有特殊优待，或是他想表示这举动近似见义勇为、不掺"私情"？……我说："伊阿宋和美狄亚渡海逃亡，也是用血肉块引开追兵，你这一招挺古朴的。"说这种废话，是因为我已经六神无主了。

他的眼睛被月光染了色，还是蓝得惊人，无法被涂改的美。然后，他低头去腰囊里摸索，动作有点迟缓。我替他摸出酒瓶，说："有件事本来该你做，不过这次我代劳了，把这口酒喝掉，瓶子给我。"

瓶子干什么用我没说，握着瓶颈笔直往前走，要去打架似的。忽然感到后背上有一对目光，两腿立刻不得劲起来，又走出在镇上骗吃混喝的痞子汤姆的步伐，又觉得，嗨，现在他都知道我不是个真男孩，佯装还有什么用呢？……我就这么像个频道乱跳的收音机一样，忽而邋遢忽而拘谨地走去又走回。回来时酒瓶里多了一截乳白色，犹如液体的月光。我答道："这是从那只豹子乳房里挤出来的奶。对，它是只母豹子。"

豹子的嘴巴就是出口。我带他多拐一个弯，走到豹眼位置，树篱映衬之下，有一个大理石雕像，是个在扶手椅上支颐读书的妇人，穿着短袖高腰家居长裙，脸庞和肩膊丰润，手掌张开、指尖支撑太阳穴和下颌的姿势别致动人。雕塑没有底座，就放在小花坛里，四周围绕着红的、白的、黄的石竹花。石头妇人对面还有一张空椅子，摆放得就像壁炉前一对老夫妇的座位。

他跟我站立了一阵。我说："这就是……"

他打断我的话："我猜得到她是谁。"

我想他也猜得到那空椅子是给玫瑰父亲留的，他思念亡妻时会过来坐。瞧他望得目不转睛，我肚子里又冒出一句俏皮话："你是不是在揣摩玫瑰小姐的长相？"他却叹一口气："我真希望我母亲也能有一座这么美的雕像。"

我心头一紧。幸好还有"公事"可谈，我说："你把那些红色石竹摘下来，收好。"

到达迷宫出口时，月牙已经往下沉了一大截，距离黑夜卸任还有两个多小时。我仰望月亮，心里算计时间的时候，他默不作声地看着，接着推开栅栏门，门轴发出吱扭一声，沿着惯性路线向外滑开。

走过出口处的忒修斯和阿里阿德涅雕像，再穿过一块空白沙地，就走上通往城堡的路，路两边是欧洲山杨和大片的刺绣花坛，轴线上串着大大小小的圆形花圃。草叶和花像倒得太满的酒，从边沿溢出来，失控地到处流淌。我们蹚着绿浪往前走，这里的植物没经过迷宫里的巫术开蒙，憨呆得多，不往人身上扑，只像被吵醒的人迟钝地翻身，抖一抖叶片，等它们反应过来，人已经走过去了。最末一个花圃的弧形石凳上睡着一个胖姑娘，鼾声如雷，手边掉了本黄色封皮的小书。

走到中段，只见右边那条道上停着一辆双轮轻便马车，马儿站着睡，大胡子驭夫歪在他的座位上睡。我拉着他走到马车的另一边，车轮上靠着一个中年男人，双手手心朝上摆在身边，像在长久表达遗憾之意。

这次他有点心思开玩笑了："嗳，玫瑰小姐长得更像母亲，还是更像父亲？"

我板起脸说："等会儿你可以看着她的脸自己判断——只要你不耽误时间。快去拿东西，就在这位先生的衬衣内袋里，摸一下就能找到。"

他弯腰，伤手擎起，右手探进去。摸出来的是个圆溜溜的袖珍嵌螺钿红木盒，打开，里面有一双瓷质粉色小手，捧着一枝带绿叶的红玫瑰花，釉彩鲜得像一颗刚剖出来的心脏。

我说："收好它。走吧，咱们可以进去了。"

城堡的正门是锁起来的，没客人到访不会打开。我领着他绕到侧门，雕花橡木板上也覆着层层藤萝。他给右手戴上皮手套，单手把藤条拽下来，踢开，然后试着扭转花朵形状的门钮，竟然能旋动。一拉开门，先吓一跳，一个人顺着门扇裂开的缝隙倒下来，我唬得单脚往后一蹦。那人是酒窖男仆，坐着倚在门上就睡着了。

他把那人上半截身体搬进门槛，让他以屁股为圆心转了个半圆，轻轻放倒在墙根，我跟在他身后走进去，回手关上门，铜质锁舌回到槽里发出咔嗒一声。

我们终于成功进入了城堡内部。

从这条窄廊往前走，间隔几米有一盏玻璃罩灯，灯光荧荧，再走十几步就到达大厅，上面是高高的拱顶；两排柱子竖立在大厅两边；接近拱顶的地方有一圈狭长玻璃窗，上缘呈花朵形状；墙壁上镶着红铜板，贴衬暗色皮革；地板用黑色花岗岩、青金石、烟粉色大理石等拼出纹样。

有短短一段时间，我和他都忘了睡美人那回事，只顾跨过沉睡的人们走来走去，东张西望。一楼走廊里躺着胖厨娘跟管家，头挨头像一对老夫妻，管家的手还留在厨娘裙子下面。他蹲下身，把管家的手从裙底抽出来。我在旁边嘻嘻笑。我们又进了厨房，火炉上铜锅里的水翻滚作响，还没烧滚，火也还旺得很。围着桌子玩纸牌的人们趴在桌上睡得香甜，手边杯子里麦芽啤酒的泡沫还没完全消散，一人手掌摊开，亮出牌面：一对国王王后，一对鲜红桃心。

他围着桌子转一圈，翻看每个人手里的牌，最后停在一个女仆身后，庄严宣布她是赢家，并替她把手里的牌拿出来往桌上一掷。

我巡视了一下食橱和灶头，灶上还有一只小锅在煮热可可，刚煮到七分热，旁边有只焦糖酱罐子，是给玫瑰小姐的晚间饮品。我问："嘿，要不要来一杯焦糖可可？"

他正忙着用窝成半圆的手掌把所有硬币扫过来，堆在赢家手边，闻言抬头。"煮了七年的可可？喝完我会不会成仙？"

我从木橱里找出一套茶具，把锅里的热可可倒进壶里。壶身布满小朵小朵的金色夕雾花，藤蔓在其间缠绕，并构成把手。他把两张空椅子搬到一起，又从腰囊里拿出那只旧锡杯，放在桌上。"我用这个，谢谢。"

我倒满两杯，坐下来喝了一小口，可可香极了，尤其对挣扎求生了大半夜的人来说。他也喝了一口，颇长地嗯一声表达惊喜，又一不做二不休地探身把桌上一小碟司康饼也拖过来，瓷碟底子在木头桌面上磨出欢快的长音。饼掰成两半，一半递给我，另一半已经吞落肚了。我的手指尖在饼的背面跟他的碰了一下，一阵激荡传遍全身。

室内鼾声此起彼伏，夹杂在我跟他的说话声里。我和他像是要去打最后一场仗之前，蹲在壕沟里小声商量的士兵和排长……"再往前走，你会遇到一只白孔雀、一只黑猫、一个抱着婴儿的女人。那是玫瑰的母亲临死前用巫术禁锢在这里的幽灵，她把她能召唤到的力量分给它们，命它们守护在她女儿卧室门前，挡住了死神的收割。但是现在它们从保护者变成了狱卒，你要做的是……"

他在这句话半截点了下头，节点不大对，暴露了实际上的心不在焉。我一走神，后半截的词飞走了。为什么？他忽然变得不起劲，比起刚来时那种兴兴头头，似乎有些东西跟手指一起失落在这个过程里了。

他替我接了下半句："我要做的是打败它们？"

"不不，不用打，已经不用了，它们想要的东西你都已经拿到，不会……"

句子又在我嘴里迷了路，这次他用连续的点头替我解围，表示

133

134

意思他已经懂了。他脸上现出了平静的笑，一种听天由命的温和。我把那个盛司康饼的碟子推过去。"把它装上，走吧！"

白孔雀就在一楼的楼梯口。往上走的时候，我们听到一个彬彬有礼的声音："抱歉，您踩到我的羽毛了。"

我一抬头，就看到楼梯的木扶手上落了一只白孔雀，两只爪子一前一后抓在扶手上，石榴籽大小的黑眼珠亮晶晶地俯视下来。

我再低头一看，脚下楼梯板上有一朵蒲公英种子似的白绒毛，赶快捡起来，递上去。白孔雀扬起左边翅膀，绒毛自动飞离我的手指尖，汇入那皎洁的羽阵里。它说："非常感谢。"声音有点尖，带点异国口音。它高傲如王子，不过所有孔雀都像王公贵族，它也不例外。

况且它有资本啊——它美得犹如圣物。我从没见过比这白羽更白的白，带着令人震慑的神性和力量，像刚落到人间还没互相压实的蓬松的雪，随时能跟风再次飘扬起来。垂下来的尾羽则像一段凝固的长长雪崩，以其大而无当造就了奢侈的美。

我一看出它在等我们先开口，立即鞠了一躬，"尊贵的先生，您好"。

白孔雀点一点小巧精致的头颅，头顶那簇王冠似的直立白毛抖颤了两下。"二位先生，你们好。"（让一只孔雀分辨一个男人发型、男人服饰的人的正确性别，是太难为它了）它挺起饱满胸脯说，"我来自我介绍一下——我是奥斯曼宫廷花园里的孔雀杰克。公主会叫我的昵称'杰基'，她喜欢把茴香烤肉丁放在手心喂给我吃。我有两个栖架，一个纯金的，一个纯银的。我还有两个奴隶，其中一个专职为我捉活蟋蟀吃。王后接待贵客时，总会邀他们到花园，观看我的飞翔和舞蹈。"

我和他异口同声地说："您真了不起。"

孔雀杰克的黑眼珠里现出礼貌的笑意，看得出它接受过太多赞美，早就不当回事了。它的长脖子优雅地屈伸一下，说："蓝眼睛先生，既然你要从这里过，你可知道我需要什么？"

"是的，我知道。"

他取出红色石竹花和锡杯，把花放进去，用刀柄捣烂；又拨开左手绷带，按破伤口，滴一些血进去。白孔雀像主考官一样冷冷盯紧每个步骤，满意了，才从楼梯扶手上跳下来，站到高几级的阶梯上，尾巴顺着楼梯的坡度铺展下来。他单膝跪在楼梯上，用獾毛笔尖蘸足红色花汁，开始给尾巴上每块眼状羽斑里画一只眼睛。花汁浓度不够，血是用来固色的。

我在一边帮忙，像个称职的侍僮一样，双手替他捧着比纸还

136

白的羽毛。每画一处，他用布条里露出的手指尖按住羽毛，屏住呼吸，因为那羽毛如此轻盈，呵一口气就把绒的经纬惊乱了。

画到一半，孔雀杰克说："为了感谢你，我给你们唱一首歌吧。是我家乡的歌，宫中御前歌手们最爱唱的歌——《穆希比的情诗》，'穆希比'是伟大的苏莱曼大帝写诗用的笔名，他喜欢写诗献给皇后许蕾姆。"

它先用英文把歌词解释了一遍，再用波斯语唱出来：

我孤寂璧龛的宝座，我的财富，我的爱，我的月光。

我最真诚的朋友，我的倾吐衷肠的伙伴，我的生命，我的皇后，我的唯一挚爱。

我的春天，我的面容快活的爱人，我的白昼，我的甜心，欢笑的叶子。

我的植物，我的甜蜜，我的玫瑰，这世界上唯一不会让我伤心的人，

我的君士坦丁堡，我的卡拉曼，我的安纳托利亚的土地，

我的巴达克山，我的巴格达和呼罗珊，

我的秀发女，我的弯眉美人，我的眼里满是调皮的爱人，

我会永远歌颂你，我，心受折磨的情人，满眼泪水的穆希比，我很幸福。

唱完，它再次彬彬有礼地道歉："我很久没唱歌，都生疏了。"

我说："不，您的歌声非常动人。"

孔雀杰克眼里闪出笑意。它说："蓝眼睛先生，我有个问题要问你，你认为这首诗怎么样？"

这时画眼睛的工作已接近尾声，他头也不抬地说："要认真评价的话，它的价值在于国王把妻子当成朋友和能倾诉的伙伴，这是爱和婚姻的最好状态。至于'我的植物'云云，今晚在这里见识了很多不可爱的植物，反正我以后是不会把太太比作植物的。"

我和孔雀杰克都笑了，气氛居然挺温馨。孔雀的笑声有点像鸭子，笑完，它响亮地唳叫了一声。

他站起来说："我完成了。"他是个细致耐心的人，几十只眼睛，开笔和收笔一样，一笔不苟。我看了看锡杯，花汁刚好用尽。

白孔雀晃一晃尾巴，叹出一口长气："太好了……我又能看见了。"

我说："您的眼睛不是一直在吗？"

"是，但眼睛能看到的东西很少。对我们孔雀来说，尾巴上的眼才是真正的眼。我从前那条尾巴甚至能看得到两年后公主的儿子溺水身亡，看得到三千里外王国边境的叛乱。"

他看我一眼，神色里有了人们面对未卜先知、洞悉一切的通灵者的紧张，小心地问："您能看到这座城堡明天早晨的样子么？"

这其实是在卜问自己的命运。

孔雀杰克那石榴籽似的黑眼珠滴溜溜一转，慢慢立起尾巴，打开了羽屏。一阵让人眼晕的晶莹雪光里，闪着星星点点的红花，是他的作品。那巨扇的柔软边缘向内卷起，被它自身的规模负累得微微抖动，定睛看时，红眼睛竟像活了，里面放出妖异光彩来。

不过这奇景只肯给凡人亮一下。屏风一折一折合拢，变回一束白羽扫帚似的拖着。白孔雀以轻柔的声调说："明天早晨这里同样会有美妙的秩序和阴翳。"

我偷偷从鼻子里嗤出一股气，天知道这话什么意思，又偷偷瞥他一眼，看他的失望有多重。

孔雀像谢幕般一欠身："请允许我表示感谢，遇到猫的时候，帮我转告它'杓鹬以灯塔的挽歌为代价夺回猫头鹰岬角'，好了，上楼去吧，祝你们成功。"

我们鞠躬道别，一前一后走过它身边，踏着漆成铁锈色的木楼梯走上去。上了几阶，我冒着变成盐柱的风险回头看，孔雀已经不见了。

木板在脚底发出咯吱咯吱的声音，旋转上升的楼梯真长，总也走不到头。他伸手摸一摸楼梯扶手，上面干干净净。一旁墙上悬挂着这个家族成员们的肖像，方形和椭圆形镀金框里有好几版全家福：好几位年纪相仿的，或威严或温柔的父亲，好几个娇俏地歪倚在长辈大腿上的女儿。哪幅画里都没有外面睡在马车旁边的男人和大理石雕像妇人。他问："为什么没有玫瑰的全家福？"

我说："她母亲去世后，所有跟她有关的画像都摘下来了……"话没说完，就看见了猫。

猫在一个转弯处的楼梯角上，懒懒地歪躺着，是只黑猫，黑得像一片阴影，阴影前端亮着两只金橘色圆眼睛。我们照旧恭敬地说："尊贵的先生，您好。"

黑猫瞥出冷艳的一眼，低下头舔爪子，恍若未闻。

他说："杰克先生请我转告您，'杓鹬以灯塔的挽歌为代价夺回猫头鹰岬角'。"

这话管用了，黑猫抬起头，肃然琢磨一阵，点点头，开口说话了，声音是极好听的男低音，让人耳朵里长了天鹅绒。"你的眼睛颜色真漂亮，我希望我也有一对蓝眼睛，可惜，蓝色跟我的毛色不太搭。能过杰克那一关，很了不起，不过你可知道我需要什么？"

他答："是的，我知道。"他从腰囊里拿出小瓷碟放在楼梯上，又取出酒瓶，嘴巴咬开木塞，把里面乳白的液体倒进碟子。

　　黑猫从蜷缩一团的姿势里立起来，走到盘子旁边，低头嗅一嗅，伸出西瓜瓤色的舌头，先浸了浸舌尖，接着吧嗒声频率加快，很快那一点豹乳被舔得精光，碟子比洗过还亮。

　　它弓起脊背伸个懒腰，再次侧卧下来，缓缓把身子拉成细长一条，说："这么几年总算吃到点像样的东西。可惜，里面要是再掺些蜂蜜就好了。我有个问题要问你，如果能变化，你希望自己变成一种什么动物？"

　　这问题问得前言不搭后语，猫毕竟不像在宫廷里待过的孔雀那样文雅圆滑。可他居然答得很快，像个无可挑剔的优等生。"天鹅，我会选择变成天鹅。"

　　黑猫说："好选择，好极了。你可以往前走了，遇到悲痛夫人的时候帮我转告她'水蛭惧怕盐'，去吧，祝你成功。"

　　沿着螺旋楼梯继续往上走，他悄声跟我说："如果没满足它，没通过考试，那只猫会怎么样？跳起来挠人？"

　　我冷笑一声："这么快就得意忘形了？可别小看人家，它只是外形看上去像猫，实则是会吃人的妖魅。"

　　忽有婴儿的哭声炸响，哇的一嗓子，像尖锐的一锥子扎进这沉重得结块的、黎明的寂静里。

　　我和他都悚然一惊，暂时停住脚步，哭声啊啊地接下去，是从头顶传来的，但抬头只能看到上面一圈楼梯的底部。我们一梯一梯地走上去，转个弯，楼梯尽了，看到走廊和楼梯的交界处站着一个怀抱婴儿的女人，长发蓬乱，一身白布宽松裙袍，膝盖以下部分有大片发黑的污渍。不只婴儿哭，那女人自己也不住抽泣，两种质地不同、互为补充的哭泣犹如绵密的二重奏，走廊的天花板和墙壁上溅起些微回声，更显得孤立无援。天花板上一圈黄铜分枝烛台的光，被声浪带得阵阵哆嗦。

婴儿的啼哭不时被自己呛住，母亲架起手臂当摇篮似的来回晃动，歪头看着婴儿，嘴里柔声呢喃无逻辑的词句，但这种慰藉像水泼到石头上，婴啼固执地持续，几个短促不歇气的啊后面跟着一个拖长的嘶吼。婴儿是介于人兽之间的生物，那拒绝掩饰的怒气原始得刺耳，让人头皮发麻。

猫口中的悲痛夫人必定就是她。其实她岁数很小，至多二十出头，脸颊上那层少女的肥润还没彻底磨蚀掉，她呵哄一阵就哽咽不成声，跑调跑得心酸。我和他呆站着，一整晚见的都是些异类、妖灵，这时面对一个同类，反倒不习惯起来。当然，她也不是真正的人类，她只是一缕不得解脱的魂魄幻化出来的，痛苦像大头针钉蝴蝶标本一样，把她的意念钉在了生命最后一刻。

我不知道怎么打断她，一捅他后腰，他开口了："夫人，您好。"

终于，她抬起一张眼泪鼻涕交错的脸，眼神被泪水冲散了，看人像在看云雾。我忽然明白，她裙子下摆上不是污渍，是干涸的血。

他说："猫先生让我转告您，'水蛭惧怕盐'。"

她脸上浮起一个比哭还凄惨的笑，"谢谢"。

我甚至怕她只顾悲痛，忘了问那个问题，幸好，尽管鼻音浓浊，抽噎又把话冲得一截截的，她总算问了："既然，你要过去，你可知道，我需要什么？"

他答："是的，我知道。"

他取出一只小盒子，玫瑰父亲口袋里那只嵌螺钿红木盒，拧紧盒底发条，再掀起圆形盒盖，那双捧着绿叶红花的小手开始徐徐旋转，音乐声响起，奏的是勃拉姆斯《摇篮曲》。金属梳齿刮过圆轴上凸起的疙瘩，每个音符都薄脆得像一小片冰，伶仃地飘落下来，婴儿哭声竟随之减弱了，那母亲惊诧地看一眼捧八音盒的人。他走到她面前，把八音盒举在婴儿头颅上方，瓷手与红玫瑰有条不紊地转动，仿佛那下面连着一双看不见的手臂，有一个看不见的小女孩，因得到这朵花快活地旋舞。母亲跟随曲调低声哼唱起来。

我始终站着旁观，没有走近，看不到婴儿的脸，但他和那母亲的表情犹如镜子映照出婴儿的变化。两颗头以同一角度歪斜着，眼神像阳光穿过透镜似的，灼热地汇聚在同一点，脸上也现出同一种松弛和欣慰。

发条将到尽头，八音盒的音乐变慢了，啼哭逐渐变成睡意蒙胧的哼鸣，最终停歇下来。两人仍保持那姿势凝视一阵，直到音乐也归于寂静。

她抬起头，脸像是被揉皱又铺平的一封信。他把八音盒的盖子合起，垂下手，后退一步，站回我旁边。

她说："谢谢你，蓝眼睛先生。唉，真抱歉，我光顾孩子，头发也没梳，衣服也没换……"她一面说一面把婴儿往臂弯里推推，单手托着，腾出一只手抚摸鬓角、头顶，手指没压过的地方，乱发也平了，像有把无形的梳子在头发各处走动，再定睛看，她的长发好好束起一个顺滑的髻，裙子前襟的血渍也不见了。

她又用手掌抹抹腮边，这时他问了句奇怪的话："孩子的父亲去哪儿了？"

她摇摇头，用苦笑代替回答，不，那笑容里甚至不完全是苦涩。

他说："您是不是也有问题要问我？"

"是，我想问，该怎样让被父亲遗弃的孩子活下来？"

他一动不动地看了她很久。最后一场考试的最后一道题目，竟仿佛是专给他设计的。我从侧面瞧着他，看着蓝眼珠表面凸起一层薄薄的水膜，但表情很镇定。他像酝酿歌词一样提炼出答案，答案想好了，他走过去凑到她耳边，小声讲了一段话。

我听不到他说了什么，只看到她嘴唇那条线一紧，只剩一道切口，嘴角抿出些纹和窝，睫毛像雨中的树叶般垂下。他说了什么呢？说他父亲怎样留下一个胚胎就登船远走？说他怎样在母亲诸位男友们的脸色里度过童年？说他怎样一个人守尽母亲最后一口气，独力给她换上殓衣，然后独自挣扎长大？……

他说完，那女人朝怀中婴儿端视一阵，脸上浮起一个真正的笑，这笑容舒畅多了。她翘起的嘴角开始变透明，像雪人从被照得最暖热的地方融化，又像信纸投入火中，一块一块消失。我最后听到的是婴儿梦中的一声呢喃。

我跟他又朝空气里瞪视一阵，才明白，没有了。

所有关卡都过完了，他成功了，不会再有第二十八号。我的任务完成了。

然而我喉咙猛地一阵发干，犹如真正的危机迫在眉睫。我说："走廊尽头倒数第二扇门，就是玫瑰小姐的卧室，可别认错。"

他说的却是："什么时候了？天快亮了没有？"

走廊里有窗户，沉重的绣金边红帘遮挡着，直垂到地，他端着伤手走到最近一扇窗边，拨开帘子，察看被天光兑得稀淡的黎明，自问自答地说："大概还有一小时天才亮呢，还有时间。"窗边立着一个黄檀木独腿圆几，上面的花瓶倒了，象牙色风信子掉出来，他把花瓶扶起，花插好，墙上挂着小幅《神曲》题材的蚀刻画，画框有点歪，他又伸手给托正。

我留在原地，整个人空得凄然。看他不慌不忙地干这干那，那股积极又回到他四肢里，我有种奇怪的感觉，从刚才那句话开始，他打定主意要做什么重大事情了。

这时他站在那个卧室和我之间的中点，招招手。我走过去，这是整个长夜里的第一次，他给我发指示。他就坐在那扇窗旁边的地上，倚着墙，又拍拍身边的地毯，示意我也坐下。

我就坐下。

他两腿平放成一个锐角，头往后搁在墙板上，面孔斜着向上，鼻腔与喉管和肺扯成一条垂直线，鼻子里畅快地喷出一口长气。

我也把腿摆成锐角，但脚尖碰到他踝骨上了，遂又折起腿来立着。这样子是要说两句话的，不说话就不像话。我说："我的向导工作已经结束了，合作愉快，先生！"

我听见我心里有个人在哭，就像梦见宫殿的孩子醒来时的痛哭。

他说："是的，佣金我会加倍付清。"

走廊里的铜座钟滴答作响。我又说："看来你真是预言里解开诅咒的人，现在就差你推门进去，嘴唇一碰啦。嘿，吻个姑娘你总会吧？"

他的头以跟墙壁的切点为中心，朝我旋过来，歪斜地一笑："嗯，我会。"

然后他眼睛望向别处，望着几米外趴在那儿熟睡的浆洗女佣，一点不怕冷场地皱眉闭嘴。我近乎绝望地再捞起一个话题："嘿，你的手怎么样？"

他说："还好。"简洁得非常不领情。

我跟他肩膀中间有道窄窄的缝隙，缝隙里藏着那个黑洞。谁也碰不到谁，但身体里有另一个身体钻出来，纠缠在一起。空气里充满了那种看不见、没发生过、却比存在更确凿的东西。他的头一直没回去，眼珠又看到我脸上。我没抬头，只盯着他摆在大腿上的伤手、手上有点脏的裹布，但被他盯着的那半边脸像灼伤了。

他说："这一夜真长，汤姆。"

我小心地呼吸着，等着，在躯壳下缩成一团。真的，这一夜太长了，简直长过了头，太多意义无穷的褶皱、太多故意忽视的感觉，这时那些感觉沉淀下来，变得具体、庞大，无法忽视，宛如雕像从石头里脱胎而出。

我转而去看那扇门，做最后一次努力："你为什么还不进去？你已经是被魔法选中的人啦。"

"我不进去了。"

一股热浪冲到鼻子和眼睛之间的位置，我捏着拳说："试都不试吗？……那岂不是白丢一根手指？"

"不，当然不白丢。"

他的声音柔和得能有一百种误解。我转头看他，他的眼白是天将破晓的颜色，他的蓝眼珠无可形容。铜座钟滴答作响，卷走夜晚的碎片。我的心脏像胡桃夹子里的一颗胡桃，铁柄握在他手中。

等到手背发痒，我才知道落了泪。

"对我来说，魔法是跟你走完这一夜的路。"

眼前一黑，跟着是一蓝，他的蓝眼睛陡然扩大到无限大。胡桃夹子里传来硬壳破裂喀的一声。始则腮颊相倚，作为眼泪的防波堤，随后唇肉上感到蝴蝶脚尖似的碰触，是蝴蝶令它珍重的东西变为玫瑰。我的泪涌得更凶。只有九根手指的一对手掌把我抱进去，抱进他身体构建的城堡。我的身子撞到他胸口发出咚一声闷响，像什么东西终于落了地。

得走过多复杂的迷宫，才能让正确的修辞找到正确的人？才能让错误的精灵听懂诚实的歌词？他吻得像一个温暖的深渊，深渊底有火，也有湍流，我只想飞扑进去，不顾一切。他的左手很知轻重地搁在我后颈处，裹在那手上的明明是我自己的衬衫布料，却有了助燃物似的异常触感。我毫无怨尤地颤抖着，以没章法的舔舐迎迓索取的嘴唇，品尝这个片刻，那道天鹅绒伤口以巫术一般的开合，把我融为其中的肉和血。

过了不知多久，他挺直脖颈，看着我，微笑如一个谜底，如完成魔术的魔术师，手仍留在我手臂上，像魔术师握着他的鸽子。铜座钟滴答作响如音乐。我动动嘴想说话，发现嘴唇变得陌生，是那种南瓜变马车的陌生，它承担了太多热望，沉甸甸地充着血，我猜它现在肯定红极了，他的凝视证明了猜测。

他伸手想抚摸我的嘴唇，指头像看花人想碰一碰花瓣又在最后一毫米停下来。"你的名字不是汤姆，对不对？汤姆只是'tomboy'（假小子）的意思。我要你的真名，你的拉丁原名。"

我看一看不远处的门，说："你去吧，推门进那间卧室。"

他眼眶撑圆了一圈，我抢在他拒绝之前说："不，不用献吻。你不是一直好奇玫瑰长什么样吗？你可以看一眼就回来。我希望你看。等你回来，我就把一切告诉你。"

我坐在那儿：疲倦、安宁、满足。我望着他朝卧室走去的背影，即将发生的一切我都知道。他会转动门钮，拉开门，他会看到一张四柱上有郁金色缠枝花叶的床。诅咒实现之夜的那一切都在，原封不动：朱漆衣柜还在；床头柜上沙拉、苹果和牛奶的晚餐还在，苹果还新鲜，牛奶刚结起一层薄皮；枕下嵌肖像的金鸡心项链还在；床前带血的绣花手绢还在……但床上是空的。

　　玫瑰小姐不在那里。坐着等他的就是玫瑰。

　　我将告诉他，在我十三岁之前我的女巫母亲从未想过教我巫术，她本来期望我有平庸快乐的一辈子。在生命最后几个月她不止一次对这决定感到后悔，那时我们已经没时间了，她只来得及教会我一件法术：如何操纵人的梦境。好在这也够用了，我跟母亲齐心协力，让这件事不再是气息奄奄的被动等待，即使不得不陷入沉睡，我仍可以自己选择，把主动权抓在手中。

　　我将紧紧拥抱他，告知他以放弃我的方式得到了我，如果他不曾选择放弃推开那扇门，如果他没有亲吻"汤姆"，那么他就会忘记这个梦，忘记所有进入城堡的诀窍。

　　我将告诉他真实的我在梦境之外等待他，等他用真实的吻把我唤醒。

　　我将为他念出初见面时，涌上心头的但丁诗句：

南半球的天空

东方蓝宝石的柔和光彩

汇集在晴朗的天色之中，

碧空纯净，一直延伸到第一重，

这景象又开始令我赏心悦目，喜不自胜，

而我不过是刚刚离开那死亡的气氛，

那气氛曾令我满目凄凉，心情沉重。

我将对他说：你的双眼就像那天空。

二

这天清晨，外乡人史蒂文在客栈的床上醒过来，梦境刚逸出窗外，所有细节历历在目。梦的结局是他吻了一个起初以为是男孩的女孩，她在他耳边轻声说了一段话。

他起身，收拾行装，准备去闯传说中的睡美人城堡。他在腰囊里装了一副鞣得极柔软的手套、一把磨得极锋利的短刀、一支獾毛画笔、一瓶用软木塞封好的酒，最后放进他母亲留下的一枚戒指。

临行前他走进小镇赌场，照梦中人的嘱咐，把身上所有钱都投下去，赌自己赢。

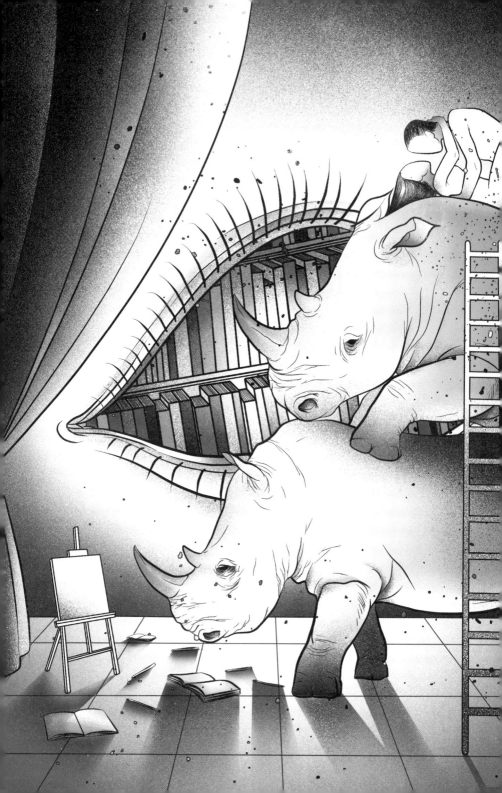

L

图书馆奇遇记

下午五点钟，峡湾背着画具回到幸运路十三号院。上周，她在琳琅阁公园卖了一幅水彩给一位日本游客；这周生意倒也不算太差，只不过比上周少卖一幅。琳琅阁是清代藏书家建造的藏书楼，重檐歇山、脊兽俊美，乃本地名胜，也是满城建筑里峡湾画得最熟练的一座。

不过天冷了，园子秃了，游客像穷人家的粥一样越来越稀，画也卖不出去。峡湾拽着脚走在通往十三号院的窄路，口袋里装着一块既是午餐又是晚餐的夹心面包。

十三号院是一幢老楼，原本是旁边钢铁厂的职工宿舍。钢铁厂早就不复存在，职工也都变成了七八十岁的老头老太太。有些实在老得没法独居的，便搬去跟儿女住，把这儿的老房子租出去。峡湾的房东就是一位搬到悉尼去带孙子的老太太。她从道路两边一长串汽车构成的小巷走向十三号院五单元楼门，大多数汽车轮子上都盖一块小木板，因为老太太们养的狗爱往轮胎上撒尿，管你是保时捷还是卡宴都给尿出一对骚轮胎。

五单元一楼最靠外这间，是送饮用水的；另一间的租客在屋里搞美容按摩，门上挂木牌，上写"幽兰境界"，路过确能闻见一丝怪怪的香味。二楼的一家是靠退休金度日的丧子老夫妇，平常没动静，也不开门，只有每周末孙子过来时有些声气。另一家刚生了二胎，每天垃圾袋倚墙排出三四个，婴儿伞车、幼儿三轮车都陈列在楼道里，配合室内时而传出的气势磅礴的婴啼。峡湾有时会遇到抱婴儿出门晒太阳的安徽老太太。人家总是立即站住，脸上平地就起了一个亲善极了的笑，说："小宝快看，大画家阿姨。"这种笑总是弄得峡湾抬不动腿，觉得不陪着聊一会儿，自己就是反社会人格。

楼上楼下的人都叫她"大画家"。其实当街卖艺，不算画家；给餐馆墙上画车轮大的菠萝披萨，也不算画家；要在正经画廊里参展并且卖出画，才算。峡湾毕业第二年，就有两张作品在城里第二大的画廊参展，有一个日本商人买了其中一幅。可惜又几年过去，识货如柴崎先生的人再没出现过。

岛礁是这么安慰她的："卖出一幅就行了，凡高一生也只卖出一幅《红色葡萄园》，所以就算你今后再也卖不出画，美术史的某个段落里照样会称你为画家。"岛礁是峡湾的合租伙伴，不是男友。当初很多人觉得跟一个单身男人合租，不啻开门揖盗，危险大来哉。峡湾却一点都不在乎，被人担心得急了，她就笑笑说，他跟我掰手腕都掰不过我！

其实她知道岛礁只是让着她。他是个颇有骑士风度的男青年，一起看房、交完定金之后，说好平摊房租，但他慷慨地把向阳的大间卧室让给了她。

岛礁在大学里念的专业十分冷门，叫"图书馆学"——每次自我介绍都要跟上一大串解说的冷学科。现在他靠写作为生，什么都写，书评、影评、艺术评论、小说，每类稿子的稿费都很微薄。他为自己确立的主业是写小说，写其余东西都是兼职，为了养着写小说的那个自己。他出版过一本短篇小说集，可称为作家，但自我介绍时又不能自称"我是个作家"，就像峡湾也不好自称"我是个画家"，只能别扭地说"我是个写小说的""我是个画画的"。记者是者、律师是师，都有个平易、和蔼、稳固的社会位置，唯有作家、画家，不成"家"，只能飘忽而不确定地存在着。

有一回，某个编辑约岛礁给一个极少主义艺术展写评论。展览主角是峡湾的大学教授，她虽毕业了，也被叫去，穿着旗袍站在门口，负责请嘉宾签名。恰逢她那天刚得知，一笔插图稿费又要被拖一个月才能拿到，心情奇坏，而岛礁签名时随口开了一句丰塔纳的玩笑（卢西奥·丰塔纳，意大利艺术家，极少主义鼻祖），峡湾立即毫不留情地嘲讽他。展览结束，两人从美术馆一路吵出来，都觉得必须一起吃顿饭接着吵。在一家小馆吃完腊八蒜炒肥肠和糖醋带鱼，预先花掉那篇评论的稿费之后，他们已经决定搬到一起了。

就像福尔摩斯和华生一样，他们开始搭伙生活。除了穷之外，他们还有非常多的共同点和互补之处，实在是彼此的最好选择。例如，一个喜欢做饭一个不喜欢；作息都不稳定；都不喜爱猫狗等宠物……

峡湾有两个姐姐一个弟弟，三姐妹依次相差一到两岁，俗语叫"踩着肩膀下来的"。父母要求她们必须、至少、起码要把弟弟买房结婚的事办妥。大姐工作五年，给弟弟攒出一套房子的首付；二姐工作四年，给弟弟攒出一半彩礼。峡湾收入微薄，每月帮弟弟还房贷都很吃力，在家里有些抬不起头来。好在小弟虽然换女友如风车，但对三姐感情特好，当游戏代练赚的钱尽管不多，给女友买耳环时还会想着给姐姐捎一副，十分感人。

岛礁第一次听说峡湾每月替弟弟还贷，平地跳起三尺高。"这！什么爸妈！什么弟弟！压榨女儿！简直！吸血鬼！"

峡湾坐着看岛礁跳高，显出一种深思熟虑后的平静，"我还是爱他们的。再说我又能怎么样呢？跟家庭决裂？那我过年去哪里吃年夜饭？世上除了他们谁还愿意叫我的小名，知道我爱吃加糖的番茄炒蛋？"

贫穷利于营造齐心协力的心境，比什么胶合剂都牢固。每个月峡湾搜肠刮肚地交完房租和弟弟的房贷，总会陷入暂时的赤贫，只能由岛礁承担两人的饭费。等到岛礁的稿费延迟、没钱吃饭的时候，他们就花峡湾卖画的钱。

不过，没有，他们俩没发生恋爱关系。有一次峡湾半夜去卫生间洗澡，洗完发现忘拿干净衣服，就大剌剌走出来。刚好岛礁失眠了，到客厅书架上翻书，两人撞个正着。

连这样难堪的时刻，他们也只是用一阵大笑把自己从中解救出来，风一样跑回各自屋里，隔空互相大声揶揄，然后就那样过去了。贫穷阉割掉的东西，不只是欲望。

在欠费停电的春夜，空调坏了没钱修的夏夜，晚饭没吃饱、饿得睡不着的秋夜，以及舍不得开电暖器、冻得睡不着觉的冬夜，他们盘踞在客厅沙发上，同休共戚得犹如一个孤岛上的两个难民。挨过漫长时刻的良方是讲故事。岛礁会给峡湾讲各种故事：他读过的、写过的和顺口现编的故事。比如关于琳琅阁，他的故事如下：

你一定知道琳琅阁的创始人是谁，对，萧士镝萧阁老，此人当年躲避党争，辞官回乡，建了藏书楼。这楼名气虽大，但几乎是座死楼，常年锁住不开。楼门口竖有禁碑，上面有七七四十九条禁令，书禁离楼、烛禁入楼等等。除了管理人员，族中男丁每年祭祖时可登楼一次，族中妇女则永久禁止入内。是啊，我也知道，太不合情理了。

不过在故事里出现的禁令，肯定是留待打破的。

萧氏旁支里有一个女儿，嗜好读书，自幼梦想上楼去翻阅善本典籍。她十七岁那年夏天的某个夜晚，就像你和我现在置身的这个夏夜一样燥热。古人没空调、没风扇，就算她家可以在屋里放冰块，也凉快不到哪儿去。这个女孩睡不着，起来找猫玩，但猫又不见了。她独自出屋寻猫，溜溜达达到了后园，站在挂上粗铁链子重锁的院门外，凝望里面重檐歇山的藏书楼，呆呆出神。

楼门前有个小水池，是防火用的消防池，此时月明星稀、静影沉璧，琳琅阁就在十几步开外，却跟她永生无缘。就在感叹之际，她忽然看到水池中心无风起了一阵涟漪，涟漪中心竟然钻出一个人影。

那个人影动作敏捷极了，湿淋淋地爬上岸，猫着腰飞快向藏书楼跑去，瞬间消失在浓重的芭蕉树影子里。

贼！她差点大喊起来，但声音到了舌头根又缩回去。她找了墙边一棵大枫树，三两下爬上去，翻进院门里——我忘记说了，这女孩平时调皮得很，爬树登高灵活得跟猫一样。青砖地上的湿脚印还没干，她循着脚印找到了偷书贼在琳琅阁墙根打的一个洞，一棵芭蕉树倒在一边，是盗洞的掩体，看样子贼来过不止一次。

女孩毫不犹豫地一头钻进洞里，顺着洞爬了进去。洞壁被小偷弄得湿漉漉的，因此她进去时，头发上衣服上全是泥。那天是满月，清亮的月光斜斜从窗口照进来，她看见那个偷书贼站在书架前，从一个皮口袋里拿出火镰刀一下一下打火，把火绒点燃，在那过程中他不时抬头看她一眼，用一对漆黑漂亮的眼睛上下打量她，镇定得令人吃惊。

火绒打着，他的半张脸被照得更清楚了，是个比她大不了几岁的青年，湿透的黑衣服紧贴皮肤，显得修长精悍，像一只黑貂。

她问："你是怎么进来的？"

盗书贼不慌不忙地说："这个湖下面与外边河道连通，我从小水性好，能闭气，再用猪尿泡装一口气，中间续一次，就能进来了。你是萧家的人？"

她点点头。他面上浮起狡黠笑意："那请多包涵吧，现在我要脱衣服了。"

她吸一口气，半转过身去，又倒退了好几步。"你脱衣服干什么？"

"我的衣服上全是水，会把书弄湿。"他不客气地把自己剥得精赤条条，只剩下身一条犊鼻裈，边脱边说，"我知道萧家族规禁止妇女登楼，你肯定也是第一次上来，想看什么书，你自己去看吧，咱俩互不干涉，你也不用谢我了。"

"你是来偷书的？"

盗书贼冷笑一声："不偷书，难道我专程上你家楼来看风景？"

"为什么要偷？"

"不偷出去，外面爱读书的人谁能读得上这些典籍？我这是做善事，你懂吗？"

她顾不得羞涩，转过身面对着他，正色说道："你不要偷，可以借回去抄一抄，再送回来，这样琳琅阁没有损失，你也不用背负贼的罪业了。"

盗书贼惊讶地看着她，哈地笑出声来："你这话好没道理！有两个书坊老板已经跟我高价预订了几十册，没书我就没钱拿，这个损失你负责补偿？再说，你怎么知道我把书拿走了，还会送回来？"

她笑一笑说："你会回来的，我知道。"盗书贼刚要说话，嘴巴张开了合不拢，月光映照之下，他面前的女孩伸手解开泥渍斑斑的衣服，露出美好的身体。

他们在满架经史子集、方志名录的环绕之下，拥抱着躺下，躺在温暖的榉木地板上。夏夜的甜香从窗缝里钻进来，飘浮在距离地面半尺的空气中。她仰头问道："你觉得，这个能补偿你的损失吗？……"

峡湾听到这里，也张开嘴巴合不拢："这是正史还是野史里记载的？"

岛礁笑道："当然都不是，是我编的。"

她又追问："后来呢？后来偷书的人回来了没有？"

岛礁说："后来？我还没想好。"

之后，峡湾再到琳琅阁公园写生或卖画，常会想起盗书贼的故事。每到心情不佳的时候，她就要求岛礁把故事讲下去，又要他一定不能讲完。在欠费停电的春夜，空调坏了没钱修的夏夜，晚饭没吃饱、饿得睡不着的秋夜，以及舍不得开电暖器、冻得睡不着觉的冬夜，盗书贼一次一次带着誊抄完毕的善本回到藏书楼里，那儿有怀抱火热的姑娘在等待他。

她不止一次真心实意地对岛礁说："你有天赋，真的，你一定会成为受人认可的大作家。"

因此当她推门进来，看到岛礁面朝下倒在客厅的书架旁边，想到的第一件事是：完了！要是他英年早逝，那整理、出版遗稿的任务真要落到我身上？……

在跑过去的途中，她把肩膀上的画架、背包卸下来扔了一路。她把他翻过来，一边用力拍打他的脸颊，一边喊叫他的名字，又拧开身上挎的水壶盖，把冷水浇在他脑门上。

没过几秒，岛礁悠悠醒转。他定睛看了一阵坐在身边喘粗气的峡湾，虚弱一笑，说："万一我真的英年早逝，你一定得帮我出版遗稿……我的小说在E盘那个叫Neverland（梦幻岛）的文件夹里，你知道吧？"

　　峡湾叹一口气，不太笑得动，"我知道，等书印出来我会带几本去给你扫墓，烧化在墓碑前面，满意了没有？"

　　岛礁抹着脸上的水，气若游丝地说："你还有没有吃的？"

　　原来他是饿晕过去的。峡湾从口袋里掏出那个巴掌大的夹心面包，撕开包装，刚放到他嘴边，他脸上就出现一个黑洞，那个面包犹如雪花落到火上，瞬间消失了，快得像一种魔法，只有饿得顾不上用餐礼仪的人才能掌握这种魔法。峡湾又扶着他喝了几口水，等噎在喉咙里的面包冲进胃袋，岛礁的眼珠终于有了光彩，他抬手搭在额头上，小声说："对不起，我刚才吃掉的是不是你的晚饭？"

　　"是咱们俩的晚饭。"

　　过了一会儿，岛礁摇摇晃晃地站起来，躺到沙发上去。峡湾拿一只垫子让他把双脚垫高。岛礁问："你今天卖出画了吗？"

　　"没有。"

　　"你身上还有钱吗？"

　　"咱们彻底没钱了，一顿晚饭钱都没有了，一毛钱都没了。"

峡湾说："我记得你昨天收到一笔五十块钱的稿费。"

"手机欠费，五十块都充进去了，扣掉欠费，现在还剩十几块，取不出来的。"

"为什么只有五十块，那么少？"

"因为那是发表在地方报纸副刊上一首诗的稿费，所以高不起来。原本是四十八块，还是编辑好心给我凑了个整数。"

两人看着对方的脸，一下一下眨眼睛，满面狐疑，像大人说糖没有了，小孩子不肯相信：怎么可能？怎么会一点也没了呢？岛礁又说："你给《本市月刊》画的插画呢？不是应该上个月发出来吗？"

峡湾说："拖期了，上月没发，这月也没发，就算下个月发出来，稿费也要隔两个月才能收到。你不是也有《本市周刊》上的专栏稿费吗？我记得他们欠了你两期的钱。"

"那家杂志社休刊了——也就是倒闭了，我的责编还有一个月的工资没拿到呢。"

"还有一本《本国小说年选》选了你的小说没给钱，我记得你说一定得找他们要回稿费，怎么样了？"

"他们每次都说，要收集到所有作者的地址之后统一寄出稿费，但两年了，据说还有三个作者找不到。"

他们木然沉默了一阵，开始觉得有点恐慌。

从前，他们也经历过几回弹尽粮绝，不过找一些东西去卖掉，总能扛过去。现在屋内还有什么能卖的？床、书桌、折叠椅，这些基础家具都是跟房子一起租来的，属于房东，不能卖（那用脚踹才能关上门的柜子、能当摇椅坐的椅子也卖不出什么价钱）；租房时自带的折叠小圆桌、简易拼装书架等已经卖掉了。衣服？他俩的衣服一向是快销店里的返季打折货，卖不出去。书？经济条件稍好的时候曾有一阵头脑发热，他们在买书这件事上花天酒地了一番：峡湾买了成套的大开本收藏版精装画册；岛礁买下好几位作家的全集，整箱整箱地搬回家。那段时间，他们还凑钱买了咖啡机、空气净化器、加湿器，但这种繁荣通常都是其兴也勃，其亡也忽。一旦进入漫长的、入不敷出的经济严冬，画册和书都送到旧书店卖了，价格被砍到脚后跟；咖啡机、空气净化器和加湿器也陆续变成了房租、水电费、煤气费、卫生费、无线网络费……现在他们共用的书架上只剩一套岛礁父亲的遗物：《莎士比亚剧作集》，还有一套小开本《狄更斯全集》。

　　"不行！"峡湾断然说，"那个不能卖。"岛礁只好把那套狄更斯搁回书架上——那是去年他生日的时候，峡湾送给他的。

　　两人的房间里更荒凉，除了一床一桌就是大大小小的箱子，唯一的装饰是墙上峡湾的画作。不过岛礁发现，某天自己拿峡湾的炭笔随手涂鸦的一张画，居然也贴在她卧室的墙上。

峡湾眼里多了点紧张，解释说："我认为你这张画的线条大胆，很有借鉴意义，所以没有扔掉。"

她转身站在墙上挂的一块方镜前，摸摸自己的短发。镜子也是老镜子，就像老妪的眼珠一样，黯淡、混浊，水银老成了不新鲜的腐水。她叹道："早知有今天，我几年前就该开始留长头发，现在就能到假发店去卖了。"

岛礁说："早知我有今天，我祖爷爷几十年前该买块金表当传家宝。现在我就能把它当掉——给你买镶宝石的玳瑁梳子。"

她短促地哈哈哈笑了笑，问道："你……跟家里借点钱行不行？"

岛礁脸上的笑意没了。他把头摆到一边，又慢慢地摆回来，牙齿咬紧，把那个动作重复了好几次。"不行，我不能让他们得逞，我不能授人以柄，我不能让他们掌握逼我回家工作、嘲讽我职业价值的证据。"

他的科长父亲、医生母亲始终寄望他获得"稳定生活"。他自己选择的这种生活，上一顿和下一顿之间往往露着一条罅隙，对不上缝，呼呼地往里灌世态炎凉的寒风。而一旦危机过去，暂时的小规模暴富也不是好事，长久被压抑的物质欲望会反弹，让人在狂喜中浑忘节蓄。要这样抛物线似的折腾上几遭，年轻人才能嘴软，才会承认"稳定"亦有其美感。

"稳定"的意思就是生活得油光水滑，没有缝隙，也就没有衔接、没有疤痕。收入与支出的对接严丝合缝确是维持尊严的底线。那些缝隙以及它们痊愈后留下的瘢瘤，会慢慢改变生活的属性。站在缝隙的这一边，有时感觉自己面对的是一道天堑。

至于峡湾的家人——他们倒是无暇"judge"（评判）她的职业与生活——她两个亲姐姐各有两个小孩和至少一位患慢性病、医药费如黑洞的公婆，不能再开口借钱让姐姐担心。至于其余亲戚，有人离婚后带着自闭症孩子到处听讲座治病，辛苦奔波地生活；有人给鞋厂老板当外室，几乎跟家人决裂，辛苦恣睢地生活；还有在外地打工赚点钱又被传销骗子骗走，辛苦麻木地生活。

那么，跟朋友借一点？他们打开各自的通讯录，一个个排查。有一部分是各种聚会上碰碰酒杯，加个联系方式的熟人，圣诞节、元旦也会在手机上发个节日快乐，但还没哪个熟到能腆下脸借钱的程度。友谊是一种植物，需要用吃饭喝酒等养料来浇灌，因此穷人的友情花园多半跟他们的账户一样萧条；另一部分由五年以上的朋友和老同学组成，是通讯录里的中坚和骨干，感情上倒是张得开嘴，但青年艺术家的朋友、同学也大多是青年艺术家，经济状况都好不到哪儿去。

他们又在房间里茫然转了几圈，一边走动一边四处看，最后又不约而同地回到沙发这里。没几步路，却是一趟从希望到绝望的旅途。心思和脑子经历过一番激烈取舍，两人都有点气喘，动感情也是一种运动，前者还更累一点。峡湾在沙发上瘫倒，叹一口气，岛礁跟她平行地躺在沙发旁边的地毯上。两双手都扣在腹部，一只摞着另外一只，上面那只手的手指抓着下面那只手的手掌，用一种歉疚的、小心翼翼的精神来镇压和抚慰，说来也奇怪，明明最缺燃料的地方倒能发出最大的噪音。

上面扔下来一个靠垫，丢在岛礁身上，靠垫拉链在某次被拉开的途中卡在半截，露出里面白花花的人造棉，需要不时往里捣一拳，把肚肠塞回去。岛礁把垫子塞到脖颈后面。峡湾说："讲个故事听吧。"

"还讲盗书贼？"

"不。你有没有主角跟咱们很像的故事？"

"那我讲一个匈牙利的小说——从前有一家三口，全靠父亲在工厂做工挣钱，他上班必须穿干净衬衫，干净衬衫又得用肥皂来洗，肥皂七个铜板一块。母亲和儿子花了一下午在家中到处找，到处找，翻遍了每个抽屉和衣兜，却只找到了六个。太阳快下山了，黄昏的时候，一位乞丐到她家来讨钱，她向乞丐倾诉她的窘境。乞丐拿出一枚铜板送给她，她终于凑足了买肥皂的钱。但这时天已经黑了，她没有点灯的油，衣服还是没法洗。这位母亲笑呀笑呀，直到笑得咯出血来……"

峡湾慢慢从沙发上坐起身，两颗大眼瞪得溜圆，像被打了一棍，又像阿基米德刚想通浮力定律打算去街上狂奔。

岛礁看到一个俯视的她，像智慧女神雅典娜口吐神谕一样，重复故事里的一个名词：衣兜，咱们的衣兜。

他们的衣服都收在纸箱子里。峡湾搬进来时带了个可拆卸衣柜，骨头是空心钢管，皮是牛津布，岛礁帮她装起来。几个月后又帮她拆开，作为二手货卖掉，然后两人只花几块钱在收废品的老太太那儿选了几个纸箱子，拿回来，岛礁说箱子也仍然是"可拆卸衣柜"。峡湾用剩下的水彩颜料给箱子画了新涂装，蒙德里安抽象色块是鞋箱，马蒂斯剪纸小人是冬衣箱。

她把蒙德里安和马蒂斯从客厅角落拽过来，撕掉封口的透明胶带，掀开盖子，一脚踹上去，箱子立仆，衣服呕出一地。

岛礁说："你知道这像什么？抄检大观园，'晴雯两手捉着底子，把箱子往地下尽情一倒'……"峡湾跪在地上，衣服、裤子从她手里纷纷飞出来，很快在空地上集合起一个小山包。她又说：

"你的箱子呢？快去拿呀。"

岛礁的每只衣服箱子外壳都贴着一块白纸，标注内容：开衫乘二，黑、白；长裤乘四，磨白牛仔、黑牛仔、灰运动裤、黑运动裤。这是"图书馆学"的本科教育给他留下的分手馈赠：一种科班性质的井井有条。两人一共有二十二件带兜的上衣、裤子。从冬天的羽绒服口袋里找到三个一毛钱硬币，还有一张超市小票，是当时找零之后随手塞进去的，两人像挖到了金矿的矿苗，哇哇欢叫了一阵，往空中挥拳。接着更专注地开采，每个口袋都被捉着底子，往外尽情地一翻。

然而，再没有别的收获了，一毛钱也没有。

失望比饥饿更让人手脚发软。他们拖着腿蹚过地上淤积的一层衣物，再次回到沙发旁边，照刚才的姿势躺回去。

躺了一阵，岛礁说："我又想起来了，你的床脚底下还垫着两个硬币。加上咱们刚找出来的三毛，就有五毛钱了。"

峡湾不说话。岛礁说："其实五毛钱真的不算少。你知道现在的作协主席是谁吗？主席女士当年写过一篇小说，小说里的女主角能用五毛钱办出一桌席。真的！她先花五毛钱买了一块带皮猪肉，单割下猪皮煮几个小时，煮出一锅黏糊糊的汤汁，再放上酱油、葱花，等它凝固，第一盘荤菜：猪皮冻儿；剩下的肥肉切丁、裹面、油炸，蘸花椒盐吃，又是一盘荤菜：炸水晶肉；再剩下的瘦肉，掺上黄花菜、木耳炒，第三道菜：木樨肉；这女人又花两分钱买一块山楂糕，切丝后跟白萝卜丝拌在一起，这是凉菜；最后沏了一碗虾皮酱油汤，二凉一热，四菜一汤！但这个'五毛二分'的席是上世纪八十年代的价格，现在分币几乎绝迹了。咱俩想用五毛钱解决晚饭，菜单是这样的：街边摊的包子一笼十个，六块钱，但只按整笼卖，想要单买一个，不知道行不行得通，得跟卖包子的说说情，万一能买回来，我吃包子皮，馅儿让给你吃，我占便宜，因为包子的褶儿上有个面疙瘩；宠物商店里的狗粮，最便宜的十块一斤，五毛钱能买半两，据说狗吃一段毛都不亮了，但是它顶饱，咱俩肯定能吃饱；超市和便利店里，一根棒棒糖五毛钱，把它扔在锅里，多加水，煮成一锅热腾腾的糖水，连汤带甜点都有了……"

峡湾说："我当然记得床脚下面的硬币，你列的菜单我也早就想到了，我甚至还可以给你补充。但这几样东西能提供多少热量？一根棒棒糖十克，大约两百大卡，你我平分就是一人一百大卡。天这么冷，咱们穿好衣服下楼，走一大段路去买棒棒糖，那得消耗多少热量？远不止一百大卡吧？如果要去宠物商店，还得多走两个路口。"

岛礁说："你的意思是咱们就躺着挨饿？"

峡湾说："是的，照我的经验，躺着不动反倒更节省体力，你再讲一个故事转移咱们的注意力，就不饿了。不过这次不许再讲那种'笑出血来'的了，引发伤感情绪也很费体力。"

岛礁说："好吧，这次你想听什么样的故事？"

峡湾说："我要一个幸福快乐的故事，故事里要有香喷喷的羊肉、牛肉和炸猪排的油脂味儿，还有吃饱了的人们。"

岛礁说："那好办！"他将手在胸前优雅地向外一展，做了个即将表演似的动作，开始讲道："从前有个年轻女人，她从小钟爱画画，母亲教她烹饪的时候，她就用西红柿汁在面饼上画自己想象出来的花朵，每块饼上的花都不一样。后来，她得到一支奇妙的画笔，是精灵赠给她的。精灵说，你可以选择用这支笔画普通的画，也可以选择用这支笔画一些能吃能用的东西。她问，我能给自己画一个丈夫吗？这话本来是半开玩笑的，但精灵先生和蔼地说，当然可以！

"于是她就画出了一个丈夫，那个男人立即从画布上跳下来，搂住她，叫她'亲爱的太太'。他就像所有好丈夫一样，高大温柔、关心房价、准时上班、每周健身。

"第一天，她的丈夫说，亲爱的太太，今天我想吃烤羊腿。于是她画出了一条肥美茁壮的羊后腿，又画出最饱满的洋葱、大葱、西红柿、胡萝卜和大蒜，一切都像颜料一样乖巧地摆放开，等着她。她先抽出后腿里的骨头，再在肉上涂抹橄榄油，细细撒上盐和胡椒，羊骨头跟洋葱、大葱、西红柿、胡萝卜以及调味汁一起咕嘟咕嘟熬成汁，也淋在羊肉上，放进烤箱。在等羊腿烤熟的时候，她坐在厨房的台子上哼了首歌儿。丈夫回来之后，他们满足快乐地吃了一顿羊腿。

"第二天，她的丈夫说，亲爱的太太，今天我不想吃肉了，我想吃面食。于是她到市场买了一袋面粉，以及南瓜、紫薯、火龙果、草莓、菠菜。她先把这几种蔬菜水果研磨成泥，或绞出汁，然后把几种颜色揉到面里，捏成花朵的形状：金黄色葵花、紫色鸢尾花、粉水仙、红玫瑰、绿荷叶。等待面食蒸熟的时候，她坐在厨房的台子上哼了首歌儿。丈夫回来之后，他们满足快乐地吃了一顿面做出的花园。"

这时峡湾插嘴说："为什么她不直接画出那些做熟的食物？"

岛礁说："因为……精灵说过只能画食物的材料！你不要插嘴！……好，我接着讲了。第三天，她和丈夫希望有个小孩子。于是她画出了一个男婴，像玛丽·卡萨特画里的小婴儿一样可爱而蛮横，而且他长得特别快，嗅一嗅早餐的香味就长大了，两个小时之后他长成了满地乱跑、头发蓬乱、两手脏兮兮的小男孩。丈夫说，亲爱的太太，今天我们要庆祝，我既不想吃肉也不想吃面，我想吃你烤的蛋糕和点心。孩子说，亲爱的妈咪，我呢，我想要一盘子动物园，要有狮虎山，有熊猫馆，有白熊。

"这次她几乎画出了半个菜市场。她烤了核桃酥、话梅饼干、乳酪奶油蛋糕，然后开始做'动物园'。她把土豆捣烂，团成团，捏出狮子、老虎、熊猫；用蒸熟的糯米捏出白熊；用紫菜贴成狮鬃和熊猫身上的黑色部分；用炸土豆条做出围住动物的栅栏……"

峡湾说："这么坏心眼折腾妈妈的小孩，想要动物园，买张票让他在里面野一天就行了。"

她等着岛礁继续讲完故事，但没等到声音，以为他又饿昏了，赶快探头去看。只见岛礁的两眼睁得像两个铃铛。他慢慢从地上坐起来，脸上弥漫一种如梦如幻的表情，动作也像梦游的人。他说："咱……咱们有钱了，我想起来了，咱们……有钱了。"

他缓缓转头，眼眶里目光像探照灯似的扫过来。峡湾有点害怕，小声咕哝道："什么钱？"

"刚才你说到动物园、买票，我想起我之前办过一张动物园的年卡；又想起，两年前我在另外一个私人图书馆办过阅览卡……当时我付了三百块钱押金。"

两人互相看着，一下一下眨眼睛，那种睁着眼做梦的表情像飘移的云朵一样，从岛礁脸上扩散到峡湾脸上。

三百块。那岂止是一顿晚饭？那是一整个星期的牛肉炖土豆、平底锅里滋滋作响的炸培根……

岛礁说："穿上你最好的衣服，等咱拿到钱就去西餐馆吃牛排。"

衣服都在地上，好找。峡湾捡了条包臀长裙，弯腰把腰圈放低，两腿依次跨进去。她柔声细气地说："牛排太贵，吃碗拉面算了。钱最好还是计划着花，毕竟稿费到底什么时候下来，谁也不知道。倒是你，当初怎么舍得拿那么多钱交押金？"

"当时我还有点钱，跟人合作写书，预支了一部分版税，而且写书要的资料只有那个馆里才有。"

"阅览卡呢？找出来，让我见识一下。"

岛礁选了一件最干净的衬衣换上。他说："卡丢了，可能夹在哪本书里，不小心一起卖掉了……不过没关系，我当时登记了姓名、住址和身份证号，一对身份证就行了。放心吧女士，我有预感，咱们一定会肚子吃得饱饱的、开心得像神仙一样回家来。"

"等等，现在已经晚上七点多了，那个图书馆不打烊？我是说，不关门？"

"不，它收录的图书题材特殊，所以是二十四小时营业，整夜都有人值班。"

"'题材特殊'？什么题材？"

岛礁慢吞吞捏着纽扣往扣眼里认，不太乐意说的样子："哎呀，也没什么特殊的，就是某种生活中常见的娱乐活动而已，到了你会知道的。"

峡湾大声说："现在就告诉我！不然我不去。"

在他的讲述之中，峡湾已经从最初的震惊中恢复过来。她点点头说："我当然承认。我是画画的，对性爱当然没有任何偏见。而且这个图书馆帮你理财，我简直想给它三鞠躬谢恩。等我有钱了，我要给他们送一面锦旗，上书四个大字：雪中送炭！"

岛礁不动声色地用鼻孔松出一口气，笑嘻嘻道："我猜到你会这么说的，你要像别人那样，我早跟你生分了！"他朝门做了个邀请的手势，"好，现在可以出发去拿咱们的钱和晚饭了么？"

钟敲七点，两位艺术家走下了幸运公寓的台阶。地铁票涨价之后他们就没再坐过，公交卡里也早就没钱了。岛礁说："不要紧，那个图书馆不算远，一小时就能走到。"

此际月明星稀、晚风拂面，正是饭后百步走的好时辰，不过这句俗话的重点在于"饭后"，因此并不适合两个胃加起来只有一块小面包的人们。两人并肩走过大街，路过卖火腿、酱猪肘子的店铺，十分默契地把头转到另一边。而另一边，很不幸，是个灯光更辉煌的糕饼店，橱窗里摆放着两排雪亮得耀眼的奶油蛋糕，还用金黄色桃子和红樱桃装饰着，犹如戴了一顶镶红宝石的金色王冠……他们迅速地瞟了一眼，就足够看到那么多东西，接着同时长吸一口气。

只能抬头往天上看了。两人仰起头，峡湾感叹道："今天的月亮真圆，真黄。"

岛礁说："圆得像一个黄油烙饼，你读过汪曾祺的《黄油烙饼》吗？挖一大块黄油，加一把白糖，兑点起子……"

峡湾说："我觉得不像烙饼，像一颗黄油硬糖，那种含在腮帮上能甜几个小时的'黄油球'，你小时吃过没有？"

岛礁说："当然吃过，那时过年的什锦糖放在果盘里，黄油球最多，底下黄澄澄的一片，不过谁吃糖都会先挑酒心巧克力、大虾酥和花生鸟结，实在没得吃才会吃黄油球。"

继续往前走，路过一家里面人头攒动、外面还有两排人坐着等位的餐馆，他们驻足了一会儿，因为餐馆墙上挂着峡湾的画作，能透过窗户远远看见。岛礁说："你那张风景画画得真好。"但两人的目光其实都在打量每个餐桌上的菜。

峡湾说："要不咱们还是赶紧回去把那套狄更斯卖了吧？等你下次生日我会有钱再送你一套的。"

岛礁说："卖什么也不能卖它，你读过那套书没？"

峡湾面露惭色："没全读完，不过我看过《雾都孤儿》的电影。"

"只要我给你讲一讲狄更斯，你一定会爱上他，你知道狄更斯写什么写得最好吗？"

"什么？"

"食物。"

峡湾有点犹豫，不知道这个话题是否适合现在谈论，但嘴巴已经像往常一样说出了应和的话："是吗？"

岛礁说："狄更斯的书里全是好吃的——葡萄酒啦、鳀鱼酱啦、热奶油烤面包啦，他的人物隔几页就要坐下吃点水果和蛋糕，再喝一杯糖酒。比如说《远大前程》吧，一开头，匹普给藏在墓地里的逃犯送吃的，他送了面包、干酪、白兰地、带肉的肉骨头、猪肉馅饼……"

"咱们离那个图书馆还有多远？"

"不远了，还有四五条街。我还没说完呢！再比如说《圣诞颂歌》，他是这么写的：食物堆积在地板上，样子就像一个宝座，有火鸡、烤鹅、野味、家禽、腌猪肉、大块腿肉、整只乳猪、一长串一长串香肠、碎肉饼、葡萄干布丁、一桶一桶牡蛎、热烘烘的栗子、脸蛋红红的苹果、饱含汁水的橘子、甘甜芳香的梨、特别大的蛋糕，那香甜的蒸汽弄得这间屋子朦朦胧胧的。哎呀，最后这一句最厉害！你想想如果你站在那儿，看着山一样的好吃的，是不是嘴里冒出了口水？是不是眼睛里也感动得泪水盈眶？所以'朦朦胧胧'不光是因为食物的蒸汽。他写市场里的榛子是这样的：一堆一堆的，棕褐的颜色，生了青苔，散发出的清香让人想起树林里古老的小路，以及在埋没脚踝的枯叶之中拖着脚走过去的愉快；无花果，是水滋滋的，肉厚厚的。还有，还有《小杜丽》里面，他写菜馆里的菜是这样的：盛满了肉汁的铁容器里有一条烤猪腿，上头撒着洋苏叶和洋葱，旁边盘子里放着一块油腻的烤牛排和冒泡泡的约克郡布丁，切得薄薄的夹心小牛肉片，还有一个火腿，刚切去一片又冒出油来……啊！如果那块油腻的牛排的油，或者火腿的油从我嘴角流下来，我一定暂时不擦掉，要让它在那儿舒舒服服待一会儿，你怎么样？你想把嘴角的油擦掉吗？"

他停下了，因为峡湾伸手捏住了他的手臂，掐得很疼。她带着愠色说："你为什么把这些东西背这么熟？"

岛礁狡黠一笑："别的我也背得很熟，这是天赋。你可以反击嘛，你也可以说点好吃的，让我难受。"

"这是你的专业领域，我哪儿说得过你？我统共就记得《水浒传》里武松被发配了，枷上挂了两只熟鹅，他拿左手撕着吃。"

"哎呀，那个鹅就是煮熟的，不好吃，要说《水浒》里最好吃的东西，应该是宋江要来醒酒喝的酸辣鱼汤——鱼是张顺亲自挑选最鲜的上等金色鲤鱼，也就是白居易所说的'鱼鲜饭细酒香浓'了；还有鲁智深，用蒜泥蘸着狗肉大口吃……"

他正想继续说牛羊肉，挨着峡湾那边的肩膀被打了一下，又连续被重重地打了好几下。峡湾说："闭嘴！快闭嘴！你这是落井下石，这是别人光着身子蹲在雪地里，你还要照头浇一桶水。再讲这种东西我就跟你绝交，我就从房子里搬走，让你下次自己饿死在屋里。"

岛礁一下子蔫了，叹一口气，闭紧嘴巴。他们沉默地走了两条街，一直没再说话。峡湾用缓和一点的语气问："现在你在想什么？"

"我……在想《雾都孤儿》。"

峡湾回忆一下，觉得《雾都孤儿》没什么关于吃喝的描写，问道："这个故事倒可以谈论一下，你在想？"

岛礁说："我在想小奥利弗的一句话。待会儿在饭馆里，我要像奥利弗那样，跟上菜的服务员说——'先生，我还要一点！'……"

在这样的氛围里，他们终于到达了那家私人图书馆。

该馆其实是一座小小的二层住宅。主人一生爱好收藏，晚年整理藏书，修葺宅邸，开辟成一间图书馆，以飨世人。岛礁走上台阶按响门铃。须臾，门扇开了，一个戴眼镜、披着驼色毛线披肩的中年妇人探出头。岛礁说："您好，我有贵馆的阅览卡，现在想办理退卡手续。"

他们跟在妇人身后，走进位于一楼的办公室。木地板有些旧了，边缘磨得发白，但擦得很干净，东墙悬挂一面琵琶，窗台上摆着两盆茉莉花，星星点点的小白花，香得十分醒脑。妇人坐到办公桌后面，说："请把您的阅览卡给我。"

岛礁说："对不起，我搞丢了。"

"那很抱歉，没有卡就不能办理……"

"不不，您听我说！我记得卡的编号，当时也登记了我的姓名、住址和身份证号，您只要查一查登记簿、核对一下身份证，就能明白我绝对是贵馆的标准、模范读者，毫无疑问！"

妇人和善的眼睛一闪，"您带了身份证件？"

岛礁点头点得像痉挛，嘴唇抿进去不见了。妇人向他和他身后的峡湾认真看一眼，了解地微微一笑。那一眼似乎把他们的窘境都看穿了。她拽一拽肩头上的披肩，起身到柜子里去找登记簿。岛礁重重松一口气，肩膀垮下去。

就在押金——也就是晚饭钱——无限接近的时候，门扇上传来两声敲击，进来一位戴椒盐色呢便帽、同色马甲的老先生，细长鼻子细长眼睛，两条灰色眉毛不浓不淡。他彬彬有礼地说："两位读者，晚上好。"

妇人说："这是本馆的馆长芹先生。"

岛礁和峡湾转向馆长，说："您好！"芹馆长把两只手插在呢子裤的口袋里，朝读者们点点头，就转向妇人，说："米师傅在做晚饭，面条的浇头你想要茄丁五花肉加豆瓣酱，还是虾仁青豆鸡蛋？"

这段充满色香味的话犹如背后射来一簇子弹，岛礁和峡湾差点被扫倒在地，他们赶快互相扶住手臂，像受轻伤的人搀着伤势更重的战友一样。妇人说："我要茄丁五花肉，您肯定要虾仁青豆吧？让米师傅晚会儿煮面。等接待完这两位读者，我过去切菜码。"

芹馆长说："那我来接待，您去切菜码好了，本来您值班的时间也到了。"

他向岛礁说："本馆二十四小时为您效劳，有什么需要找的书或者资料，我可以帮您找。"

岛礁说："不，馆长，我是来退卡的。"

"哦，那您的卡片请给我看一下。"

"抱歉，卡丢了。不过我带了身份证，您可以核对当时登记的信息。"

馆长的两条眉毛一拎，又落下，摇着头，真心实意地遗憾着，"不，没有卡，光有身份证也不行……"

岛礁的肩膀又耷起来了。馆长继续往下说："不过要退清押金另有办法，这事不是无章可循。来，二位，我带你们去看看本馆创始人制定的规章吧。"

那本厚厚的馆规有中英法三个语言的版本，皮面精装，怎么看都是一本长篇小说的模样。岛礁张着嘴把中文和英文的那一条都看了一遍，又看一遍，还是难以置信——"如果遗失阅览卡，需用以下方式证明自己确为本馆读者：演示馆藏某一本典籍中某一页记载的内容，由馆长与副馆长核对无误……"

芹馆长说："副馆长就是刚才接待您的那位女士，她姓香。"岛礁双手按在纸页上，迟迟不抬起头来，他没力气跳起来大叫一声"太荒谬了"，然后拉着峡湾走人。如果不考虑馆藏图书的题材，这个要求其实不算太过分，你丢了书包到传达室去找，传达室大爷也会让你讲讲书包里头装了什么。馆长极耐心地坐在对面的椅子里等待，脸上一丁点异样表情也没有，以公事公办的平静面色表达一种善意的体贴。

岛礁抬起头，"一定要这样？"

"是的，读者先生，这是规定，不能违背。或者，您愿意回家再去找找阅览卡？"

岛礁转头看看峡湾，也从峡湾眼里看到自己，他俩的脸色现在都像一块洗得过多的牛仔布，这半天里在失望和绝望两头折返跑，像在一张硬纸片的折痕上来回弯曲，再折一下就是百上加斤，肯定会断掉。如果离开图书馆时身上不能带着晚饭钱，他们是没力气走回去了。

他在峡湾眼里看到迫切的央浼，还有一种愿为共谋者的期望。这让岛礁的下一句话变得顺畅了一点："那个，演示的内容该怎么选择？任意选都行吗？如果是双人的姿势……"

他说不下去，脸终究烫起来，补充了营养不良造成的缺乏血色。芹馆长更平静和蔼地说："是的，任选，您随意指出一本您记得的藏书即可，规章的那一条下面有补充脚注：如果选择双人式，可随意找一位合作者。"

他和蔼的目光转向峡湾，替人遗憾又替人庆幸似的，眉毛朝额头心提起来，笑一笑。岛礁也跟着他看了峡湾一眼，又觉得这一眼很不该看，倒像有图谋有歹意了。他说："馆长，请让我和我的朋友商量一会儿，好吗？"

等到房间只剩他和峡湾，岛礁第一件事是拿后背找墙，靠住墙，他深深吸一口气，吸得又长又深，看时间久得那口气都能深到盆腔里了，然后再慢慢喷出去。峡湾那深棕色瞳仁像两颗桂圆核，面色忽阴忽晴，最后变成一笑。

她说："你不要打腹稿怎么说服我，我不用说服。我就是你现成的搭档，只要待会儿能吃上饭，你想到什么姿势，咱们就扮什么姿势。我整个人都是你的。"

岛礁咬住牙不出声，眼神颇悲壮。

隔一阵，他柔声说："《圣经》里的以扫饿肚子的时候，宁愿拿长子继承权换一碗又热又香的羹汤，凡是尝过挨饿滋味的人，都不会责怪他。"

又过了几分钟，岛礁打开门，门外的芹馆长和副馆长香女士正像手术室外等待的人一样站着。岛礁问："请问我们应该去哪个房间，或者就在这里……？"

他指定了一本馆藏图书，是十九世纪奥匈帝国宫中供人玩乐的小册子，内页有三十首诗，配以各种双人极乐的姿态，且有详细的分步图解。图册封面镶嵌蛋白石和绿松石，十分珍贵，当时岛礁也只能在馆中翻阅，不能带走。虽然离阅览已历一年零两个月之久，他还是记起了那本书的名字：《神赐予凡人的极乐之歌》。

他们再次跟在副馆长身后，去往二楼一个特定房间。香女士不得不暂时搁置切菜码的事业，面色略有不快。该房间方方正正，十分宽敞，没有窗户，顶上吊着一盏铃兰花苞样式的玻璃灯，光像绸子似的柔和，地下铺着软绵绵的肉桂色地毯，厚得能埋掉脚趾，墙边放着丝绒长沙发和两只单人沙发。四面墙中，有一面墙是镜子，另外三面墙壁整面画着画儿，画中大朵大朵粉紫色云彩，层层叠叠，云上有赤身嬉戏的男人女人，姿势各异，体态都健美可爱。云气绕着三面墙壁盘旋大半圈，站在屋子中心，仿佛能嗅到人们皮肉中散发出的热腾腾的气息。

这些画让峡湾觉得亲切，一下子倒忘记紧张了，她走到墙壁前端详一阵，转头问副馆长："这些画真好，是谁画的？"

副馆长肃然答道："是本馆的创始人，他业余喜爱绘画。"

岛礁独自站在房间中心，伸手把一边袖子推上去，不断上下抚摸皮肤，像要把汗毛磨平，他看着峡湾的背影说："喂，你还记得自己不是来看画展的吧？"

峡湾嘴里哦哦有声，小步跑回他身边，主动对副馆长说："我们要怎么做？"

副馆长伸手往那面墙上的镜子一指："那是单面镜，我和馆长会在另一边的房间，对照书页内容。放松一点，你们就当完全没人旁观，就行了。"

门以颇有暗示性的轻悄一声闭合。两人看着对方，意料中的狼狈和窘困居然并未出现。岛礁嗽一下喉咙，开始低声讲解记忆中的姿势，他要怎么托起她的臀部，怎么把她抱持在腰间，让她的腿挂上来……

峡湾打断他说："先别讲太多步骤，我记不住，咱们从最开始的地方做起，然后你一步一步说。"

不料第一步就受到阻碍，峡湾上身穿着白绸缎衬衣，下面是包臀窄长裙加丝袜。她试着抬腿，抬到离地几十厘米的地方，被裙摆拽住了。她把裙子往上拎一拎，再多抬起几寸，但这样就到了这条裙子的极限。

岛礁抓住她的脚踝往上扳，只听裙子的接缝发出喇的一声。两人怔了一会儿，峡湾小声说："恐怕我得把裙子脱掉。"这时她想起裙底下丝袜的腿根部分有一大段跳丝，又说："干脆我把丝袜也脱掉算了。"

岛礁先是受惊似的后背一耸，但随后说："脱吧，丝袜也滑得像鱼皮似的，不好做动作。"

峡湾弯腰把丝袜推到脚腕上，笑道："而且我身上这些景观，你上次都参观过了嘛，我也没什么顾忌的。"说归说，她从脚尖上扯掉丝袜时，大腿上还是起了一层鸡皮疙瘩。岛礁脸色也有点发白，往那面镜子墙上看了一眼。

镜子那边静寂无声，就像另一边根本没人在看似的。

峡湾选定了云朵上一个人的卷发，打算全程把目光托付给它带着光泽的旋涡，接着把双手搭在岛礁肩膀上，说："咱们开始吧。"

岛礁搓一搓双手，让手心暖和一点，一只手托住峡湾的臀部，另一只手扶着她脊背。峡湾先用一条腿勾住他的腰，身子往上一纵，把全部体重挂上去。忽然岛礁惊恐地哎了一声，手臂骤然无力垂下，峡湾不由自主地往后掉落，但攀在他肩上的双手并没松开，导致岛礁也跟着摔倒，两人在地毯上双双做了滚地葫芦。

镜子那边传来芹馆长的声音，充满关切："两位没事吧？也许这个姿势太难了，要不要换一页？"

岛礁吃力地撑起身子，头颅仍然软绵绵地耷拉着，胸膛起伏。他脸色惨白地向峡湾说："对不起，你摔坏了没有？"

峡湾迅速摇头。隔壁房间里的声音问："您到底怎么啦？"

岛礁苦笑道："我实在太饿，没力气了。"峡湾朝他望了两眼，转头对镜子说："我们一整天没吃饭，他下午已经晕过去一次了。"

镜子那边静了一阵，馆长的声音说："也许，咱们可以共进晚餐之后再继续，如果两位愿意？"

晚饭在图书馆一楼尽头的小餐厅进行。餐厅连接着小厨房，以便食物能在口感最好的时候及时送达嘴边。

顶上吊灯洒下最淡的红茶的那种颜色，整个餐厅像浸泡在温热的茶汤里。灶台和流理台贴着墙壁，樟木方桌放在中央，铺着白麻布，围绕桌子有一圈六张木椅子，每张椅面上铺着一块绣花棉垫。

岛礁和峡湾像两个被热情的主人挽留的旅客，身上披着不存在的风雪，小步走进来，走到灶台前，跟戴着套袖正在揉面的厨子米师傅道了声晚上好，再回到桌边，小心搬出椅子，坐下，像最规矩的客人一样腰背挺直，双手谨慎地按在大腿上，只让一对眼睛四下张望。

香女士脱掉披肩、扎上围裙，一边走向砧板，一边摘掉手上的墨玉手镯，然后掂起精钢菜刀，切菜声立即像密密的鼓点一样敲起来。她的白手扶着刀，每次只离开砧板几毫米，不像切菜，倒像是手跟刀子受了惊、一起颤抖。刀不疾不徐地推进，以刃为界，身后留下一垛极细的萝卜丝。青萝卜丝之后，是红萝卜丝，青红二丝整齐码放在白瓷碟子里，搁在一碟鹅黄饱满的黄豆旁边。馆长又亲执筷篓，从沸水锅里捞出焯好的白菜丝。

旁边灶头上，茄丁五花肉卤、虾仁青豆鸡蛋卤正在锅里咕嘟咕嘟，正如岛礁印象深刻的那一句狄更斯小说——"香甜的蒸汽弄得屋子朦朦胧胧的"。

等面下进锅里，煮好，过了一遍冷水，用一只蓝边搪瓷盆装着，两种面卤也盛出来：一盆金黄鸡蛋、翠绿青豆与浅粉虾仁；另一盆勾了亮芡的茄丁卤上洒了葱花。人们各自解掉围裙、套袖，在椅子上坐好。

茄丁和五花肉冒着厚重的荤腥油香，虾仁散发俏皮鲜香，青红萝卜丝有一种鲜辣的气息，白菜之淡香温存敦厚，面条又徐徐吐出粮食的香气，混合起来就是一支摧毁一切理智的气味联军。峡湾在桌子下面掐着岛礁的大腿，以防他在这熏风里昏过去。

芹馆长站在搪瓷盆边，手执公筷，给岛礁和峡湾每人夹了三四箸面条，装了半碗，解释说："面碗留一半空，好放卤和菜码，不是怕你们吃多。"

两人齐声说："明白。"

又等到所有人眼前都有了面，馆长说："好，咱们吃吧。"

裹着卤、夹杂菜码的第一口面进入口腔，岛礁的眼泪差点掉下来。那一刻他觉得眼睛看不见，耳朵也听不见了。所有感官一起断了电，所有神智集合在味蕾和口腔内部的黏膜上。他清楚地感觉到第一口食物犹如一团火光，带着毛茸茸的光芒，从喉咙愉快地一路翻跟头下去，擦着食管的内壁，落进空旷无边的胃，像掉进一口空井，激起四溅的回声。

一碗热面下肚，岛礁甚至不记得谁帮他盛了第二碗，他喃喃地说了声谢谢，就继续埋头吃，比高考学生答卷还全神贯注。

第三碗吃到一半，他逐渐恢复了耳聪目明，觉得自己很久没这么舒服过了。他转头朝峡湾看了一眼，她脸上也有一种午睡过久进入深睡眠、醒来之后的怔忡。

这时他发现芹馆长、副馆长女士和米师傅早已把面碗推开，另用小白瓷碗盛了面汤，小口报着，微笑地看着他和峡湾。

芹馆长说："吃完了？自己去添一碗汤。面汤要喝一点的。"

香女士说："我父亲不管煮饺子煮面，最后都一定要喝碗汤，每次都念叨一句……"

人们异口同声地说："原汤化原食！"

都笑了。

米师傅拈起一颗黄豆放进嘴里，说："这豆子是用桂皮、八角、小茴香煮出来的，香不香？"

他们说："香！"

米师傅说："年轻人，再多吃几颗吧。黄豆是好东西，以前困难时期没东西吃，饿得把手指头上的皮都啃着吃了，我母亲的腿肿得上下一般儿粗，街道就发给她黄豆吃。后来，我不管什么时候都在厨房存一袋黄豆。你们也该储蓄一点。一颗豆子一碗饭。"

岛礁和峡湾说："好的，我们记住了。"

像所有的模范客人一样，他们站起来收拾碗筷，并抢着洗碗。三个长辈亦未坚拒，香女士泡了一壶茶，米师傅拿出瓜子。他们喝着茶，讨论今年的南瓜子炒得不够透，口感差了些。

芹馆长转头朝水槽旁边的岛礁说："真的不是非要让你们干活儿，我猜你们肯定都吃得特别饱，不活动活动，等会儿的事情不好做，是不是？"

岛礁头也不抬地大声说："没错！"他负责洗头回，峡湾负责洗第二回，冲净泡沫、擦干、收回碗柜里。

馆长又问："要喝一杯茶吗？"

"不喝了，刚才面汤已经把胃里的缝隙都填满了。"

馆长微微一笑，"那咱们是不是可以继续啦？"

他们回到那个满壁云朵的房间里，门再次关闭。两人一回生二回熟飞快地扒掉身上衣服，岛礁蹲下来把衣服叠整齐，放在沙发上。

他们光溜溜地站在地毯上，面对面，平坦的腹部各起了一个小小的鼓丘。峡湾伸手抚摸岛礁的肚皮，笑道："面条。"

"来，把你的脚腕给我……这样腿舒服吗？不会拗得疼吧？"

"不疼，还挺舒服的。"

"不疼就行。你的柔韧度真好。"

"我小时练过几年艺术体操。"

"那条腿也给我吧，盘在这里。你不要动，我会慢慢弯下腰去……"

"呀，你的手臂蛮有力气的嘛，肌肉还挺大块的！哼，我就知道那次掰手腕你是让着我的。"

"啊啊啊，你的腿不要动……你摔疼了没有？"

"……没有，不疼，地毯很厚。没事，我已经知道失败的原因了。咱们再来，你手的支点再往前挪一下，从我屁股的东部往西部迁移两厘米，这样受力就均衡了。"

"好的。"

"咱们需要这样搞多久？"

"那页书上一共有五种姿态，你也听到馆长说的了吧？至少要正确地演示出某本书的某一页。"

"你为什么不挑其他页码？"

"因为……其实那本书我只看了那一页，只记得那一页。当时我写书要用那几个姿势的梵文名字，写完就把书合起来还掉了。"

"好吧。下一个姿势是什么样的？"

"嘿，你怎么不说话？……不说话真是怪怪的。你再说点什么好不好？"

"唉，说点什么呢？说什么好像都挺怪。"

"说你最拿手的吧——讲故事。"

"哪个故事？"

"盗书贼的故事。上次你讲到他第十三次回到了琳琅阁里……"

这时已经是冬天了，池子上东一块西一片地结了薄薄的冰。原本她说冬日不再见面，怕他冻僵在寒冷彻骨的水道里，但他再三表示能胜任。于是第十三次，她提前带了铜炉和木炭进楼去，再从盗洞里爬出来，用木棍捣碎岸边的冰层，最后在楼宇的阴影里坐下来，抱膝等待。

天晴月圆，她在阴翳里仰起脸，想起手指抓在他手臂、后背、圆溜溜的臀部肌肉里的感觉。她经常在他身上掐出红印，越用力，感觉就越真切，他的肌肉像被擒住的一只活兽，蠢动着要从指尖下逃开。另外一些肌肉是用整个身体去感受的，仿佛天地间只剩下那些肌肤贴合的感觉。在那些黑暗里发着光的时刻，身边尽是十几年渴望翻阅的善本图书，但她一页也不再感兴趣。

但即使是极快活的时候，也免不了一阵凄惶无地，以及孤寒。

忽然，小池中泛起了一阵预料之中的涟漪，一个头探出来。她立即冲过去，那头却又消失了，落回水中。她伏在池边，手臂伸进水里，终于感到有两只冰冷如鬼魂的手抓住了她。

他被她拖上来，冻得脸色泛着死鱼肚白。她连拽带抱，把他顺着盗洞弄进楼里，剥掉他身上的湿衣服，点起炭炉让他烤火。他颤抖得说不出话，她解开衣襟，让他把双手按在自己温暖的乳房上，又把他双脚抱进怀中，放在小腹上。

后来他们终于搂抱着暖和过来，炭火哔哔卜卜，时而一响，在铜炉的镂空缝隙里闪光。

她的长发散开在他脖子上肩头上，像一张缆索黑亮的渔网，把他罩住。他说："不要留在这个地方了，你跟我走吧。"

她毫不犹豫地说："好。"

答得这么干脆，倒让他愣了一下。他说："那我得告诉你，到外面生活会苦一点，不过乐趣是多得多了。"

"留在这儿是心里苦，不如去外面，跟你在一块儿，苦也苦得痛快。"

"外面也没有你家这样的藏书楼。"

"这楼又有什么好处呢？书本该流通在读书人手里眼里，才是活书，像这样把书藏着锁着，书就死了，这楼不该叫藏书楼，该叫埋书楼。我在这儿读到的最好的一本书是你。"

"喔，那我是一本什么样的书？稗官野史、警世恒言、民歌时调，还是怪力乱神？"

她忽地一笑："我拿一本给你看。"

是一本图册。内里每页都有一对男人和女人，海棠树下、金鱼塘边、红茸毡上，绘图的人画得精美用心，每张脸都透出甜蜜与愉悦，并不显得猥琐。她笑道："要不要按这些法子来玩一玩？"

他先哈哈笑了一阵，前几页还饶有兴致地凝神端详，后面就都是敷衍地翻过去了。最后他把那本图册丢到一边，仰面躺倒，"别人的法子是别人的，我跟你的是我跟你的"。

他们用他们自己的法子相拥睡去，直至炭火燃尽。

不，没有炭炉失守、烧尽藏书楼、人与书同归一烬的结尾。春日到来，池冰消融，某一日，萧家的人们发现那个偏僻院落里独居的女孩不见了，正门和侧门的守门人都没见过她走出去。于是她的失踪变成了家族里代代相传的神秘传说，还有她的白猫蹲在她平日喜欢爬的大柳树上，严肃地遥望远方，像寻觅，又像目送。

等故事讲完，岛礁与峡湾发现肢体交织的姿势不知何时已经变化了。

变成了他们自己的"法子"。

在馆长办公室里，他们缓慢地整理围巾、扣大衣纽扣，乍一看像是被失望弄得懒洋洋的模样。芹馆长摇着头，真心实意地遗憾着，他用左手握着右手的前半部分，每说半句话，左手就用力攥一下。"真遗憾，由于两位后来的演示跟书页上完全不一样，所以照规则，我没法把阅览卡的押金退还给您。实在太遗憾了……"

岛礁和峡湾抬起头来，脸上没有半点遗憾的样子，反倒笑嘻嘻的，双颊绯红，眼里多了奇特的神采。岛礁说："不不，馆长，我们现在没那么急切需要那笔钱了！不要紧。感谢您招待我们度过了如此精彩的夜晚，尤其请代我们向米师傅致谢，他做的面条太好吃了。"

他们并肩走下图书馆的台阶，月亮已经升得更高，更亮。峡湾说："你现在还觉得月亮像黄油烙饼和黄油球吗？"

"不，现在我觉得它像一个六便士硬币，像一个吃饱了的胖子的笑脸……嘿，我的预感是不是特别准？"

"什么预感？"

"离家之前我就说，咱们肯定会肚子吃得饱饱的、开心得像神仙一样回家，是不是？你敢否认你现在不是开心得像神仙似的？"

他趁机抓住峡湾的手。峡湾斜睐他一眼，说："不，我不否认。"她也没有甩脱他的手。

他有些没来由地提起一个旧话题："如果你不想再憋屈，想跟你家人坦诚地摊一次牌，那就去谈吧，不要担心闹崩了没地方吃年夜饭，大不了以后都去我家吃。"

她毫不犹豫地说："好。"

寒风呼呼吹拂，但他们浑身都洋溢着奇异的热力。走出半条街，她回头远远望向那座小楼，目光犹如留恋一个新认识的可爱朋友。"咱们什么时候再来这个图书馆？"

"送锦旗？"

"……不，你的押金到底还得来退呀。"

"下次！下次饿肚子饿得挨不住的时候。"

性盲症患者的爱情

　　自幼无法分辨性别的青年，将在二十七岁那年的某个下午四点半的公园湖边见到他眼中唯一一位女性。

　　在他四岁时，父母发现了他的缺陷。他们搬家后的新邻居家有一对双胞胎姐弟：一个叫琥珀，一个叫钻石。两个十岁孩子总是打扮得一模一样：蓬松金发剪成同样齐耳长度，穿统一购置的帽衫、裤子和帆布鞋。当然，大家都认得出姐姐和弟弟，在相同的眉弓形状、眼睛大小与颜色之上，有一层已初步成形的性别薄雾笼罩着，就像真正的琥珀与钻石的区别。弟弟有姐姐的柔美，姐姐也不乏弟弟的英气，但谁也不会认错。

　　唯有他认错，而且总是认错。在两家已经相识近一年、多次一起外出野餐钓鱼之后，他仍会把琥珀和钻石叫混。在儿童乐园，姐弟俩带他去厕所，他经常尾随着琥珀走向女厕。起初大家以此为笑料，但某天他认真地告诉大人，他真的看不出女琥珀和男钻石有什么区别。

　　经过一系列罗夏墨迹（经典的投射法人格测验）、颜色卡片、心理问答等检查，医生的结论是：他缺乏对性别的感知力。

　　敏锐地感知性别是生物种族赖以繁衍的最普遍能力。即使不借助衣饰、气味、身体特征的提示，只看一张没有头发的脸蛋，人们也能轻而易举地分辨出同性和异性，并于瞬间判断此人是否能为自己生儿育女，从而决定对待她或他的态度。性别荷尔蒙由各种极细微的途径发射出来，就像一种无线信号，而他身体中恰好没有接收系统，因此无法总结出父与母、兄与姊、少年与少女之间的共同差异——性别。

这种症状前所未有。很多男婴还不会爬行，就懂得专向摇篮上方年轻姣好的女性面孔发笑。

医生说，无法分辨颜色的症状被称作"色盲"，这种缺陷或可叫作"性盲"。又说，这也许是一种发育延迟，可能会在性成熟后自行趋于正常。

于是，在被动等待"正常"到来之前，他只能靠死记硬背。这倒也不难，人从婴儿成长为社会成员，要背的规则成千上万。他像背诵火是热的、冰是冷的一样——长胡须的是男人，胸口隆起的是女人；个子高、盆骨窄、头发短而单调的（多半）是男人，个子矮、脸上和头发上花样冗余的是女人；声音沉闷、频率低的是男人，讲话唱歌声音尖细、表情夸张的是女人；平驳领西装、黑色德比鞋属于男人，蕾丝裙、花朵纹饰属于女人。

后来，他的男性性征顺利发育起来，喉结凸起，腋毛和胸毛逐年成形，十五岁时身高蹿升到183厘米。他的性器官会在晨间勃起，他也会用自渎的方式解除器官充血，但他对这件事的态度类似牙疼时吃止痛药，背痒时伸手挠痒。

然而，"性别"意识始终没有在他的知觉中萌发。所有陌生人对他来说都是谜题，有时是位置靠前、一目了然的轻松题，有时是位置靠后、解题过程复杂的大题。夏天的时候好办，观察人们争相炫耀的胸脯形状就能轻易过关。冬天则会难一些，遮挡发型与脸型的帽子、围巾抹掉了大部分可靠线索，能指望的只剩衣服、鞋子的款式与颜色，因此他还要不时地留心男士与女士的当季时尚服饰。

艺术家们让人头疼的是他们会故意模糊性别，因此，在性盲者的试卷里，难度星级最高的题目是摇滚乐队——男主唱披着齐腰卷发，涂指甲油，眼线描得像埃及艳后，四肢纤细瘦削；女歌手则剃锅盖头，身穿皮夹克，脚踏野战靴，浑身雄赳赳的脏话文身。

另外一道五星级难度的题目是：短发胖子。胖女士往往因惰于清洗而不留长发，又因找不到合适尺码的女装（以及放弃修饰外貌）而穿得跟男人一样；很多胖男人胸口的脂肪规模又往往雄伟到媲美内衣模特的程度。

Boyfriend Style（男友风）的女性衣着也让他失误过几次：一个瘦得像扫把棍的女人穿着宽大的苏格兰绒衬衣、旧球鞋，衬衣淹没胸口的曲线，棒球帽又把短发压得紧紧的……他过去问路时叫人家先生，那又怎么能怪他？

他还吃过一次电影的亏：中学时，老师要大家分小组看电影，讨论"政权与革命"。大家约在某个男孩家里看《V字仇杀队》，他疏忽了，没事先了解一下影片，又晚到半小时，进门见墙上投影着一个穿橘色囚服的秀丽平头青年，脱口说道："男主角是个囚犯吗？"

人们都不解地转头看着他："什么？你看不出这是女主角？"

从那之后他又多了一项功课：背诵各种电影的故事提纲。后来，甚至进一步背诵著名与非著名演员的面目、名字和性别，以便在任何性别混淆如奶昔的电影里认出他们，让《天鹅绒金矿》（影片男主角常着女装踩高跟鞋演出）这样的电影不再成为陷阱，阴险如《魂断威尼斯》（影片中有一位形似少女的少年塔奇奥）派出一位理应迷恋洛丽塔的老男人，也无法骗他称赞那个穿水手装的长卷发美貌"姑娘"了。

在人生前十几年，他尝试过一切令自己变正常的方法。他请父亲帮他订阅色情杂志，一箱箱地订，毫无兴趣地一页页翻，犹如狗面对着猫薄荷。有一阵，他转而怀疑是不是性取向问题，但他对同性也没有任何性冲动。

十几岁时他惧怕被孤立，为融进男孩群体而披上种种伪装。青春期男孩们的话题相当简单：女人、自渎、性爱。他不得不事先准备一些谎言，当伙伴们忽然谈起"乳房的触感""昨天花了身上所有的钱让隔壁女孩给我看她的乳房，看到的一刻心里只有一句话"太值了"等话题时，能发表适当意见。科幻作家儒勒·凡尔纳一生足不出户，描写异域风光全靠阅读各种旅行家的记载，倒也能做到栩栩如生。有时他也被迫像凡尔纳一样，叙述他不曾感知过的性爱景致。

反复考虑之后，他选了绘画作为终身职业。德国作家聚斯金德的小说《香水》的主角是一个天生没有体味的人，偏偏又有超人的嗅觉，最后靠提炼处女的体香弥补了这一"缺陷"。他想，也许在画室里度过描摹男女性征的若干年后，某一天"性别"也会像波提切利的维纳斯一样从他眼中冉冉诞生。

而且，画家是一个不需要与陌生人交流的工作。

对性吸引毫无认知的人，又怎么能创作出性感、吸引人的作品？很简单，他做了一名卡通画师，为电影公司绘制动画片。在这个广告画也要暗藏性暗示的人类社会中，专为儿童制作的动画片已经是性意识最稀薄的净土了。小孩子暂时专注于衣柜里的怪兽、黑屋子、难吃又不得不吃的青椒和萝卜，感兴趣的是太空牛仔和恐龙，而无暇思考性这种小事。

有些色盲者的世界里没有粉色，但这并不耽误他或她有可爱的粉红色双颊。同理，性别无法召唤作为性盲者的他心中的潮汐，但对别人来说他可是个性感的家伙。他十五岁就拥有一副高大俊美的外表：带有精致褶纹的、无可挑剔的眼睛，目光安宁，像婴儿又像圣哲；谨慎的嘴唇线条里，总有一点儿预备着要荡开的温和笑意。

十七岁时，他从持续给自己写情书的女孩中选出一个，结束了处男生涯，隔天又跟始终暗恋他的男性好友来了一次同性性爱。

他曾对初次性爱寄望甚高，在各种语言的原始传说中，破除处子之身都有奇妙魔力，如同钥匙刺穿锁的身体，释放被禁锢的东西。然而令他失望的是，无论与异性还是同性的性爱都未奏效，除了一点儿像洗掉皮肤上肥皂沫一样浅表的快感，别无所获。

按弗洛伊德的理论，人类一切社会活动都源于性冲动。如果去掉人类在吸引异性方面的努力，整个文明说不定会轰然坍塌。史称克娄巴特拉女王那长长的鹰钩鼻肖似男性，如果安东尼将军能向性盲症患者借一点儿迟钝，现行历史书的后半截便要撕掉重写，而宗教、艺术、法律乃至各国风俗也必然不是现在这个模样。

如今，人们不再羞于研习如何吸引异性的注意力。成千上万的出版物、电视节目不厌其烦地讨论、传授相关经验，仿佛人生最重要的事业之一就是捕获一个伴侣，然后长年看守。

而所有这些，对他来说都是白噪声。

二十六岁那年，他的想法进入第二个阶段：不仅接受了性盲症这件事，而且开始为之欣幸，认为自己靠这种缺陷达到了一种世上杰出灵魂所向往的境界。

作家毛姆曾谈过："人们由着一种更加敬虔、更加幽静、更多思考的生活而得到的好处就是不会被很多事情分心，他们的思想和情感都放在一件事上面，他们感情的全部涌流和力量都朝着一个方向。他们所有的思想和努力都集结在一个伟大的目标和计划上，这使得他们的生活浑然一体，并且自始至终与自身保持一致。"他还安排《月亮与六便士》中的思特里克兰德说："我不需要爱情。我没有时间谈情说爱。这是人性的弱点。我无法征服我的欲望，但我憎恨它，它囚禁了我的灵性；我希望将来能摆脱所有的欲望，能够不受阻碍地、全心全意地投入到创作中。"而在另一本书中毛姆干脆称情欲为枷锁。

就像在一个人人屁股后面拖着一条沉重尾巴的世界里，性盲者由于天然无尾而跑得更轻快，难道一定要说这是缺陷和灾祸？

性盲者的世界异常平静，尼泊尔的僧侣们要静修十几年才能拥有那样的心境。他一年四季穿灰色衣服：鸽灰、炭灰、藕灰、银灰、铅灰、铁灰、莲灰，款式则是最简单的衬衣、呢外套、皮鞋，他没兴趣穿复杂的东西。他的社交跟衣着一样极简。他有几个画家朋友，有规律地聚会吃饭喝酒，谈论一些清淡话题。他只有一个女性友人，是个女同性恋设计师。

别人用于讨好异性所花费的时间和心思，他可以腾出来听音乐，读书，慢跑，画画，练习鲁特琴与钢琴，整夜观测星体运行轨迹，制作宇宙飞船模型……假期则出门做短途或长途旅行，他最喜欢人迹罕至的地方，不过伊斯兰国家和西班牙的天体海滩也让他觉得轻松。

多年来他早已娴于掩饰，人们根本不可能察觉出他的异样，只会隐隐觉得此人有些不同，太镇定、太淡漠……或许，太得体了。

由于拿捏不准尺度，他对所有男人女人都采用完全一致的语调，彬彬有礼的态度，剔除掉了一切亲昵、欣赏和隐含的对外貌的倾慕。这种一视同仁反而更加诱人，女人们在背后谈论他，争论该如何攻陷他，甚至开了盘口、落了赌注。

某年，他所在的公司请了当红性感女影星为新动画片中一只雌伶盗龙（迅猛龙）配音。她驾临公司配合制作那天，整层楼都轰动了，年轻的男画师们挤在走道里等待美人经过。恰好那部动画由他所在的小组负责，女影星临走前，特地走到他面前，低声问他要联系方式，他微笑婉拒了。

（以下是他不知道的故事：那晚女影星跟密友打电话，大惑不解地说："今天我遇到了一个对我完全无动于衷的男人。"

210

密友说："肯定是装出来的，你两岁时男人们就抢着抱你了。"

"不，他那种无动于衷装不出来。喝咖啡休息的时候，他一直埋头改画稿，我故意说，看我多笨，居然把咖啡洒在了胸口……"

"天哪！洒咖啡这招你只对摩洛哥王储用过，现在居然用在一个卡通画师身上？"

"摩洛哥王储当时可盯着我的胸看了好几秒！这个画画的只是头也不抬地把纸巾盒往前一推。"

"你不是一直想找到一个能无视双乳、直奔灵魂的男人吗？"

女影星思索着说："不，我现在才发现那并不快乐，性感也是我的一部分，而且是比较好的那部分……"）

正如所有城堡和喷火龙都在等待骑士，所有沉睡在荆棘丛中的女人和变成野兽的男人都需要一个披星戴月赶来吻醒他们的人，性盲者当然也终会遇到打破他们平静生活的人。

由于需要画一部以飞禽为主角的动画片，二十七岁零三个月那天，他到公园去观察人工湖里豢养的天鹅和赤颈鸭。春日的午后不冷不热，风吹拂的力度不软不硬，阳光不刺眼又不虚弱，一切都刚刚好。某个杂交蔬果研发公司的职员们正在湖边做广告，公司标牌是一个苹果一根香蕉拼在一起。有两名宣传人员穿了绒毛布料制成的苹果和香蕉玩偶装，站在灌木丛旁边，戴白手套的手托着一只塑料盘，邀请路人品尝盘中的水果丁。

那只毛茸茸的巨大苹果中间，露出一张脸蛋。

他没有看到那人其余任何部分，甚至看不到一根头发，心中却陡然大叫起来：那是个女人！是女人！

他终于认出了一副面孔的"性别"。世界发生了剧变，他脑中翻卷起滔天巨浪，每朵碎沫都是一幅奇异画面。他明白了为什么接吻时总有人双手捧着对方的下巴，为什么性爱期间人们要互相凝视……记忆中储藏的上万幅画面忽然从苍白变得斑斓。

他走过去，一步一步地走过去，每秒钟都感觉到越来越清晰的召唤，而且是那种"野性的召唤"。他恍惚听到湖中天鹅鸣叫了一声，又一声。最终他走到"苹果"面前，睁圆眼睛尽情地看着这张面孔，像是被豢养在热带的爱斯基摩犬第一次见到雪，从未见过，却确切地知道：这就是。他不仅在用眼睛看，而且还用全身表皮细胞感知、吸收那种渴望已久的气息。

阳光镀在那张面孔上，映照着女性的柔美眉弓弧度，颧骨与面颊的圆润衔接……那女人用塑料叉子挑起一块切成拇指尖大小的苹果，送到他面前，微笑说道："'伊甸果园'新产品，欢迎品尝。"

他呆愣愣地接过来放进口中，咀嚼两下。果实的清香汁液在口腔中四下溅开，像一次微型的烟花绽放。他喃喃道："啊，你是女人，你是女人……女士，你好。"

她又笑了，这次的笑跟刚才的工作式笑容不同，是向异性表示兴趣的微笑。

她说："你好。"

他说出了自己的名字，她也答道"我叫伊娃"。

就在这时，他往四下飞快扫了一眼：穿高领毛衣、高防水台鞋的矮个子与穿条纹板球毛衣、牛津皮鞋的高个子走在一起，卷发编成两条辫子的人推着婴儿车，车里的小人穿粉蓝连体，服含着奶嘴……不，他还是分辨不出，性别并没有像节日彩灯一样一连串地在人群里亮起来，他没有变"正常"。四周仍然是黑沉沉的谜一样的晦暗混沌，只是希罗点燃了灯塔里的火炬，利安德得以斩破达达尼尔海峡的波涛游过去。世上唯一的光亮，唯一的希罗。

要让伊娃爱上他完全不费力气。仅仅在他等待伊娃结束工作，帮她从玩偶装里脱身的时候，她就已经是他的了。而这时他才看到她的全貌，一个从苹果里诞生出的手脚纤细、长发垂腰的女人。

当性盲症患者决意要献出他的爱时，没人能顽抗。

没花费多少天，他和她就进入裸裎相对的阶段。夜里，房间只点了一盏落地灯，她站在蛋黄色的光伞下。他全心全意地看着，她衬衫上的褶皱都像活了，一起一伏地呼吸。他点点头，她便从容地脱掉长裤和丝质衬衫。光伞变得更璀璨，她自身的光芒让光焰成了烈火烹油。她伸手拆散头顶发髻，栗果色长发犹如山洪崩落，像给她又披上一件短衣，光暗了。她莞尔一笑，举臂把头发收到背后去，光又亮了。那是个邀请的笑，他应邀走过去。

所有死记硬背过的条目被她赋予了意义，所有他从裸体模特身上拓到纸面上的阴影在她身上复活。他吻了她。

从前，他总不能明白具有性吸引力的血肉会是什么感觉，犹如红绿色盲无法想象鲜艳的圣诞树。现在，他知道原来每分每寸肌肉脂肪的安排都有奥妙，饱满与短缺都在冥冥中遵循那种召唤。他抱住她，用虔诚的吻填补所有凹陷，又以吞吃的口埋没所有凸出。

二十多年来，他把跟人相处的方式调到同一个温暾的频道上，从未有过这种程度的冒犯。他也第一次切身明白，这种冒犯在眼下的情境里指向快乐，且是通往快乐的唯一路径。

她躺下来，悦纳他和他的冒犯，宛如丛林悦纳笼柙中长大的虎。

第二天早晨，他在自己家中的床上醒来，那是平常练琴读书的钟点，他却头一次对它们失去兴趣。灯亮过再熄灭后的黑暗更黑。

214

他只想见到伊娃，而当他站到镜子前时，第一次感到男士服饰与香水广告都别有价值，他希望自己在伊娃眼中是好看的、可爱的、充满吸引力的。他第一次为可能失去吸引力而担忧起来。

这种担忧很新鲜，别有趣味。

从此他有了情人。他像猫依恋壁炉一样依恋她。他喜欢跟她走在人群之中，像小男孩得到雨靴后爱在雨天里奔跑。当四周都是一具具没有性别的身体，他格外能感到伊娃在他身边源源不断地辐射出女性的香气与暖意。

终于有一天，他忍不住把自己的秘密告诉了她。伊娃的惊诧比他料想的还多。她说："对你来说，世界上只有我一个女人？"

他愉快地答道："是的，在遇到你之前，我眼里的人不分男女。"他以为她会为此感动，拥吻他，兴致勃勃地把宿命等词汇援引到他们的关系里。

但伊娃肃然思考了很久，脸上出现一些不祥的阴翳，疑虑、迷惑与忧心忡忡纠缠心头。最后她问："如果我扮成男人，你还认得出我吗？"

这成了两人之间的新游戏：他们在电话里约定一处地点，如新年之前争相抢购的乱哄哄商场，罗丹雕塑作品巡展时人满为患的美术馆……她会穿男人的衣服，打扮得像男人一样混在人群中，他的任务则是找到她。

他总能找到她，虽然她的伪装越来越复杂，对男性的模拟越来越惟妙惟肖：脸上贴刀疤、粘络腮胡、戴墨镜、穿层层叠叠的衣服以覆盖身体的线条；或者戴假发、画眼线，穿戴成对他来说最难辨别的摇滚乐队主唱的样子……但他总能找到她。他穿过人群，径直向唯一的光源走去，像磁铁滑向磁场中心；像被趋光性驱使的昆虫飞向篝火；像踏着云和雾，走向另一朵云。

每一次游戏给他的奖赏，是牵着伪装过的她回家。在所有人眼里她都是男人，只有他知道她的真实性别，就像他总算赢了世界一局。然后她在床边站着不动，让他动手一层层剥除所有伪装，剥出这个卧室和这颗星球上唯一的女人。

伊娃生日那天，他们相约在海洋生物馆见面。他在玻璃甬道内外来来回回，找了整晚。电鳗从头顶成群游过，孩子们把脸和手挤在透明墙壁上等待海豚，大人们心不在焉地用拇指刷手机屏幕。但他没找到她。深海鮟鱇鱼在头顶为自己点着灯笼，而他世界里的那一点亮光消失了。

从那天起，他再也没见过她，她的电话号码有预谋地变成空号。伊娃不告而别。

事后，他想起生日前夜她郑重地提出一个问题："在你眼中，世上只有一个女人，你完全没有选择余地，那么你爱我是因为我，还是因为别无选择？"

他诚实地回答："我不知道，因为确实还没有第二个选项出现过。我想我爱的是你，如果真有办法，我会乐于证实。"

她说："好，我会帮你找到证实的途径。"

当时，他错过了追问、理解这番话的机会。他不肯相信伊娃是这样用离别当"证实"方法的人，这太缺乏尊重了。他也不愿相信自己献出的爱被随意遗弃在一个未完成的游戏里。难道别无选择的选择，竟然是错的？

一年过去，两年过去，他几乎把所有业余时间用于混迹在各类人群中。因为他总恍惚觉得游戏还没有结束，伊娃仍然在某个地铁站或动物园里，脸上粘着假络腮胡，手臂上带着假文身，苦苦等待他认出她。

伊娃离开的第七百零三天，黄昏之际，他从公司回家，看到一个陌生人坐在他公寓门口，双颊青白，没有蓄须，栗壳色长发在脑后束起，穿浅淡的珊瑚色衬衫和黑紧身裤。

外表与衣饰上没什么供他分辨性别的线索，然而就像一眼认出苹果里的伊娃一样，他在心中说：这是个男人，是男人！

那人双手撑一下地面，慢慢站起来，挺直腰身，向他微笑，双手合在一起压在嘴唇上，仿佛要靠那个动作压制失控的表情。直到这时，他才认出那五官都是伊娃的，所有的好看和熟悉都属于伊娃，只是一些无形的、像气味和颜色的东西修改过了。

他一时喘不过气，每一根神经与血管都瑟瑟发抖，连身子周围的空气都跟着颤栗起来。

陌生人柔声道："你好，我叫亚当。"

伊娃的双唇里，徐徐吐出了亚当的、男性的声音："从前，我对你的意义，只是你眼中唯一的异性。但我一直没告诉过你，我从小到大的梦想就是变成男人。现在我终于完成变性手术了。你能不能看着我的眼睛回答我：'你还爱我吗？'"

（本文灵感来自我的先生小薛，他曾对我说过一句情话："在遇见你之前，我眼里的人都不分男女的。"我把这篇小说献给他。）

217

影子写手

那天晚上我妻子在医院值夜班，女儿到外省去参加野营活动，家里只有我一个人，我把三明治碟子拿到书桌上，一边吃一边看出版社送来的新书校样。吃到一半，听见小巷里传来汽车引擎声，上好的引擎的声音。我拨开窗帘，探头往下看，看到一辆肥硕的劳斯莱斯豪华轿车卡在巷道里，就像一条不自量力的蛇吞进一只麋鹿，鹿尸在肠道里艰难挪动。

四周有开窗的声音，不少住户都探身出来看。车停了下来，车门开了，司机下车，像是早就知道我的窗口位置，仰起头对准我喊道："B先生，我是来接您的。"

我下楼，上了车。有人会不上车吗？有人能抵御好奇心和这种杰克的豆茎似的奇遇吗？没有。豪华轿车在街道里行驶，平滑得像蛋糕刀划过奶油。车里有那种上好皮革的淡淡香味，座椅舒服得像坐在妙龄女郎的结实大腿上，手边有旋出来的微型吧台，台面凹槽里嵌着香槟瓶子和笛形杯。我拿起酒杯，转动一下，发现杯沿的金边下有隐约半片唇印。这里有唇印不奇怪，有我才奇怪。我只是个不太出名的作家，甚至不是女作家，这劳斯莱斯是怎么会跟我扯上关系的？

车子在一幢白色房子前停下。门口有高壮的俄罗斯裔保镖，耳朵上塞着耳机，一粒红光不住闪动，他过来开车门，引我走上台阶，又给我推开厚重的栗色木门。

我走进去，里面是个灯光明亮的大厅，一道螺旋楼梯通往楼上。保镖说"请在这里等待"，然后他一转身，像阿拉丁的灯神一样无声消失了。

不旋踵，楼梯上传来履声，一个人走下来，走到半截，朝我和善一笑。我惊得怔住，那是一张在报纸头版和电视新闻里常见的熟面孔。

不，不是敬爱的首相或大臣，但也是举足轻重的人，就简称他为A吧。此人经历颇为传奇：他曾在由激进党领导的上届政府中担任职务。一场不大不小的政变之后，激进党倒台，人民党上台，一朝天子一朝臣，激进党人遭到大肆清洗。然而A是极少数职位不降反升的上届政府官员。

从这么近的距离看他，感觉仍不像真人，又觉得是自己变成了报纸图片框里一个彩点印刷出来的影子。我依次打量颇眼熟的一头茂盛灰发、瘦削多皱的脸颊、一条鹰钩鼻，还有像鹰隼一样发亮的眼睛。他似乎刚参加完一场晚宴，还穿着黑礼服，领带上别了一枚羽毛笔形的钻石领带夹——记者们通常认为，根据他每天不同领带夹的样式颜色，可以猜出他的心情。

他走下楼梯，来到我面前，向我伸出一只手："B先生，您好。"

我满腹疑窦地伸出自己的手，跟他一握："您好。"

像所有做惯决策的人一样，A简洁地说："请跟我来。"

我随他上楼，进了一个房间，是个风格简约的书房，书架前有相对摆放的沙发与茶几。A示意我坐下，他坐在我对面，说："今天我是请您来，特地向您道谢的。"

不等我提问，他拿起茶几上扣放的一本书，向我晃一晃，笑道："您还记得这本书吗？"

一眼就能看出，那本书印刷质量非常差，跟这个书房的富贵格格不入，像是误闯入权贵府邸的乡下人。一旦看清封面：《欧洲名瓷简史》，我突然想起来了，那竟然是我的书！

不会错，是我七年前写的书，不过"作者"处署的名字是A。

七年前我在一家销量一般的报社当副刊编辑，约不到什么名家写专栏，有时还需要自己换笔名写巴掌文章填空。空闲时间我喜欢写议论时政的文章和风格近似布考斯基的诗，发表在一个网络论坛上，还挺受欢迎。那论坛搞了一次诗歌朗诵会，我跟后来的妻子在会上相识。她把我自印的文集带回她医院的职工宿舍去，彻夜读完。第二天，她从朗诵会组织者之一、我的大学同学C那里得到我的电话，打过来说想跟我见面。当时我跟人合租，住在一套房子中的一小间，她乘地铁过来，我跟她一起喝啤酒、吃外卖披萨。后来，她带着嘴里的芝士和蛋黄酱香味，跟我吻了一两回，就宣布自己是我女友了，要给我生半打跟我一样，写一手辛辣漂亮文章的孩子。

不久后我们结了婚，她从宿舍搬进我的单间里，我的经济条件并没怎么改善。几个月后，那个被期望继承我的才能的受精卵在她子宫里生了根。两人过日子怎么都能凑合，多个婴儿就完全不同了。婴儿需要的空间跟一个国王需要的一样大，需要的人力则相当于照顾两个全身瘫痪的病人。自从发现怀孕之后，妻子把要给婴儿准备的东西列在一个本子上，不管是婴儿还是这些物品，眼下这个小房间都无法承载。我答应她会尽快找一套更宽敞的新房子。但是，租一套体面人住的体面房子，得预交一笔租金，而我的存款犹如寡妇的性生活一样荒凉。随着肚皮隆起，那个本子越写越满，妻子打量房间的脸色也越来越凄凉。

简言之，我急需钱用。

戴上万圣节面具抢运钞车、从屋顶上倒吊下来偷珠宝、编个程序把银行储户的存款零头抹掉存进自己账户里，这些暴富技术我统统不会，我只会写书。好消息是一本书的版税也勉强够用，现写是来不及了，我只能整理一下手头存货——那些令我妻子爱上我的"辛辣漂亮"的议论文章，数量是不少，可惜都是批评嘲讽执政党及其党魁、抨击其荒谬政策和腐败党员的，政治色彩太重，报纸杂志不给刊发，出版社也不敢公开出版。

胎儿留给我的时间越来越少，我挨个拜访城里的出版社，厚着脸皮攀交情。在某个出版社的电梯里遇到了我的大学同学C。

我跟他坦白了自己的困境。他脱口而出："你缺钱用？太好了。"

接着，他解释道，"太好了"是说他手头恰好有一桩赚钱的买卖。政府刚刚颁布一条法律：入狱服刑的犯人如果有书稿出版，可视为给社会做贡献，减刑九十天。法律条文一出，狱中涌现出很多想为社会做贡献的人，遗憾的是他们不会写书。不过，这个小小的遗憾完全可以用他们的钱来弥补。

书必须真的是书，幸好钱也真的是钱。据C说，这门生意迅速蓬勃壮大，掮客们的触须正伸向大学教授，他们那些乏人问津的研究成果总算可以派上用场。接手"生意"的小出版社们已提前拿到全部书款，印数很少，是出版物印刷规定的最下限。客户的唯一要求就是尽快交稿。

C说："我已经接到好几个律师报来的高价了。"

我问："有多高？"

C说："是你不会拒绝的那种高。"

他料错了，我打算拒绝。可是我妻子说："难道你怕玷污你的名声？这书又不会用你的名字出版，为什么不写？"

我说："我认为我马上就能找到肯出我文章或诗集的出版商了，只要再等一等。"

我妻子说："我给你讲个老笑话：有个特别虔诚的教徒，洪水围住他的房子，眼看要把他淹死。但小木船、救援艇、直升机来了他都不坐，他摇头说，我要等，上帝一定会来救我。最后他淹死了，上了天堂，质问上帝为什么不来救他。上帝比他还生气，'我已经派了船艇飞机去救你，你这混蛋就是不上，我有什么办法？'……听我说，这个政策、这桩生意明明就是上帝送来拯救你们这些穷鬼的，你不上船，难道真要等着淹死？"

在战争结束之前，谁也不知道战争到底什么时候结束，于是我给C回了电话。

C给我派了第一单活儿。据他说，这是特别照顾我，把目前报价最高的一单给我了。题目自拟，唯一的要求是至少七万字。

前一星期我一个字也写不出来，只是围着书桌走来走去。第八天，C带着给新生儿的礼物来看望我妻子和我，其实就是来检查书稿进展。他参观了一下我那像北极雪原一样的电脑文档，说："你应当把作家那一面暂时收起来，把这事当作体力劳动，而不是脑力劳动。"

我说："怎么当体力劳动？写一百遍'All work and no play make jack a dull boy'，那你得给我租个没人住还带树篱迷宫的旅馆才行。"（电影《闪灵》里杰克·尼克尔森饰演的作家住进一个无人旅馆写作，日渐疯狂，他的太太发现他每天在打字机上只反复打这一行字"All work and no play make jack a dull boy"。）

C在屋里背着手、皱着眉头踱步，屋子很小，他往窗户走两步就碰到餐桌，得左转；左转走两步又碰到衣柜，再往右转；右转走两步又被书柜阻挡住去路，最后他在餐桌边坐下。我亲爱的洪水，不，我亲爱的太太在厨房泡茶，用了家中最好的那套塞福尔瓷器，是她一位有钱闺蜜送的结婚礼物。她曾说只有美国队长来喝茶她才会动用这套瓷器，不过C显然并不是克里斯·埃文斯。

茶端上来。C问我："你的博士论文是什么题目？"

"题目是《坦桑尼亚民间传说研究》，已经出版过了。"

"硕士论文呢？"

"硕士论文是跟导师合著的，他也已经拿去出版了。"

C面对细瓷茶杯和茶杯里的水汽瞪了一阵眼，说："坦白跟你讲吧，这种书不会有读者，审查机构的人也早就拿到好处。只要你不交空白文档，只要你像砌砖头一样砌出七章每章一万字，只要里边的砖头砌起来像本书的样子，只要人们像翻连续画片一样捻翻书页的时候看到里面满满都是字，就没有人会阻拦它变成一本书。你懂了吗？"

他用拳头凿了几下桌子，精美的黄水仙釉色塞福尔茶杯在茶盘里跳动，叮叮直响。他说："这本书没有人会读，你懂了吗？"

C走之后，我开始从新角度去构思这本书。我给文档的每一页都设置了底纹："这是一本假书！没有人会读！"

那干脆就写瓷器吧：从塞福尔瓷器开始写，第一章讲一七三八年凡森瓷窑里出产的第一只花瓶；下章先写塞福尔为女资助人蓬巴杜夫人特制的一款粉红釉色花瓶，取名"蓬巴杜玫瑰"；再扯上一大段路易十五与蓬巴杜的风月史；接下来一章写写这位国王的另一位情妇杜柏丽夫人……这样东拉西扯地胡乱写了六天，完成了约定字数的五分之一，不过我快忘记自己是个会写真正的书的作家了。

第七天晚上，我接到一个编辑的电话。我把寻求出版的那本散文集的文档也寄给了他一份，他以前操作出版过几本题材颇为敏感的书，经过巧妙改动，都得以正式出版。因此，他是我寄予最大希望的一位。

他在电话里说："你的文章我读完了，很犀利、很不错，但是……你还是写一点别的吧。"

我挂掉电话，自己打开那本书的文档读了一遍。跟以前一样，我仍认为每篇都写得非常好，正在逐年衰老懦弱的我可能以后再也写不出来了。把它跟我正在炮制的"假书"并排放在一起：一个是花朵，一个是狗屎，但前者永远只能做硬盘里的胎儿，后者还没写出来就已注定能拿到出生许可。我看着它们两个，痛苦在心中升起，犹如把喜马拉雅山从海底崛起的过程以一亿倍的速度播放。

我转头看看靠在床头读书的妻子，灯光照在她轻微水肿的颧骨和眼皮上，照在鼓胀的肚皮上，她像所有孕妇一样不自知地带着期待与平和的幸福感。那个胎儿很可能资质平庸，但无论日后他命运如何，只要能接触到真实世界的光和空气，就已经是幸运儿了。忽然，我想到了摩西，想到了他的身世和他的母亲，想到那位女性是如何在法老的暴政中保全了自己的婴儿。

啊，我为什么不照此办理呢？

我立即动手，把我"可怜的爱儿文章"分成一段一段，复制到"假书"的七章章节骨架里，像给沙发靠垫的棉布套子里塞棉花，又像把真人的血肉一块块脔割，填进无生命的娃娃的橡胶四肢空壳里，只等咒语念响，娃娃就能转动眼珠，弹动脚尖手指，代替另一个死婴活起来。

拼贴好之后，七个章节都已有了可观的篇幅，一本书居然已接近完成。不过，这些言辞激烈的段落还需要一些伪装，就像电影里的间谍混迹人群中，至少得戴帽子、竖起风衣衣领，再粘一脸大胡子。

我在每章前面加上两页关于几个著名瓷器厂家的介绍与描述，当作帽子；中间再把一些瓷器图片和器型、釉色鉴赏作为"胡子"乱纷纷地粘进去。

全部完成后，书呈现出一种奇趣效果：上一句是"这座白裙少女拥抱独角兽在水仙花丛中入眠的瓷人偶，充分展现出西班牙雅治瓷器的现代自然主义风格，有别于皇家道尔顿人偶的是，雅治人偶具有一种沉静梦幻的独特气质"，紧跟着下一句则是"古罗马法学家塞尔苏斯说：法乃善良公正之艺术。我们在这条新法案中看不到善良公正却能看到艺术，然而，是巧妙维护一小群人利益的艺术……"

我把稿子传给C，等了十五分钟，他打来电话，语气愉悦轻松："好极了！稿子我已经拿给出版社了，他们说这个月就能印出来。你瞧，这活儿一点也不难，对不对？我马上让那边把稿费给你。"

那笔钱在收到之日就变成了一套三房公寓的整年租金，以及带珐琅栏杆的婴儿床、婴儿监护器，等等——记事本上的物品清单落了地。在临产前两个月，我和妻子搬进了新房子，她还来得及撅着肚子走来走去，把即将到来的新客人的房间——婴儿房布置好。一切都顺利极了。我秉着从未有过的温柔心肠，给她买了昂贵的产妇长袍和前胸有巧妙开扣的哺乳衣。她则颇花心思地手工制作了请柬，邀请她的朋友们来新居，开了一场成功的迎婴派对。

分娩那天我在产房陪产，亲眼目睹了最后羊水汹涌而出的场面，感到洪水没顶那一刻终于降临，旋即又庆幸自己总算搭上了一条小舢板。

不久之后，我去参加一个当红作家从国外领奖归来举办的宴会。城里大大小小的作家们基本都到了。我站在靠门的位置，仔细打量走进门来的人们。一直被患有地中海贫血症儿子的医药费拖得苦不堪言的老D居然有了笑容，抽的烟斗也换成了带防风盖的石楠根烟斗，他哪来的钱？从没写出过畅销书、被出版社恶意拖欠稿费、闹到借钱请律师打官司的E穿了一身一看就贵得要死的衣服、皮鞋，他哪来的钱？……他们给哪位有钱的犯人当枪手写了书？

同时，我觉得他们也在打量我，并互相打量，带着恍惚的、凄凉的自得神情。

女儿降生后的几年，我的精神和肉体都彻底被那位小尼禄统治着。我继续当我的副刊编辑，用一个新笔名在报纸专栏里回答女人们的婚恋问题，狠下心骂她们，话说得越来越毒，慢慢养出了一点名气，出了两本虽然算不上畅销但也能再版的情感书。

C最后一次来拜访，跟我闲聊，当笑话一样给我讲了那条法律创造的"奇迹"：一个因贪污巨额公款进监狱的部长，出版了腓尼基语言方向的学术著作，而且是三部曲，三本书中破译了十三篇腓尼基乌加里特古城出土泥版上的文字；一位因醉酒斗殴，持枪把人打成重伤的橄榄球明星，连续出版了《动物园笼舍建筑设计》《珠宝鉴定》《比利时赛马史》和《油画修复技术漫谈》四本书之后，又出了一本科幻小说和一本烘焙食谱……但他始终不告诉我，我的客户的名字，就像是死者家属不能得知器官捐赠的去向。我也没再去打听我那本《欧洲名瓷简史》。人民党上台后，"出书减刑"同其余很多激进党的愚蠢政策一样，被废除了。

这就是我的回忆。七年后，当我看到那本书的书名，往事瞬间涌上心头，我明白了A就是我当年的客户。

A向我点头，微笑："是的，赖有您的妙笔，我节省了九十天宝贵的生命。谢谢。"

我说："当年稿费已经结清，您不必再谢我了。"

A说："不，您不明白，您的书对我后来的政治生涯产生的价值，远远超出那九十天减免掉的刑期。"

他翻动那本书，以一种同谋者之间似笑非笑的表情盯着我，一张嘴，竟然背出了里面的一句话："古罗马法学家塞尔苏斯说：法乃善良公正之艺术。我们在这条新法案中看不到善良公正却能看到艺术，然而是巧妙维护一小群人利益的艺术……"

我再次怔住，随即竟觉得一阵激动，一阵窘迫。没料到他真的读了这本书。

A摇摇头："不，当时我在狱中并没读您的大作，书稿被送进来，我的律师安排了另一个犯人替我手抄一遍，拿去付梓。我的刑期本来不长，减免两次就出狱了，此事对我的仕途影响也不大，出狱后几乎算是官复原职。后来嘛，后来的事您当然知道，激进党垮台，人民党上台。我自忖肯定要被我们敬爱的领袖清洗出局。然而我万万没料到，党内某位资深人士F站出来，为我说了几句话。他说：'A虽然有激进党党员的身份，但他其实是难得的、反对激进党的进步人士，有书面证据。'"

这时我已隐隐明白了。

A再次朝我一笑，在那本《欧洲名瓷简史》上拍了拍："是的，F提出的证据就是这本书，他对敬爱的领袖说：'这本书中隐藏了大量批评激进党及其党魁、抨击其荒谬政策和腐败党员的文章，言辞激烈、字字见血，足以证明A从未与激进党人同流合污。'"

我的嘴巴不知什么时候张开了一条缝，感觉自己像在梦里。

A说："这才是我今天要向您致谢的真正含义，命运真奇妙，是不是？好了，您可以下楼去了，司机会送您回家，车座上有一只皮箱，请您带回家，作为我为您追加的书稿稿费。再见，B先生！祝您写出更多真正的好书。"

我迈着梦游似的步伐，走出书房，走下楼，仍有那个灯神似的保镖为我开门。门在我身后关闭。我站在台阶上，那辆劳斯莱斯像硕大的黑鱼般驶过来。车门开了，我多年未见的旧友、掮客C走出来，像半小时之前的我一样满面疑惑。

他也立即认出了我，我们面面相觑。

我走下台阶，他朝我露出故人重逢的笑容，牙齿从嘴唇里露出来。我暗暗分开双脚站稳，右手攥拳铆足了劲儿，一拳挥出去，狠狠揍在他脸上。

重逢的三个昼夜

第一天

在分别了五年一个月零十天之后，奥利，我将于一九五〇年十月二十三日十六点四十三分与你重逢。

而你对此一无所知。

就算上帝让我专门挑选一天，也不会比今天更好：空气清新得像薄荷酒，日光质感如水，云朵仿佛浸透了浆果果汁，车站外的天空是浅蓝色羼着紫丁香色——日后如果我要把这一刻的天空画下来，就会选这两色颜料。

一切都像是善意而完美的成全。我像所有普通旅客一样，款步走上火车站月台。十几米外，你正坐在候车长凳上，栗色头发修剪得很短、很整齐，深灰色厚呢外套、同色长裤，左腿叠压右腿，裤腿底端露出黑袜子包裹的瘦长脚踝，圆溜溜的踝骨像皮肤下藏了一块小石头，一只边角包金属的旧牛皮箱搁在旁边地上。

从七岁到二十七岁，你的腿一直细得像个姑娘。你在抽烟，修长的右手食指和中指前端微微弯曲，夹着烟身，交到嘴唇之间，就像是在轻吻手指尖。接着你挪开手指，撮圆嘴唇，吐出一缕悠长的烟。从七岁到二十七岁，你做什么事都是这副从容不迫的优雅姿态，无论是跟姑娘们在舞场里跳舞，还是潜伏在林中高地狙击纳粹。

我靠着十五米之外的一根灯柱，远远地凝望你——今年三十二岁、身高一米七五的奥利弗·芮梦德·米切纳。

你对你的名字也一无所知。

咱们要搭乘的那趟慢车二十一分钟之后才到。我有时间，有的是时间。所以我耐心等待，等到双手和膝盖不再哆嗦得像犯了疟疾，等到泪膜从眼珠上退下去，才站直身体，提起行李箱。

幸好这天有风。万一你觉得我的眼睛和鼻头发红，你会认为：哦，是来车站的路上被风吹的。

然后我向你走过去。跨过生和死，跨过漫长无望的日子，跨过无数噩梦与午夜的热泪，跨过来不及挽回的舛误，向你走过去。

我在长椅边刹住脚，开口对你说了重逢之后的第一句话："对不起，先生，能借个火吗？"

就像所有在火车站萍水相逢的两个陌生人一样，谁也看不出这里面有问题，绝对看不出。就算把夏洛克·福尔摩斯叫来，他也没法从我这个表情和台词里找出别有居心的迹象。

你抬起头来，友善地一笑，将烟叼在嘴里，右手从口袋里摸出一盒火柴，递给我。我接过火柴，说声"谢谢"，放下提箱，顺势在你左边的空位上坐下来。

光是跟你并肩坐着，就让我的眼泪又暗地里来了一次冲锋。

我低头掏出香烟盒，在手心里磕一磕，用牙拽出一根，再用你的火柴点燃。你看着我的香烟盒，"您也喜欢切斯菲尔德烟？"

"是。"我向你微笑，笑得有气无力。我所有的力气都用来按捺四肢，阻止自己扑上去拥抱你。

"真奇怪，这个车站商店的切斯菲尔德香烟都卖光了。"

一点儿不奇怪，两个小时之前，它们全都被我买了下来。我说："您只吸一种牌子的烟？"

你点点头，笑一笑，"有点古怪？"

"不，不怪。我也只喜欢切斯菲尔德。"我只吸它，是因为你从十四岁开始就喜欢这个牌子。

这时你那根烟燃尽了。垃圾筒在我这一侧的长椅旁边，你低声说着对不起，探身掠过我胸前，用右手把烟蒂丢进钢筒。我努力把后背贴紧椅背，但那一瞬，我恍惚看到，我的心脏从肋骨后边蹦出来，带着发烫的血撞到你身上。幸好这一刻非常短暂，你迅速地收回身体，在原位坐好。

你空荡荡的左衣袖跟随你的动作，在我膝盖上拂过来，又荡回去。

我看了一眼那只袖子。你当即发现，仍答以一笑，但你的目光在我脸上带有探察意味地打了个转，看我有没有露出惊怪、无礼的神色。我想我通过了这个小小的考试。

我神色如常地说："很遗憾。现在还会疼吗？"实际上，我积攒了一吨关于那条手臂的各种问题，但我只能挑一个最普通的问。

"当然不，是五年前的事了。"

一个忍不住，我还是多说了一句，"平时一定很不方便吧？"

"啊，我说服自己是生下来就少一只手，日子就好过多了。不过系鞋带还是个问题，所以我只能总穿不用系带的僧侣鞋、吸烟鞋。因为这鞋，我又总想吸烟。刚才我抽完了身上最后一根，倒霉。"说完，你自嘲地咧嘴一笑，满口白牙像有一道光射出来。

在你的世界里，一切都不会钝化，不会浑浊，永远新鲜清澈，永远是这样。

我掏出自己的烟，"这盒送给您。别推辞，我还储备了好几盒"。

你有点诧异地一扬眉毛，接过烟盒，表情变得更柔和，"非常感谢……您要到哪儿去？"

我说出了自己的目的地。

你诧异道："这么巧？我也去那里。"一点儿都不巧，我是探知你的行程之后才订票的。

当然我也做出惊奇的表情："那您的房号是多少？"

你说："二等铺，九号房间。"

我抬手扶住额头："我也是九号房间，A床位。"

"我的床位是B！天哪，这真是太巧了。"不，一点儿都不巧，我以三倍的价钱从一个土耳其人手里买下跟你同房间的铺位。这世上只存在你不知道的、隐秘的苦心孤诣和踏遍欧洲大陆的痛苦寻找，没什么事真是凑巧的。

你明显地松一口气，双眸熠熠生辉，"太好了，行程有三天，我一直担心同房的是个……"

"是个什么？"

"是个不像您这样文雅和善的绅士。"

我并不文雅和善，我也不是绅士，我是个军人。我杀过人，很多人。

你友好地向我伸出右手，"真幸运，咱们会做三天室友。您好，我的名字是普林斯·扬"。

我的嘴巴把那个名字重复一遍，但我的心下一秒就把它忘了。你只有一个名字，你是奥利弗·米切纳中士，生于美国芝加哥的奥利。

你是我的奥利，不管你记不记得。

握手的时候，你无名指上的婚戒触碰到我手心。我说："很高兴认识您，我的名字是劳伦斯·戈林。"

二十年前，我跟你第一次在校园里相遇，你打跑了抢我东西的高年级恶霸，把我从沙坑里拽起来，我说："你真能打。很高兴认识你，我的名字是劳伦斯·戈林。"

列车员吹响了哨子。哨声悠长，咱们那趟车要进站了。我和你同时站起身来，我抢先提起你的皮箱。你一伸右手，抢了个空。我立即说："我坚持。"

你直起身子，再次笑出声："戈林先生，我已经预见到，未来三天咱们一定会共度得很愉快。"

当然，当然会很愉快。因为我爱你，奥利。

我们有三天时间，在那个狭窄的铁盒子里朝夕相对。只有三天。或者说，有三天那么多。

另几条轨道上，有车进站，有车出站。火车汽笛长鸣，蒸汽缭绕。列车员挥舞小旗，人们在月台拥抱惜别，亲吻脸颊。我跟在你身后，踏上我们的列车。

一踩到车厢里铺着的硬毛地毯，我的心忽然安宁下来。

乘客们刚刚上车，车厢过道里堆着未及安放的行李，后面的人得等先上车的人把箱笼搬入房间安置好，才能通行。帽针上镶珍珠的老妇大声向女儿发令，还有婴儿哭声、母亲的呵哄声……两个乘务员夹在人群中忙里忙外，根本顾不过来。

我们的房间在车厢中部靠后位置。跟着前面的人慢慢挪动时，你转头看到打开的厢间里，一位矮个女士正踮着脚，努力想把一个大行李箱弄到行李架上去，一个小女孩坐在对面的铺位上，口含手指，看着母亲发呆。

你主动探进头，温和地说："要我帮忙吗，女士？"

那女人不回头地说："谢谢！请来搭一把手吧。"

但等她回过头看到你左边的空衣袖，立即呆住了，"哦，对不起，先生，我刚才不知道……"

你笑得非常可爱，"不要紧，您可别小看剩下的这根胳膊，因为平时活儿全靠它干，它的力气也能顶俩呢"。

你说着单手把那个皮箱提了起来，我立即伸手托住箱子，即使只是刚刚说过不到十句话的陌生人，我也绝不可能干看着。我低声说："请让我来。"你却不肯松手。我跟你一起把行李箱托到架子上去。那女人连声致谢。你说："我和这位先生在九号房间，您找不着乘务员帮忙的时候，尽管来找我们。"

我的感动不仅源于你永远有一颗这么好的心，而且源自……你称呼我和你为"我们"。

汽笛声响起，车厢像忽然醒来似的颠簸了一下。火车缓缓驶离了暮色中的车站。

我看着你拽开房间角落里的盥洗室拉门，从箱子里一样样取出洗漱用品放到盥洗台上。

你回头说道："我给您留出了一半地方。"

"我没什么要放的。他们不是提供了毛巾、肥皂吗？"

"可是剃须刀……"

"哦，我倒没有每天一定要剃须的习惯。"

你很热心地说："如果您需要，可以用我的。"

我点点头。即使在艰苦的行军途中，你也会尽最大努力每天做好个人卫生，马丁最喜欢调侃这个："奥利，你干吗每天把脸刮这么干净？怕晚上亲吻姑娘的时候扎着人家吗？……"

掀开的箱子里，换洗衣服和日用品摆放得整整齐齐。你见我在打量你的物品，微微一笑："不是我的功劳，行李是我太太给收拾的。"你边说边把一本书拿出来放在枕头旁。"在那次事故之后，"你指一指左边衣袖，"这还是我第一次长途旅行，本来她要跟我一起来。出发前一周,小蒂朵——我女儿,淘气得像个男孩儿——爬树掉下来,把胳膊摔断了。简直没办法!她妈妈舍不得出门,所以……"你耸耸肩膀。

你的妻子叫艾莉西亚,一个温柔恬静的好主妇,你四岁的女儿叫蒂朵,一个月前我就知道她们的名字了,所以此刻我还能保持微笑:"听上去怪可爱的,小孩子活泼一点是好事。"

"唉,我们家的狗和猫可不这么想。她妈妈每次打她都会吓唬她:你再这样下去,将来没一个男人愿意娶你。"

"您有一个幸福的家庭,真让人羡慕。"真让人绝望。

"这半天我总在说自己家的事,您肯定听烦了。我还没好好认识一下您呢,您的孩子肯定也不小了?"

"我还没结婚。"

"啊,那真是太奇怪了。"

"有什么奇怪的?"

"您肯定很受女孩们欢迎……"不,奥利,在咱俩之中,受女孩欢迎的那个一直是你。

你继续说下去:"……战争结束之后,我们镇里的人都迅速地结婚,从前线回来的军人的太太们都在第二年生了小孩。总算迎来了和平年代,大家都想赶紧多享受人生和家庭之乐。连镇上当了十几年寡妇的女人都再婚了。"

我不置可否地笑笑："我的情况嘛，算是工作太忙，耽搁了。"这也是实话，在你离开之前，我忙着跟你在一起；你离开之后，我忙着找你。

"您的工作是什么？"

"猜一猜？"

"我猜您可能是个电影演员，或是歌唱家。"

我笑出了声："不是的，为什么这么猜？"

"因为您的相貌这么出众，声音也很好听……"

我说："要让您失望了，我只是个政府部门的小职员。"

奥利，我根本不可能是个好演员，只跟你演了这么一会儿陌生人，我已经感到疲惫极了。我站起身，"乘务员大概不会主动过来了。我想去找他要一支柑橘酒，您需要点什么？"

你善意地撇撇嘴，"还没到晚餐时间您就开始喝酒了吗？我只要一杯热水，谢谢"。

我在过道里拖着双脚走出一段路，停下来，双手扶住过道窗户的木棂，头颈像断了一样垂下去……一个人身上是怎样藏着好几个世界？那些破损的、成灰的、早就不再呼吸的东西，当听到熟悉声音的一句召唤，所有碎片就从心的各个角落里飞回来，自动拼回一整个完全的图景。我还没决定，我该怎么决定？我正站在一个处于混沌与成型之间的命运的边缘。我不能把这当成一场赌博，一闭眼把骰子掷下去，等待它自己骨碌碌滚出一个点数。

我回来的时候，一手拿酒，一手拿水，胸口里是那颗努力振作起来的老心。你正靠在窗边借着落日余晖看书，光投在书页上，又反射到你脸上，像要流动又像要凝固，连你颧骨上一层薄薄的绒毛都被照得清楚。

人到了三十岁之后，总有些悲欢忧患，在眸子和眼角强行留下痕迹，尤其在这战争年代。只有心中没有往事包袱的人，才会有你那样一张没有忧虑的、光滑舒展的面孔和澄澈的眼睛。

我把酒放在桌子上，手伸到窗边一试，"您那边的窗户有缝隙，漏风很严重。咱们最好换一下床位"。

你接过那杯水，向我道谢，摇头表示不用换。然后又迅速把目光收回到书上去。

看来我暂时不受欢迎了。于是我拿出写生本和炭笔，装作在画画，而不是悄悄享受着与你近在咫尺的时光，幸福得头脑有点昏沉。不过我也确实画了点东西。我一边喝着那瓶柑橘酒，一边给刚才那个车站画了一张速写，作为日后回忆的资料。拱形穹顶、进站出站的列车、巨型时钟、一把长椅、两个坐在长椅上抽烟的男人……

大约一小时之后，我听到你低声说了句"糟糕"。

我抬起头问："怎么了？"

你的表情充满遗憾，但那个答案真是出人意表："我把我的书读完了。"

我一听明白就开始笑，你还在解释："出门时，我犹豫好久是带一本还没开始看的书，还是带一本已经看了一半的书。最后舍不得看到一半的情节，把后者放进箱子里。麻烦的是第一天才刚开始，我就把它读完了。唉。"

你不断摇头，认真地懊恼着。愿意为这些琐事烦忧，说明你过得很快乐：平静的湖面，投一颗小石子也有长久不息的涟漪，而在危险动荡的大海上，只有滔天风浪才值得一提。

"为什么不把两本书都带上，或者多带几本？"我刚问出这句话就想到了原因，"哦，对不起，我知道了。"

你笑着点头，歪歪下巴向左边袖子示意，"是啊，我没法负担更重的行李"。这时你的目光投到了我手中的写生本上，"您带书了吗？我可都指望您了"。

我从枕头下边摸出一本旧书，晃一晃，"我只有一本《双城记》，您肯定早就读过"。

你现出惊喜的样子，"您也喜欢狄更斯？"

"是啊。"不是的，但我知道你喜欢。多奇妙，果然你的一切口味都没有变化，从香烟到小说。

"《双城记》我读过很多遍，不过什么时候重读一遍都不是坏事。"说着，你就顺口背出了一段，"每个人对别的人都是个天生的奥秘和奇迹。我曾趁短暂的光投射到水上时，瞥见过埋藏在水下的珍宝和其他东西……那水域已命定要在光线只在它表面掠过……"

我接下去说："而我也只能站在岸上对它一无所知的时候用永恒的冰霜冻结起来，我的朋友已经死了，我所爱的人、我灵魂的亲爱者已经死了。"

这些都是《双城记》中的句子。

你眼中闪过赞赏和找到同好时快乐的光亮，点点头，接过书，抚摸一下磨破多处的封皮，又翻开扉页看了一下："这书是您在英国买的？"

"是的。"不是的，那书是我和你在英国战场作战的时候，一位英籍战友送给我们的。确切地说是送给你的，你身为美国人对狄更斯表现出的喜爱，令他颇为得意，引为知己。

你犹豫一下，又把那书递回给我，"我要留到第三天的时候再借来看"。

我笑道："好吧，在那之前，我可以陪您聊天，聊上两个昼夜，帮您打发时间。"

你笑一笑，"任谁一看都知道您度过了精彩的前半生，一定有很多好故事。可惜我的经历过于贫瘠，没什么能拿出来跟您分享的"。

我想我明白你的意思——你所能记得的生命只有五年，然而那就是我最想听到的，是世上我唯一感兴趣的。奥利，请不要读书，不要分神，跟我说话，只跟我说话，一刻不停地说下去，让我知道你是怎么度过这五年里的每一天。

过道里传来乘务员拉长的声音："晚餐开始供应。"我站起身来，"扬先生，一起去吃晚饭？"

你也站起身，"哦，别叫我先生，叫我的名字。咱们还有三天时间，一直叫先生多别扭"。

"好的，普林斯。那么，也请您叫我劳伦斯吧。"

同车的乘客们纷纷从房间里出来，走向餐车。我跟在你身后往前走，猛然觉得这挺像一次晚餐约会。这一点点可怜的联想，像火星在胸腔里暗暗燃起来，让我整个身子充满了不可言说的愉悦。

而你，一无所知。

第一夜

餐车车厢与普通的饭馆、咖啡厅没什么区别，除了地面在有节奏地轻轻摇晃。你挑了一张桌子坐下来，我坐在你对面。桌上摆着旧花瓶，你伸手碰一碰瓶中的花，有点失望地说："是假花。"

我笑道："战争才过去没几年，您不能要求这么高。"

侍者送来菜单，我扫了一眼菜单，又瞟了一眼你。你显得有些为难，正菜都是整块牛排、猪排，一只手没法同时使用刀叉。

我说："放心点一块T骨牛排吧，我来帮您切。"

你微微一怔，惊异于我看穿你的心思，还想推搪："我要一碟意大利面就行了。"

"不要客气，我的朋友，长途旅行很耗体力的。"

因此，我跟你点了一模一样的T骨牛排。等肉送上来，我把你的盘子拽到眼前，用你的刀叉把肉割成小块。你坐在对面看我操纵餐具，刀锋在盘子上划出轻微的吱吱声，始终一言不发，表情是接受别人好意照顾时，感到自己给人添了麻烦的羞怯，以及不知怎么说出口的感激。我短暂地抬起头，向你微微一笑。最后我把盘子推回给你，顺手拿起胡椒瓶，问："加一点？"

你点点头，看着我绞动胡椒瓶盖，由衷地说："劳伦斯，您实在是个体贴的朋友，这趟行程能遇到您，我的运气真好。"

我熟练使用不远不近的客套语气，微笑回答："能有您这样的旅伴，也是我的幸运。"

奥利，前半生能结识你、共度二十多个年头，确实是我的运气太好，可惜好运气不会跟随一辈子。所以就算以后几十年都不再有你，我想我也不该有太多怨尤了。

饭后我们在过道里踱步，到车厢连接处吸烟、聊天。回到房间之后，叫了一瓶利口酒，一面喝酒，一面继续谈话。

我关掉顶上的灯，只留床前桌上的一盏台灯。灯柱细长，粉红色带流苏的灯罩像是妇人的漂亮帽子，光透过灯罩，也变成了暖融融的绯红色。在灯下，你的面部线条变得更鲜明，既柔和又诱人。你的皮肤在温暖的小房间里逐渐泛起光亮和红润。你那个可爱温柔的灵魂，从你的灰色眼睛里往外张望。

而几个小时里，我们聊了什么呢？维克多·雨果、马基雅维里、美国纽约、欧洲旅行、战争、和平、再次爆发战争的可能性……这就等于什么都没说。我心里那些话——因为储藏过久而温度过高的话，说一句都会灼伤喉咙和舌头的话——一句都没能说得出口。

我还不能做决定。奥利，你如此快乐，如此平静，我该怎么决定？

我甚至阴暗地期望，明天就是世界末日，明天我们都会死去，那我就可以不再顾虑。也不管你相不相信，我会反反复复喊出那些话，直至最后一口呼吸从嘴唇上掉落。

我把你的酒杯添满，说："您有没有读过《牛虻》？一本爱尔兰小说。"

"啊，读过，不过……"你在灯光里笑起来，喝了一口酒，那是一种用来代替批评的、不以为然的笑。

"说说您的高见。"

"那部小说里的信仰和感情处理得过于浅表，情节又太多巧合，很难让人信服。"

"您是说亚瑟和琼玛的关系？"

你点点头："是啊。他们自幼相识，而且彼此深爱过，对不对？那么即使再过多少年，一见面也肯定认得出来。您看《基督山伯爵》里，美茜蒂斯一见到爱德蒙不就认出来了？况且琼玛还在牛虻生病时贴身照料过他。特殊的眼神，一点点脖子和手指的小动作……总能认出来的！人不可能那么轻易就认不出深爱过的人。"

我怀着满腹辛酸和奇特的快慰，看着你高谈阔论时的样子。不，奥利，你错了，即使自幼相识，即使深深爱过，他们也会忘记，也会面对面坐着仍认不出来，但那并不是他们的错。

我说："作者也试图解释这个问题，女主角不是始终有怀疑吗？"

"您觉得结局怎么样？抛开政治和信仰，只说亚瑟和琼玛的结局。"

我低下头，慢慢旋转手里的酒杯："我个人的意见是，这小说的结尾很失败。亚瑟不该给琼玛留下那封信，这样一来简直功亏一篑了！您不觉得吗？按照前文的塑造，他是世间最能隐忍的人，如果琼玛毫不知情，不知道自己曾当面错过爱人，她的后半生会少受多少心灵上的折磨。真正替她着想、真正爱她的那个'牛虻'亚瑟，会把秘密带进坟墓。"

你莞尔一笑，并没评论我这番话，反倒评论起我来："劳伦斯，我看得出您是个有牺牲精神的人、一个难得的男子汉。未来被您爱上的姑娘会是个幸运儿。"

我苦涩一笑:"您过誉了。说起来简单得很,真要做的时候可就难了。"

你摇一摇酒瓶:"酒没有了。谈话真愉快,不知不觉我居然喝了这么多酒。"

我说:"如果您喜欢,我明天还陪您喝。"

奥利,你的一无所知多么可恨,又多么可爱。

而我多么需要你的无知。

我与你的第一晚,就这么平淡地过去了。

我们分别洗漱,然后在自己的床上躺下,互道晚安。我伸手按熄了台灯。你像所有没心事的年轻人一样,翻个身,迅速地睡着了。

而我,长时间睁大眼睛平躺着,谛听一臂距离之外的你在梦中的呼吸声,犹如谛听最重要的生命秘密。

一种迟缓、平稳的晃动,从脊背下面的被褥和床板传上来。火车不知疲倦地向前行进,仿佛会永远飞驰下去。我们像处于一个巨大的动物体内:一只巨鲸、一条大蛇、一头怪兽,它将要刺穿黑夜,到世界的另一端去。

对我来说，即将抵达的另一端是我后半生的答案。

或者说，是判决结果。我对自己的判决。

我每时每刻都清楚地意识到，眼前的光阴是偷来的。

你香甜地睡着，面朝壁板，肩膀缓慢起伏。那是我熟悉的呼吸节奏和频率，永远不会忘记。能每夜听着这音乐的人，她该有多幸福。

火车时而驶过不需要停靠的小站，站台上的灯光透过窗帘射进来，大块的光斑从你的后背和头颅上急速移过。

我在暗影中凝视你的后脑勺、搁在枕头上的栗色头发、好看的脖颈。在幻想里，我赤足下床，走过去单膝跪在你床头，亲吻你的后颈，把手指插进你的短发里，轻轻抚摩，抚摩你那业已忘记我的头脑。然后，在你惊醒、转过身来的时候，俯身吻你的额角和嘴唇……

然而那些都没有发生。

我睡着了。

后来我醒过来，被你的咳嗽声惊醒。我看了一眼枕头边的夜光手表：四点零五分。你面朝下趴着，把枕头压在头上，咳嗽声就是从那下边闷闷地传出来的，也不知这么咳了多久。

我掀开被子，坐起身来，"我说过咱们该交换床位，你那边的窗缝漏风太厉害"。

你把脸露出来，两边颧骨咳得发红，眼睛也红通通的，"对不起，我本来还奢望不吵醒您的……"没说完，又攥起拳搁在嘴唇上咳嗽。

我说："请把手给我。"你把手隔空伸过来。我握一握你的手，还好，温度是正常的，手心也不烫，并不发烧——其实我本想过去摸摸你的额头，不过那动作对刚认识一天的陌生人来说过于亲昵了。

我草草穿上衣履，趁你埋头咳嗽的时候，伸手到床下的箱子里拿了点东西放进口袋，然后推门出去。二十分钟之后，我回到房间，手里拿着一个铁杯子。你翻身坐起，脸上是松一口气的样子，"我还以为我太吵，惹您生气或是厌烦了"。你说半句就咳嗽一小会儿，然后嘶嘶地喘气。我伸手拉亮台灯，在你床边蹲下来，把杯子伸到你眼前，"来，把这个喝掉"。

你用右手捂住嘴巴，一边咳嗽一边吸气，探头往杯子里看了一眼，"是什么？"

"蜂蜜、姜汁和梨汁，是我们家乡的止咳偏方。我让厨子加热过，不过凉得很快，您得赶紧喝。"

你像个听话的病孩子一样，接过杯子仰头就喝。喝完了问："这个时候，厨房还有人在？"

"我找乘务员问到了餐车里一个意大利厨子睡的车厢，敲门把他叫了起来。"

"他居然没揍您？"

我笑而不语。我给了那人足够多的"药钱"，足够让他心平气和地到厨房去榨梨汁。

半小时之后你的咳嗽慢慢平息下去了。我抢先说："千万别讲道谢的话，这不过是举手之劳。"

你捧着一杯热茶啜饮，"该怎么说呢？劳伦斯，您简直是……天使"。

我不是天使。那也不光是蜂蜜、姜汁和梨汁。我在里面加了止咳的特效药剂，是专供军方使用的，民间暂时还买不到。我早就知道，五年前你获救时已经在雪地里冻了太久，肺和气管一直有慢性病——我用尽办法（当然也用了钱）弄到了你的病历和就医记录。

这时最初的晨光染白了窗帘。你终于同意跟我换床，补了一会儿觉。咳嗽折腾了小半夜，你睡得很沉实，连乘务员在过道里喊

"早餐开始供应"都没把你吵醒。我一个人去餐车吃完早饭，然后溜到厨房，让那位意大利厨子特地做了一份早餐，再借一个托盘把早餐端回房间，叫醒你。

鸡蛋是溏心的，但又不至于黏糊糊流一碟子，培根煎到稍有一点脆，华夫饼浇了咸奶油，一壶热可可温度刚刚好。你吃得又惊喜又满足："真奇怪，这列车上的早餐竟然做得这么好。这几年吃过最好的早餐就是这次了。"

当然，你当然会喜欢，因为我知道你的一切喜好，从煎蛋的软硬到华夫饼该涂什么酱料。我坐在你对面，不出声地微笑，听你絮絮地讲述战后初期物质匮乏的时候，你在欧洲几个小村镇吃过什么奇怪的早餐，等你的杯子空了，就默默替你加满。

第二天

"两天，或者是三天——我是说我在雪里埋着的时间，医生也只能粗略地判断。他们猜测我是从山崖上摔下来的，幸好下面是一片树林，我先掉到了树梢上，滚落下来。又幸好那些天刚下过一场十年不遇的大雪，积雪缓冲了落地时的冲击力。更幸运的是，我养父刚好出来打猎。猎狗抢在狼群之前发现了我。"

这一天，你开始向我讲起那场"事故"。

其时我们正坐在一个小酒馆里。列车在某个小站停靠两个半小时，添加饮用水和燃料等补给。旅客们都从车里下来，到外边散步，进咖啡馆和酒馆喝酒、吃午饭。这个城据海而建，火车站就在港口旁边，海水在海湾的怀抱里闪闪发亮。我们出了车站，沿着海岸往前走，随便选了港埠一角最清静的一家饭馆。

我们点了炒小牛肉、奶油炖花椰菜、土豆泥、醋拌洋蓟。

你吃东西的样子也跟从前一样，就像对每一口食物都特别欣赏、珍惜似的。饭后我们要了点酒，一边喝一边说话。你讲起那场"事故"，开始时似乎只是要解释凌晨那次发作，但后来我发现你是真的打算倾吐，并把这种坦诚作为另一种形式的谢礼。

我安静地听着。你说话时神色如常，平静得让人难以置信。我不知道要做到这样需要多少勇气。

"我养父把我从树林里背回去的时候，我差不多快死透啦：肋骨折了好几根，断了一条胳膊一条腿，颅骨骨裂，胸椎断裂错位，加上肾衰竭、肺炎……后来左边手臂坏死，只能截肢。幸好腿总算保住，不然我就成了半边人。您看得出我的右腿短一厘米吗？"

我由衷地说："看不出来，您的腿现在很健美。"

你略显得意地微笑，像是在一场抢夺中赢回了点什么似的："截肢手术出了点麻烦，我发烧昏迷了一个多星期。等我清醒了、能说几句话之后，人们问我的名字、从哪儿来，发现我一样也答不上。医生说，这里出了点问题。"你用手指点一点太阳穴。

我们的座位在窗边，透过打开的窗户，可以看到微波荡漾的海水，有船只缓缓驶入港坞，桅杆高高耸立，主桅和前桅上悬挂洁白的横帆，就像生着巨翅的神鸟从远海向岸边飞来。

我表现出恰到好处的震惊和惋惜，把那个表情保持了一两秒，像惊魂甫定似的呼出一口气，再抬手去拿酒瓶的时候，碰翻了自己的酒杯。

所幸杯里剩下的酒很少。你停止讲述，我说："啊，对不起，我手脚太笨了。"男侍立即过来抹桌子，我对他说："请给我和这位先生再来两杯啤酒。"

你低下头，正要把一根烟放进嘴里，我用手指叩叩桌面，引你抬头看我，并用谴责的目光盯着你的香烟，缓缓摇头。你呵地一笑。

我说："至少剩下这两天，请您克制一下，我可不想再半夜去砸厨子的房门。"

我是故意弄翻酒杯的。我必须打断谈话，做点别的，或者说点别的。我的心太疼了，得让它缓一缓。

可我又那么迫切地想听下去……所以我不顾死活地开口问："后来呢？"

"我不记得自己的名字、国籍、年龄，空白得像个婴儿。我身上也没有能标志身份的东西，衣服都被树枝刮烂了，剩余那些布条也不是任何一个参战国的军服。我听得懂英语和法语，也都说得不错，从口音上判断我应该是美国人。我查过那段时间盟军行军路线、大大小小的战役，没查到哪次发生在我被发现的地方，所以我可能是个失足掉下山崖的旅行者。"

不，奥利，你是军人，是在山区执行任务期间英勇殉难的烈士，是英雄。

我仰头把杯子里的酒一口喝干，嘶地吸一口气，拿手背挡住额头和眼睛，装作眼里泛起泪光是因为不胜酒力，自言自语地说："这酒劲还真大。"

你笑了："干吗喝这么快？时间还很充裕。"

你没发现我的声音有点浑浊。

我又把目光投向窗外的海水，水面泛起粼粼波光，像有无数银鱼跳跃。我说："起风了，需要把窗子关上吗？"

你伸手在胸腔处拍抚一下，"哦，不用，我完全好了。劳伦斯，您是个太体贴的朋友，我要不好意思啦"。

到了现在，一切都只剩下平淡的陈述，夹杂在一口一口烈酒之间。你离开我那年，我试了能搞到手的所有酒，让它们带我去不省人事、无悲无喜的幻境。

我请你继续讲下去。

"我的养父母，鲍勃和波莉，一对非常善良的普通夫妇，最大愿望是能在村里的园艺大赛中获头奖。

"他们有一个儿子一个女儿。长子菲力，一九四三年秋天死在意大利战场上，一整支队伍遇上敌军轰炸机，全军覆没，连遗体都没能找到。我见过菲力的照片，参军之前的便装照：高个子，卷发，宽肩膀，长腿，是个生气勃勃的漂亮青年。那样的好青年再也不能回家，确实让人心碎。

"接到阵亡通知书的十个月后，鲍勃在雪后的树林里救了我。您也觉得很巧吧？我就像是上天补偿给他们的儿子。"

海风从敞开的窗子吹进来，带着咸腥和湿意，远处有海鸥的叫声。阳光非常亮，让人头晕目眩的那种亮。阳光灼烧着靠窗的那半边脸颊。我吞下最后一口冷酒，像咽了一把针。

你坚持由你来结账。我们走出饭馆，顺着港口边的路缓缓踱步。又有船只进港、下锚，甲板上的水手们收卷帆布，向岸上的人说话、呼喝，阵阵喧哗。你跟我并肩走着，就像以前一样。因为腿受过伤，你的步幅和频率有极细微的变化。不过我稍稍调整一下，就又能跟你速度一致了。

我又一次阻止了你拿出香烟来吸。

我问道："后来呢？"

"后来我在医院住了三个月，等待断掉的骨头慢慢长合，等待体温不再忽高忽低，等待缝补好的内脏重新干起它们该干的活儿……出院的时候，全院护士都来送我。他们说我是个奇迹。起初那个月，有好几回殓房的人已经准备抬人了。

"我的养父母把我接回了家。住了好几辈的石头房屋，屋后有菜园、果树，还有那条把我从雪窝子里扒拉出来的大狗'将军'。特别温馨可爱的房子，我一看就喜欢。

"那时候我还不大能走路，在床上又多待了一个月。

"他们叫我'王子'，后来那就成了我的名字。那是我妹妹取的，她喜欢叫我王子，因为……您看过奥斯卡·王尔德的童话《星孩》吗？"

"是的，我看过。"

"《星孩》是她给我读的第一个故事。故事的开端就是一场大雪，星孩从天上掉下来，掉在树林的雪地里，被他养父捡回家中，日后大家才知道他是个王子。克萝伊——我妹妹，最喜欢这个故事。

"等我能自己拿得动书，她又给我找来了很多小说。圣埃克苏佩里的《小王子》，那本书里的飞行员是在沙漠里遇到了行星B612的小王子。克萝伊说，像我这样凭空出现肯定是个王子。"你笑了起来。

距离港口远一些，仍隐隐听得到浪头一下一下拍击水泥堤岸的声音，柔软得像一整块布料似的海水，绵延到天的另一边去。

一切宛如梦境。我就像是在梦境中与你重逢。

我问："什么都不记得，会觉得痛苦吗？"

你又笑了，舌头冒出来舔舔嘴唇，"我被别人问过很多问题，像您这么问的倒是头一个"。

"别人都怎么问？"

"最常问的是：你真的一点不记得？连以前有没有老婆孩子都不记得？或是：为什么不赶紧装一个假肢？一只手找工作很难吧？诸如此类。您在车站见到我的时候问：现在还会疼吗？现在问的是：会觉得痛苦吗？跟外表不一样，您还真是个心特别软的男人。"

我把眼睛望到海面上去，也笑了一声。

奥利，那些人伤害到你了吗？那些粗俗的心灵，他们自以为有同情心，其实那只是一些毫不动情的、庸俗的好奇。

这个问题，等到我们回到列车车厢里你才回答。我一度以为你忘记了。你说："要说是痛苦，不太准确，应该是……迷惑、不知所措，和一种飘在空中不知该落在哪儿的难受。记忆是安全感和归属感的来源，它会像船锚一样把人固定在某处。不过再想想菲力，想想那些死在战场的士兵，我就觉得自己没资格痛苦。更何况，养父、养母和家里所有人都对我很好，非常好。"

在列车重新开动之后，我终于问出了一个重要问题："您没想过去找一找自己原有的身份？"

这次你沉默了一会儿。"当然想过。不过也只是想一想。我知道波莉和鲍勃对这件事很矛盾，他们跟我说如果某天我能找回原来

266

的身份，他们也会替我高兴，但是……"你面上第一次出现苦涩的神情，隔了两秒，你把原本要说的话吞掉了。

奥利，你真正的父母已经去世了。失去爱子的心碎，不是每一对父母都能承受得住的。你牺牲后两年，他们就相继去了那边的世界。即使你回到家乡，也只能在他们坟墓前痛哭一场而已。而如果你找回奥利弗·米切纳的身份，你还会在你的军籍档案里发现别的东西：一笔不光彩的记录、一个秘密处分，原因是某个晚上我跟你在洗衣房里拥抱亲吻，被一个过来取衣服的人撞见，你靠在洗衣房的木头架子上，裤子褪到了膝盖。

你一无所知，并享受着一无所知带来的安宁平和。
灰蓝色的海消失在远方。

第二夜

你向乘务员要来一副棋，我们坐在棋盘两端，与木头国王王后们消磨了第二个平静的下午。晚饭时，你照例摸了一下桌上花瓶里的花瓣，再一次叹气："还是假花。"

这次我真的笑出来了。你摊开颜色浅淡的手掌，"车子不是停了两小时吗？他们顺手采购了鲜花也是可能的"。

你就有这种可爱的性格，永远不会失去希望，永远会往最好的那方面想。晚饭后回到房间里，我们继续下午未完的棋局。一局之后你放下棋子，呵着手说："奇怪，车厢里好像变冷了。"

确实变冷了。半小时之后，只听乘务员在走道里扬声说："诸位尊敬的旅客，非常抱歉，车厢的供暖系统出了问题，但现在无法停车检修。下一个可供停靠的站将在七小时后到达，到时我们会安排紧急维修，或者安排更换车厢。万望各位谅解。请凭车票到车厢尾部领毛毯。我们会尽量保证每个人都能拿到至少一件保暖物品……"

他说到一半的时候，便能听到远远近近传来房门打开的声音。乘客们走到过道里，叹气、嘟囔、议论、抱怨。但这也没办法，这些老火车跟人们一样都经历了一场大战，如今是带着内里的残缺和隐疾继续服役，没法指望它们总是健健康康的。

我站起身来，对你说："请把车票给我，我去排队领咱们两个人的毯子。"

你也站起来，"我跟您一起去"。

我摇摇头："两床毛毯我还抱得动。您现在应该躺下去，把自己裹严实，提早保存热量。"

车厢尾部已经排起了长队，但发放暂时还没开始，乘务员们还在别的车厢紧急找毯子。列车并没满员，有几节卧铺车厢是半空的，上午有一些乘客已经到站下车，如果把所有空置的毛毯收集起来，应该勉强能再给每人发放一条。

前边一个男人碰碰我的手肘，朝我晃了晃一个烟盒的开口，我摆头表示不想吸烟。他给自己点起烟来，低声说："嗳，您可经历过这种事儿？这种老东西，运营公司就该让它退役。再说，让乘客受这个罪，难道不得退一部分票钱吗……"

前面一节车厢隐隐传来阵阵人声，也是在领毛毯。一个男乘务员抱着一大摞毛毯从另一节车厢过来，另一个女乘务员跟在他身边，负责往旅客们的车票上做记号。那位带着女儿旅行的母亲要了两条毯子，我前面那个男人嚷嚷起来："喂，那位女士，你和女儿挤一张床就可以了，给大家节省点物资怎么样？"

车里温度下降得很快，队伍缩短得很慢。毯子总是没一阵就发完，需要等待别的车厢的乘务员送富余的来。还有人挑剔分到的毯子太旧，或是已经磨薄了、不保暖，要求更换，于是几个刚拿着毯子要走的人闻声转了回来，"我这条毯子还有洞呢，如果能换该是我先换……"

抚攘多时，等我把两条毯子拿到，已经过去了一个多小时。我回到房间里，反手关上门。房间里已经很冷了，你果然听了我的话，躺到毯子下面，蜷缩身体，把自己裹得像一只茧，连脸都埋住了。我看得出你在发抖，毯子上隆起的轮廓线在轻微颤动。

我在床边蹲下来，"您没事吧？"

你转过头，脸色泛白，牙关和舌头发僵，"没事，我只是怕冷，您不会笑话我吧？"

这其实很奇怪，房间里并没冷到这个程度，而你的样子就像一个婴儿被扔在冰天雪地里。我把两条毯子都盖到你身上，披严实，又把我和你的大衣都从衣帽钩上取下来压上去。你低声说"谢谢"。

我坐到自己的床位上，双手攥在一起，看着你。你稍微好转了一点，但仍在发抖。

过了大概二十分钟的样子，你张开眼睛，"对不起，吓到您了。这毛病真不体面，是不是？"跟刚才相比，你至少可以基本流利地说话，虽然不时还会因痉挛而猛吸一小口气。

"没什么体面不体面的，如果您需要药或者医生……"

你在枕上摇头，"其实原因是那个时候，我清醒过一次"。

　　我怔了一下，立即明白"那个时候"是你躺在雪地里不能动弹的时候。我以为那期间你一直在昏迷中，而你竟然醒过。

　　我的脸色一定变得很难看，因为你立即说："哦，您不用替我难过，已经过去五年了。而且那段清醒的时间并不长。短得我感觉不到痛苦，只感觉到冷。

　　"非常，非常冷……是心脏冻结住跳不动的那种冷。有一只眼睛被血糊住了，睁不开，想用手拨开眼皮，手又抬不起来……实际上除了一只眼皮，任何一处地方都动弹不了。只能看到头顶树枝缝隙里，有模糊的星光。"

　　我问："您那时候记得……"

　　你摇摇头："不记得。除了恐惧，脑子里什么都没有。从那之后，每当感到寒冷，那种恐惧就会回来。"

　　那是"创伤后应激障碍"，寒冷的体感和心理上的恐惧有了太强烈的链接，无法消除。

　　我说："我能帮您做点什么吗？"我多想把你紧紧抱住，用热血温暖你，哪怕把我的身体榨干……但是我不能。

　　你说："只要过来陪我坐一会儿，就十分感激了。"

　　我一步跨过两张床之间的距离，坐到你身边空出的地方。你朝里挪了挪身子，又从毯子下面伸出一只苍白的手，拨开额头上掉下来的头发，并把手搁在下巴旁边呵暖。我忽然被一股强烈情绪驱使着，做了个唐突又冒失的动作：抓住你的手，用手掌包住它，紧紧攥了一下。

但半秒之后我就警醒过来，倏地松开了手。那一刻我几乎以为我要暴露了。

就在我惊慌地在心里检讨，搜索掩饰刚才那个行为的说辞时，你看着我，像个获得关怀的小孩子一样微笑，主动把手伸给我："您的手真暖和。"

你的手冰凉僵硬，像一只刚从雪地里救回来的鸟。我的心脏像石头似的猛砸着肋骨，但这次我控制住了手上的力道，不敢握得太紧，竭力让热情更像是来自初相识的旅伴的善意。

房间像在海面上的小船一样轻轻摇晃，车轮撞击铁轨的声音有规律地传来。我的手和你的手连接在一起，你的手逐渐温热柔软起来。

你闭着眼睛，一动不动，半截面孔藏在几层毛毯和我的军大衣下面，只露出半块耳朵、一小片面颊和睫毛。灯光凝结在那睫毛的尖梢上，像水滴聚集在屋檐。

这一刻要是再长一点就好了……最好是"永恒"那么长。我记得格林童话中有一只金鹅，碰着金鹅的人手会被粘住。另一个人去碰被粘住的人，自己的手也会拿不下来。

此时我多希望那种魔法也能降临在我手上，那样你就会跟我粘在一起，再也不能分开。

我的双眼从假装出来的镇静面孔上望着你，即使身为陌生人仍能抚慰你，这让我胸腔里贮满了既酸楚又甜蜜的液体，并默默流遍全身。如果有点别的事情让你转移注意力也许会更好些？我问道："要不要给你读一段《双城记》？"

你转过头来，皮肤蹭着织物发出细小的嘶嘶声："不用，已经很感激您了。《双城记》的故事可能还没有您的故事好，不如讲讲您自己？"

我想了想，说："我的生活乏善可陈，没什么可讲的。"

你说："讲讲您在军队里的故事，可以吗？"

我心里暗暗吃了一惊，"您怎么知道我参过军？"

你面露得色，手指在我手心里动了动，指尖触碰到我右手食指的第一指节，"这里有茧，是长年扣扳机磨出的痕迹"。

我脸上仍保持平静，"是的，我曾作为一名步兵到过欧洲战场，不过战场上的事情太……已经是和平年代，咱们就不要回想了吧"。

"那么就讲讲您去过的地方、您的家人。我已经把我的秘密都说了，您也总该拿点什么作交换吧?"

我看着你，看了几秒钟，说："我生命中最精彩的部分，是我的一个朋友。我们从小就相识，自幼至长几乎从来没分开过。他是我所知最热情、最有趣的人。"

我用的是过去时，你疑惑地挑高了眉毛。我解释说："他已经牺牲在战场上了。他所在的那个突击营在夜间行军翻山，他失足坠下了山崖。一个月之后我才收到消息。"

"对不起，我很遗憾。怪不得您不愿意提到战争年代的事。"

奥利，当与你谈到你自己，我实在不知该怎么说下去，只能露出一个意义晦涩的、伤感的笑，在你眼中，那必然是对亡友的哀悼。但你永不会明白我笑容里的温柔与悲凉。

我说："我去给您倒一杯热水。"就这样松开了手。

我的眼泪一直坚持到列车走道里才落下来。它们落在我手背上，那儿还残留着你手心的余温，没有散去。

第三天

那第二个夜晚，我还是给你读了《双城记》。这几年我接触过一些有战争后遗症的老兵和心理医生志愿者，他们说，舒缓而有节奏的声音有助于缓解焦虑、恐慌。这办法真管用。你听得很专注，有时还会插嘴评论两句，比如"您喝过书里提到的五味酒吗""其实我的情况很像书里的老曼内特医生，是不是"……

后来你的眼睛就闭上了。而我甚至不知道你是在哪一个章节入睡的。

等我放下书，抬起头，看到你的头侧歪着，面部线条是梦中人那种恬静，手从毯子下边露出来，手指像藤蔓的末端一样蜷曲，灯照亮了手心的纵横纹路。

你已经睡得很熟了。

我凝视了你很久，然后翻到书里某一处，低声念出几行句子，那是男主角西德尼·卡尔顿对他爱慕的姑娘露西·曼内特剖白心意时所说的：

"如果你能再听我说几句，你也就尽了你最大的努力了。我希望你知道，你是我灵魂的最终的梦想。我也因此才感到比任何时候都凄苦可怜……我现在所能获得的最大好处，正是我到这儿来想得到的：让我在今后生活中永远记住我曾向你袒露过我的心，这是我最后的一次袒露。

"在我死去时，这个美好的回忆对我也将是神圣的。"

我读完这些话，把书合上，关掉了台灯。

清晨时候，我们到达可供停靠、维修的大站，列车停下来。你没有醒，连姿势都还保持着入睡时的样子。

而我，没有睡过，一分钟都没睡过。

此地是个以手工业著称的城镇，战前颇为富庶繁华，战争期间很幸运地没有遭受太多蹂躏。不过早餐时，我听到餐车里的人们和乘务员在议论该城的治安：从满目疮痍的国家过来的移民团体良莠不齐，而本地有一些亲纳粹团体，战后仍余孽尚存，导致时有冲突发生。

我们下车的时候，乘务员说道："请在三小时之内回来。"

这个城镇最出名的手工艺品是木雕——奇珍摆设、提线偶人等。你说："最近一次搬家，我弄丢了蒂朵的一只玩具箱子，她一直埋怨我。我打算给她买一套木偶玩具当作赔偿。木头做的更结实，也不怕摔。"

凌晨刚下过一场雨，使得阳光也像被清洗过，四周深灰色的砖石房子、石阶、旧得很好看的褐色屋顶，都显得色彩柔和，如同水彩明信片上的景象。我和你走在被雨镀了一层光影的路上，雨膜反射的光，反而比天上降下的光更耀眼。

你继续给我解释："因为我的身体一直不算太好，还很怕冷——您都已经'有幸'看到了，所以我们搬了家，到更南边的城市去。"

我点一下头，又点了一下。这就是原因，这就是为什么我没能早一点找到你。失踪士兵搜寻组织的人们早在三年多前就打听到，在米切纳中士坠崖地点附近的村庄，有一对夫妻收养了一个形貌很像你的年轻人。但村民们说，那一家早就搬走了。线索再次断掉。那让我又花费了两年多，排除了五个陌生青年，汰去好多条错误路线，才在你目前住的城市追踪到你。

如果我能早到三年，一切会不会不一样？

你想去买木雕的"蜂窝集市"，是城中手工艺店铺最集中的地方，很出名，也很好找，问两次路就知道位置了。世上每个城市都有那么个三教九流杂处的热闹地带，最鲜活精彩的艺术往往也跻身其中。当地有一种麦芽酒很出名，我们在距离蜂窝集市几条街外的一个小酒馆坐下，叫了一瓶来喝。远方教堂的尖顶闪着灰紫的光。

我叫侍者结账，侍者说："那边的先生替您结过了。"

转头看去，南边圆桌旁坐着个瘦削男人，正向我友善地笑着，上唇皱成一个有趣的样子。我想起了那个上唇皱起的笑：一九四四年底我受了伤，从医院出来被送到一个兵员补充站，又重新分配到那人所在的装甲野战炮兵营，他当时是副营长。

我走过去跟副营长先生拥抱，用力拍打肩膊，施以老兵礼节。你很善解人意地过来，向副营长礼貌微笑，低声对我说："您尽管跟老朋友聊天，我自己去买东西，咱们火车上见。"

等你走出酒馆，副营长看着你的背影问："这丢了条胳膊的小伙子也是军人？"

"当然是。他的枪法比你准多了，他丢掉的那只左手，能打中一英里外知更鸟的眼睛。"

之后的时间，我的肉体在跟这位娶了当地姑娘的副营长聊天，心则跟着你一步一步走到蜂窝集市去。我想象你走过红砖小路，走过路边的酸栗树和橡树，一条空荡荡的袖子在风里轻轻动着，阳光照在你额头和鼻尖上……

"仗是打完了，可日子要想彻底太平下来，还得过些年。"副营长摇着头，"移民帮时不时就要闹事，越闹越受排挤，上个月警察动用了催泪弹。"我们又聊了一会儿，听到外面传来隐隐的喧哗。酒馆里好几个人都跑出去看热闹，有个人回来与侍者议论说

"蜂窝集市……"

我噌地从椅子上弹了起来。

太阳已经升得很高了，光真刺眼。我沿着街道向前跑，离蜂窝集市那条路越近，听到的嘈杂声越大。有许多人从那边跑过来，还有人额头和衣襟上有血。越往前去，人越多，看起来整个集市的人都被强行驱散了。我逆着人群往相反方向而去，速度不得已放慢下来，跑步变成了疾走。有个穿着皮围裙、工匠模样的人与我撞到一起，我连声道歉，他喘着气说："你怎么还往那边走？"

我说："我的朋友在集市上，是个只有右手的高个儿年轻人，您见过没有？"

那人茫然摇头，迅速走开了。我一边奋力向前跑，一边忍不住大声喊起来："普林斯！……奥利！……"

最后我才发觉，自己竟然喊出了那个已经死去的名字。

当我终于看到你那身穿灰色外套的影子，猛然觉得双腿绵软，脚下踉跄了一步，重重地喘了一口气。这时人群已经疏散了，你正沿街边走着，仅剩的一只手里抱着一个哭个不停的小男孩，颧骨上蹭了点灰，不过人是完好的。

你看见我，脸上立即露出惊喜的样子。我真希望能把那个表情从空气里裁剪下来，裱在一个相框里。

"这男孩？……你没事吧？"我接过了那个不断发出噪声的小东西，上下打量你。

你说："这孩子跟他妈妈走散了。我没事，械斗是在西边，我在东边。可惜挑好的一套玩具木偶没有买到。"

我一只手抱着男孩，一只手挽着你的胳膊，拖着你飞快往前走。你不断跟那孩子说话："小家伙，你妈妈叫什么名字？这条路你认不认识？"

男孩的回答："哇……"

我看了看表，离乘务员说的开车时间还有半小时。如果十分钟之内找不到这男孩的母亲，我和你就来不及回到火车上了；改搭下一趟列车，得等到明天的这个时候；还要与列车员取得联系，要他们帮忙把车厢房间的行李寄存在终点站，等我们迟一天到达时领取……

那么，我就能跟你多出一整天的相处时间。

我那颗刚才因为恐惧而剧烈跳动的心脏，这时又为这不太光彩却极其诱人的可能性而再次怦怦狂跳起来。我可以跟你一起找间小旅馆住，晚饭后一起出来散散步。今天天气晴朗，晚上月亮一定很好……

"马提奥！马提奥！"就在我已经遐想到跟你踏着月色并肩漫步的时候，一个满脸泪痕的妇女从街道那边跑过来，嘴里大喊着一个名字。男孩听到那个声音，挥舞小手，在我怀里挣扎起来。我把他放下地，他就像羊羔寻到母羊一样，跌跌撞撞冲过去，哭声被脚步颠得一颤一颤的，最后扑进他妈妈的怀里。

于是，那幅与你在皎洁月光里散步的图景，也被他那一扑扑得粉碎了。我那颗可怜的老心脏，又一次往下掉啊掉，跌进谷底。

一路小跑登上火车，距离开车时间还剩五分钟。车里已经重新有了暖意，走道里有三三两两的乘客站着吸烟、闲聊。我们回到房间里，你扑打外套上的灰尘，露出心有余悸的表情，咧咧嘴，"我还以为要误火车了，劳伦斯，咱们的运气真不错"。

我只能不出声地笑一笑。奥利，咱们的运气好吗？我不知道。

第三夜

停车检修花费了将近六个小时，也就是说大概会晚点六小时。乘务员站在车厢走道里向大家保证列车会加快速度，争取减少晚点时间。我靠在房间门框上吸烟，听着人们围着乘务员问长问短，表示不满情绪，心想：我能不能请求列车减慢一些速度？……

最后一个黄昏，最后一顿晚餐。

如今是最后一个夜晚。

然后，将是最后一个黎明，最后一次早餐。

然后，就是告别。

我快要没有时间了。奥利，我们……没有时间了。

人们散去后，乘务员松一口气，转身快步往列车中部走去。他经过车厢尽头的卫生间时，你刚好拉开门走出来，闪躲不及，乘务员的身子撞上你的肩膀。

你哟了一声，吃痛似的弓着腰背。乘务员连忙道歉，你用右手抚一抚左肩，摇摇头表示没关系。我从门框上直起身子，那一下撞得并不重，又想起刚在街上找到你的时候，你左边颧骨蹭上了灰。

等你回到房间里，我问："上午在蜂窝集市，您是不是摔到了？"

你愣了一下，眨眨眼，像个做坏事被抓到的小男孩一样目光闪烁："没有，我好好的。"那句谎话明显得像是蛋糕上的樱桃。我说："伤在左肩膀。是侧面身体着地？扭伤还是撞伤？"

你说："……只是被人撞倒了，没什么大不了的。不碰的时候都不怎么疼。"

我叹一口气，说："我箱子里有外伤药。把外衣脱掉，让我看一下。"

你急速眨动眼睛，没有动也没说话。我本来已经弯腰到床下的箱子里拿药，忽然又回过身来，"对不起！如果那样会让您觉得不舒服……"

"不不，我当然乐于接受您的好意，只是那个地方的疤痕很可怕，可能会让您觉得不舒服。"

"您忘了我是上过战场的人？我曾经把削掉半个脑袋的战友遗体背回营地。来，坐下。"

你顺从地点点头，在床上坐下来，单手解开马甲背心的扣子，依次转动肩膀把背心脱掉，再去解衬衣扣。我坐在旁边等，忍不住说："让我来吧。"

你垂下手，稍微挪过一点身子，坐得更近，并再次羞怯一笑。

我伸出双手，碰到了你的衬衣扣子，也感受到了衬衣后面的胸口皮肤。

我不露痕迹地从嘴唇和牙齿缝隙里，深深地吸了一口气。那是多简单的动作，可是只有上帝知道，我控制得多么努力，才能让自己的手不哆嗦，才能阻拦住这动作可能造成的失控。

奥利，我曾亲手给你解过纽扣，在我家阁楼上。那时我正准备考美术学院，你在大学法学院念一年级。感恩节前三天，我刚从一场流感里恢复过来。你陪我在阁楼上待着，翻看画册和我的写生练习簿，替我剥橘子，瞎扯校园里的姑娘，商量感恩节该怎么过。我躺在沙发上，吃完最后一次药，药力发作起来，浑身都是汗。

你下楼拿毛巾帮我擦身子，先用湿毛巾拭干净，再用干毛巾擦干。我低下头，看到你裤子裆部撑起老高。你有点惊慌，但手上动作没停，竭力要装作这件事不存在。

我犹豫了一会儿，就很坚定地伸手卸掉你裤子的吊带夹，然后是衬衣纽扣，一颗一颗往下解。我专注地盯着自己双手的动作，而你看着我的脸。

你没有阻拦我。那张旧货市场买的二手沙发又窄又破，很多地方的绒都磨秃了，但那晚我头一次发现它也能成为天堂。

当然，也不是没有一点疑惑。那夜之后我和你都猜想过：这是不是青春期男孩们解决性欲的必经之路？

后来发现：不是的。其他男孩解决这种事只会去找姑娘，不会

284

找好哥们儿。也就是说，我和你这样做的原因仅仅是——不掺假的渴望和……爱。自始至终，我和你想要的是你和我，只是这个，只要这个。那一晚不是预演或替代，是真正的、真挚的、饱含爱意的性爱。

原来我和你是相爱的。

等想明白这点，我们都如释重负。所有谜底都揭晓了：所有略显逾分的陪伴和照顾、眷恋和保护，那些用"朋友"一词装不下又说不出的感情，原来并不是无名无由。从小到大我们都只有彼此，以后一辈子也这样，那不是很好吗？挚友和恋人合二为一，世上还有比这更圆满的安排吗？

我和你花了一个多月来想通这件事。后来……后来你就每次都自己解扣子了。你手脚比我伶俐很多，通常你会用肉眼难以看清的快速动作，三两下把自己剥得像个婴儿，重重往床上一扑，肚子朝下把自己弹起来，双手撑住下巴，笑嘻嘻地瞧着我。我站在床边，一面解纽扣一面忍不住看你，手指就在扣子洞上愈发错乱。

我总是用不说话的法子告诉你：在所有人面前，我是劳伦斯·戈林；但在你面前，我永远是劳瑞，亲爱的劳。

因此，那个雪花漫卷的悲惨日子，从山崖坠落下去的不只是你，还有劳瑞。

从战争里活下来的是劳伦斯。劳瑞跟你一起遇难了。

……如今我竟然有机会，再次亲手替你解扣子。这一次我仍强迫自己只盯着两手的动作，其实每个手指尖都在流汗。

把衬衣左边的袖窿从你肩头褪下来，在肩膀下二十厘米的地方，我终于看到了那凹凸不平、针痕杂乱的残肢断面。好吧，我承认我高估了自己的承受力，那画面映进眼睛的时候，眼窝像是被箭镞刺中一样，随后胸口一阵剧痛，疼得眼前发黑，透不过气来。

这比看到自己血肉模糊的断肢伤口还要糟，因为无法亲身体验的痛苦，在想象中是无穷大的。那想象足以把我凌迟。

奥利，这个世界能伤害到我的唯一路径，只有你。

你却把我的脸色误解为另一方面："还是吓着您了吧？我见过一些截肢手术，我这个确实算是做得很糟糕的。第一次手术后创面有感染，医生又返工了一次，切除了更多的肌肉和表皮……啊，我不该再说了。"

你肩头处的皮肤泛起一片青肿。我一捏关节处的韧带和肌腱，你就一缩颈子，嘶地吸一口气。我说："只是软组织挫伤。我帮您上点药膏，您暂时忍一下疼。"

你笑了："我没上过战场，不过这条左胳膊受过的罪也可以夸

286

耀一下了。这点疼对它来说不算什么。"

我从铁皮管里挤出一截浅绿药膏，在掌心里碾平、搓热，再抹到那块青肿上去，慢慢揉开。你叹一口气说："确实挺难看，是吧？我在家里的时候也很小心，尽量不让家里人看到。"

我不说话，左手扶着你的右肩，右手掌在你左肩头画圆圈。他们怕看你的残缺和丑陋吗？而我只想整夜目不交睫地吻它，把它抱在胸口。

你曾柔软如蜡，甜美如雨水。你曾给我比血液还暖的温润。奥利，如今对我来说，残缺让你更加珍罕和宝贵。但你的创痛和破损，你的艰难度日，都不再有我的份，即使我愿意用二十年寿命去换取服务这残缺的资格。

但我想我伪装得很好。在你眼中，也许我的态度略有怪异。你从侧面凝视我，猜测我神情和动作里过于谨慎、过于收敛、过于沉默的缘由。当然，你什么也猜不出。你怎么可能猜得出呢？那个太戏剧性、牵涉过多的真相。

之后很久，你也不再说话。我再挤了一截药膏，稍微扳转你的身子，继续按摩肩胛上缘的瘀痕，手掌与你的皮肤之间因摩擦生出热意。

列车隆隆前进，夜晚本身被更为模糊的黑暗所吞噬。台灯清白无辜地亮着，一道发光的帷幕，把我们和世界隔开。

在我和你之间，氤氲着某种微妙的东西，难以名状，不是液态也不是固态，异常脆弱，仿佛凝固中的玻璃或是湖面的薄冰，一个词就足以使之破碎。

我忽然觉得，我苦苦等待的就是这一刻。我能听到你呼吸时气体通过鼻腔的嘶嘶声。我甚至错觉你灰色的眼睛越来越深，里面有一种无声的暗示，邀请我像解扣子一样解开你猜不出来的那样东西。

那是错觉吗？应该是。奥利，我不能因为错觉而犯错。

意志在支撑，但声带、脸上的每一条肌肉、手指和手臂的每一根神经都尖叫着要背叛我的意志，揭穿我那不可告人的念头：撕毁这二十厘米距离，把你粗暴地揽在怀里，把你的名字归还给你，把你丢失的二十七年从胸口掏出来，放在你手心里。

那念头炽热得像是岩浆，包藏在身体里，激烈地来回奔流，快把我的皮肤熔穿了。

你脖子上有一条细细的银项链，末端一颗鸡心坠。我的手指尖碰到链子，把它往你颈上推一下，往那颗坠子上瞟了几眼。你便捞起鸡心坠子打开给我看，里面是个小女孩。当你注视那张脸蛋，也不由自主地慢慢展开笑容，那是绝不掺假的、慈父看着爱女的笑。

我用空闲的那只手接过来，端详小女孩的黑眸子："她长得不太像爸爸，真可惜，没遗传到您这么漂亮的眼睛。"

你笑了："她像妈妈和祖父多一些。我从来没出过远门，她很不习惯，哭闹了好几回。我走之前，她一定让我戴着这个，说要爸爸每天看一看、想想她，这样就能早点回去。"你的笑容逐渐变得沉重感慨："……蒂朵的表姐的父亲，就是出门参军再也没回来，她听过那些故事，一直害怕她爸爸也会那样。"

我静默地听着，说："好了，药抹完了，您觉得怎么样？"

"好多了！谢谢。"

我拎起你的衬衣袖子："来，我帮您把衣服穿好。"

你跟我说到少一条手臂的感觉："……疼痛倒是最好接受的一方面。种种不便也能适应，比如没法系鞋带、双手用刀叉，甚至用背带夹；读书的时候没法一手捧着书一手翻页，只能把书放在桌子或大腿上。

"最难接受的其实是怜悯，是人们处处的特殊照顾。我养母看到我用右手提一件重物，会像救火一样跑过来；吃饭前布置餐桌的时候，连蒂朵都会说'爸爸，我来搬碗碟'；家里菜园、果园收获的季节，大家一致同意我只负责给人们倒柠檬水就行了……所有这些无微不至的照顾，我很感激，但也有说不出的难受，因为那是时时刻刻都被别人提醒：我是残废。要是人们都能像您这样就好了。您的态度一直那么温和，让人舒服。说实在话，跟您相处这三天，是这几年里我最舒服的三天。可惜旅途不能更长一点了。"

我只能笑一笑。奥利，他们不如我懂得照顾你吗？那是因为他们爱你没有我这样深。

我说："我也时时会有残缺的感觉。失去最爱的人、朋友，那感觉也就像失掉了一条肢体，不再完整。"

"您说的是您的亡友？"

"是的。我们自幼一起长大，我太习惯跟他形影不离，每件事要是不跟他分享就等于没发生过。以至于他死之后很久，我还会跟身边的空气说话，晚上睡前在脑子里跟他说话，给他写信……就像他还在身边似的。"

"嗯，是的，是这样。刚截肢那半年，我有时还会用左手去抓东西，就像它还在似的……"

某种程度上来说我是精神上的残疾者，跟你一样是个半残废的人，而造成我残缺的缘由是你。这让我们的对话充满你所不知道的讽刺意味。

你又给我看了随身带着的几张照片。有一张是出院时的留念照，在医院的小花园里，你坐在轮椅上，你的养父母和几位医生护士站在身后。你虚弱地微笑着，瘦得脱了相，连两边太阳穴的骨头形状都显露出来。

我只看了那照片一眼就还给了你。

你说："再讲讲您的朋友吧，如果那不让您太难过的话。"

我问："为什么对他感兴趣？"

"因为我没有那样的朋友——自幼一起长大的挚友，像汤姆索亚和哈克贝利芬那样的。那种感情的珍贵之处，在于它必须建立在混沌的年代。后来岁数渐长，人会变得谨慎、警觉，那种童年时代的单纯接纳就再也不会有了。"

我不断点头，表示同意。奥利，我只在童年时代有过那样一次完全敞开心扉，让一个人走进去。

那个人现在就坐在我面前，向我展示萍水相逢的笑容，跟我讨论他没有朋友的苦恼。

然而我说："您说得尽管有理，但也不是只有这一种可能。稚龄之时结交的朋友，有时只是因为被动的安排：两家大人是好友，或是两户住隔壁，或是同一个班级的同学，等等。这样的朋友，也许长大后选择了截然不同的人生道路，有了不同的价值观，面对面坐着反而话不投机，除了叙旧就没别的可聊了。而成年之后，人会靠成熟的智识，主动筛选、寻求志同道合的灵魂伴侣，也许这个时候选择的朋友，会更有默契，更能成为毕生的挚友。"

　　你专注地听完了我这番长篇大论，眼睛亮晶晶的："您说得真好。我想，如果要我选，我会选您做毕生的……可惜我没这个荣幸，只能跟您做三天的朋友。"

　　我微微一笑，只重复了你的后半句话："是啊，我也没这个荣幸，都是太平洋的错。"

　　最后你问道："您的亡友叫什么名字？"

　　我说："奥利，我叫他奥利。"

　　"他肯定是个非常可爱的青年。"

　　我凝视着你，你的灰眼睛里坦坦荡荡，没有丝毫别的意思。

　　我凄凉地一笑，点点头："是的，他是。"

　　关掉灯，你照例很快就睡熟了。

我像明晨就要上断头台的人一样，满怀绝望地、贪婪地呼吸着与你共享的这最后几个立方空气。

又不时撩开窗帘，看着天末的星星。

想起莎拉·蒂斯黛尔的诗：

我问夜空的繁星

我该给我的爱人什么；

它仅以沉默答我

深空之上的沉默。

我能听到时间的脚步嗒嗒地走过去，从我心上踏过去。用不着看手表上的夜光指针，我自己在数着秒数和分钟数。

有几个幸运的小时，你翻身，把脸侧向我这边。你在梦中皱皱眉，又嘴角一动，一个极轻微的笑，对身边无声无息发生的雷雨闪电、深海波澜、火山爆发，全都一无所知。

奥利，我本想告诉你一切。

我本想诉你，我认识你颈后最细软的头发，我知道你每一条胡须和伤疤的生日。我知道你的体重在一天之内也会有变化：早晨你醒过来、翻滚到我身上的时候最轻盈；午夜电影院里，你在我肩膀上流着口水打盹的时候，会变重好几磅。我本想告诉你，圣诞节的雪夜，我们曾在布鲁克林的无人街头拥抱跳舞，像行星在宇宙中旋转。那时，我们都认为整个宇宙就在自己手臂之间。

我本该告诉你，我从二十年前第一次见你就爱上你，时至今日我依然爱你。在我眼里，你断臂的截面如同钻石的割面。你永远美不胜收。我所爱的那个奥利是时间动不得的。

可是，我一句也不能说。

倾诉固然痛快，但那实在太自私了。

你所失去的旧生活已经没什么可留恋的。即使你找回它，也只能带给你痛苦——你会发现你的父母是怎样因你而心碎死去；你还会发现我们那一笔恋爱记录（虽然已经不是王尔德入狱的年代，但这世界对两个男人的爱仍难以接受）。如果爱意已从你脑中消失，那我们的关系只会让你觉得尴尬为难。

除了抚慰我那可怜的老心脏，我没有任何理由打扰你的生活。

瞧瞧你现在拥有的！你有了全新的生活，有了另一种人生，那就是这个世界偿还给你的东西——慈爱的养父母、温柔的太太、可爱的孩子、一个平凡温暖的家庭、田园牧歌式的生活与人生观。

我能给你比现在更好的生活吗？不，我不能。如果我打破这平衡，你还能如此平静快乐吗？我不知道。

我怎么能把这种风险推给你？

你现在多么快乐，看起来似乎很简单，但别人想得到，也许得花费一生的努力。

而你的养父养母、一心一意等待你回家的艾莉西亚和蒂朵……我也无权牺牲他们的生活。

至于我自己、我那颗老心脏、我的痛苦，那些都无关紧要了。

我和你曾有如此美妙的回忆，曾在彼此的舌尖上尝到永恒的甜味。但现在我明白，杯底的残酒不能像第一口那样甘美，那就让我自己默默饮罄吧。咱们两个人里如果有一个能获得幸福，我希望那是你。

拂晓时分，我借着一点点微弱的光，在写生本上画了你睡着的样子，并在旁边写了另一段莎拉·蒂斯黛尔的诗：

忘掉他，像忘掉一朵花，

像忘掉炼过黄金的火焰。

忘掉他，永远永远，

时间是良友，他会使我们变成老年。

如果有人问起，就说早已忘记。

在很早很早的往昔，

像花，像火，像无声的脚印，

在早被遗忘的雪里。

拂晓之后是黎明。

火车驶过山谷，薄雾从山谷里升起来，昏暗黏稠的光色，隐藏在山后的太阳以白光渐渐浸透雾气。

你的面目渐次清晰。你的眉毛、睫毛、眼盖、鼻尖、嘴唇、下巴，还有毯子遮蔽着的身体的形状，在半明半暗中，我用视线亲吻它们。我一定吻了上万次那么多，因为后来我的眼睛开始炙痛。

星辰燃尽后隐没，天空呈现出羊脂般的颜色。

接着是日出。

第四天

奥利，太阳升起来了。

清晨的阳光透过窗帘射进房间，你醒过来，深吸一口气，手脚在毯子下缓缓动弹，睁开眼，转头看着另一张床上拥着毛毯半坐的我。"早上好。您睡得好吗？"

我答道："早上好。我睡得非常好，从没这么好过。"

列车本应在早晨五点半到达终点站，实际到达时间是十点。我们到餐车共进早餐，然后回来收拾行李。乘务员在过道里走来走去，大声吆喝："预计还有半小时到站，请整理好个人物品。"

我拿起枕边的《双城记》递给你，"您送了一个天使给我，我没什么能回赠的。这本书我带着上过战场，您留下作个纪念吧，别嫌破旧"。

你笑着接过去，"谢谢您，其实我更喜欢破旧一点的东西，因为它们都有历史"。言外之意，你自己是没有历史的人。

没有。书里没放着任何信笺，没有夹藏任何秘密或机窍。奥利，那本来就是属于你的书，我只不过是把它还给你而已。

我能还给你的，也就只有这么多。

《双城记》的结局里，卡尔顿为了保全心上人露西与丈夫女儿的幸福生活，牺牲了自己，坦然赴死。那也是我的选择。我面对的不是断头台，不是死，而是活，是被关押在漆黑海底的漫长岁月。

汽笛长鸣，蒸汽缭绕。列车员挥舞小旗。另几条轨道上，有车进站，有车出站。人们纷纷从车厢门走下来，找到月台上迎候的亲友，在呼叫名字的声音中向彼此靠近，带着重逢的笑容拥抱在一起，亲吻脸颊。

我跟在你身后，走下了列车。

离开之前，我回头用力地看了一眼那狭小的卧铺车厢——那个我和你度过三个昼夜的小房间。浅绿墙纸、米白枕套、床单、毛毯里还浸透着你甜香的气息，空气里还有我跟你絮絮交谈的声音、你笑声的回响，还残余一些你亮晶晶眼神的反光。

我把这一切咔嚓一下剪下来，卷好，收进心底的琺琅小盒子里。我知道在这之后，在不再有你，也不再有希望的岁月里，我会在灯下一遍一遍地把它打开，回味每个镜头和画面。

我本来希望告别会简洁一些，没想到它还有一段余韵，你到这个城里来，是因为这里有一家安装义肢和截肢术后治疗上十分著名的医院。你告诉我，你大概会在城里住一个多月。我说我会在下午继续搭火车，到另一个城市，去看望一位旧友，距离那趟车发车时间还有六七个小时。我们站在火车站外的街道边，看着来来回回的车流人流。你问："这几个小时，您打算怎么度过？"

我耸耸肩，"还没想好。也许就随便逛逛，找个地方吃顿饭……"

你忽然眼睛一亮，说："嗳，我想到了！不如您跟我去我订好的酒店。咱们一起吃午饭，然后还可以喝杯咖啡、聊聊天，让我陪您打发这几个小时怎么样？"

我凝视着你的脸，如此明净的面容，自内向外散发淡淡的光，你的眼睛在阳光下坦荡真挚，没有丝毫别的意思。我微微一笑，"好，扬先生，都听您的"。

我叫了出租车，到达你订的酒店，有礼宾员来迎接、帮忙搬行李。你登记入住后请他们把你的箱子送到房间，我则暂时把行李寄存在接待处，然后我们到酒店一楼的餐厅去吃午饭。

刚坐下，一位侍者就过来问："是扬先生吗？您的家人今天上午曾打电话到接待处，请您到达后回电。"

你向侍者道谢，对我说："火车晚到了一上午，他们一定有点着急。我去回个电话，您把午餐点了吧。"我目送你的背影，心里泛起苦涩和欣慰。你的家人是多么关心你、在意你，奥利，我做出的选择是正确的。

金发女侍者拿着菜单过来，我读菜单的时候，她很热情地推荐："我们这儿的芦笋牛肝菌烩饭非常出名，很多人特地来吃这道饭，您不妨尝一尝。"

芦笋和牛肝菌都是你喜欢吃的东西，我点点头，"好，请给我们两份。哦，这种烩饭放欧芹吗？"

"放的。"

"请告诉厨师不要放欧芹，我朋友不喜欢欧芹的味道。"

她在点菜单上写了两句，"那么，两份饭都不要欧芹吗？"

"是，那就都不要放。"

我又点了南瓜汤、虾仁牛油果沙拉、柠檬汁鳕鱼和一瓶白葡萄酒，都是当年我和你去餐馆时经常吃的东西。

女侍者离开后，我也暂时离开了一下。又过了五分钟，你回来了，在我对面搬开椅子坐下，脸上还残留一点笑意。

"怎么了？"

"没什么，蒂朵听说我没买到提线木偶玩具，失望得不得了。

她扯了几句别的，又转弯抹角地问，你坐火车回来的时候，还会路过那个卖木偶的地方，对不对？哎，这孩子越来越聪明了……"你说话时视线在桌面上一扫，扫到桌上插花的花瓶，照例伸手去碰了碰花瓣，诧异地一怔。我笑了出来。

"竟然是真花！"你一面说一面转头向别的餐桌看去。每个餐桌上的花瓶都只插着一支有些褪色的假玫瑰花，只有我和你这一桌的花瓶里是一簇新鲜蓬勃的欧石楠。你的目光转回来，怀疑地盯在我脸上。我立即举起双手坦白："是我摘的。咱们进来时，我凑巧看到旅店后墙有一丛欧石楠正在盛开。"

你啊了一声，目光变得十分柔和，"谢谢你，劳伦斯"。你把花瓶拖近一些，俯下面孔嗅了嗅，仔细端详，又抬眼望着我笑一笑。我也不由自主地微微一笑。奥利，以后每回我看到欧石楠，都会想起你的面孔在花瓣后对我微笑的模样，因此世上所有的欧石楠都是你送我的礼物。

忽然一阵心酸撞击胸口，这个像乞丐拾捡硬币、贪婪地收集一星半点慰藉的劳伦斯·戈林，他是如此可怜啊，我真同情他。

我和你吃了一顿很好的午饭。我拎着行李箱跟你一起出了酒店，沿着横贯城市的河水漫无目的地走，漫无目的地聊天。彻底放弃希望之后，我似乎倒能更好地享受跟你在一起的最后这点时间了。桥头有位流浪艺人在拉小提琴，满脸大胡子，破皮鞋露出脚趾，举止还是很优雅的样子。我掏出口袋里所有硬币，摊开手掌向他一亮，全部放进他面前的帽子里，"请为我们拉一段海顿的No.45 'Farewell' (海顿第45交响曲《告别》)，可以吗？"

那大胡子的花白浓眉轩动，"就最后那段小提琴？当然可以，好心的先生"。

曲子的名字就是《告别》。旋律在琴弦上响起来，我微笑看着你，你报以一笑，然后双手插在大衣口袋里，眼睛望着桥下的河水，垂下头。你也在为离别伤怀，但你为之忧伤的只不过是一段短短三天的友情。

后来，你从桥头撕下一张广告单，翻过来垫在石栏柱头上写地址和电话给我，眼珠随着笔尖慢慢移动，伸出舌头舔舔嘴唇，又用门牙咬着唇角。我目不转睛地看着你的舌尖嘴唇，心想，这是我最后一次欣赏这美妙一幕了。

我也写了地址和电话给你。

将近五点钟的时候，我说："我该去车站了。"

这就是永别。

最后道别的时候，我很平静，非常平静，平静得不像是在告别自己的毕生快乐和安宁。我对自己说，我只祈求三天三夜，这多出来的十几个小时，已经是额外赏赐，我应该满足。

然而，我的眼睛还是无法直视你。

我们礼貌地拥抱了一下，分开，你用右臂搂着我的肩膀，热情地狠狠抱一下。而我没用什么力气，我的手臂在你背上的毛呢衣料上停了两秒，轻轻滑下来。

我双眼看着石砖路面，听见你说："真舍不得跟您告别，戈林先生，请给我写信，或是打电话。您会写信的吧？"

我说："是，我会的。"不，我不会。奥利，我不会写信也不会打电话，我给你的地址和电话号码都是错的。我已经失去你了，我唯一的期望是失去得彻底一些。

你说："真心期望咱们还会再见面，在欧洲或是在美国。再见！"

我几乎是用敷衍和焦躁的态度答了一声再见，好像急着摆脱你一样。你会错愕吗？会觉得被冒犯吗？对不起，奥利，我顾不上那么周全了。一说完再见，我飞快地转身，迈开双腿，大步往前走。

刚转身我就开始强烈地思念你。我不知道你会不会站在那儿目送我离开，我没敢回头，我实在不敢回头。

傍晚的风真凉，我攥紧拳头、振作精神，咬牙命令自己拖着身躯往前走，不要停。我怕一旦停下来，那点辛苦收集起来的勇气就要溃不成军；怕就要控制不住地转回身向你跑去，不再顾虑，也不在乎任何后果，管他妈的明天会怎样；扬先生，你就是奥利，是我的挚友和情人，你听着，我爱你……

每多走一步，我都觉得自己死去了一点点。每离你远一步，我都觉得身体里有什么崩塌了一块。我还错觉身后留下两行脚印，每个脚印里都有一汪血。照这种速度，我想，等我走到路口就会倒地身亡。劳伦斯·戈林，卒于欧洲某小城，得年三十，身上无明显伤痕，尸检报告显示，该人胸腔里心脏位置只剩一堆肉糜，死因为"心碎"。

但我终于成功拐过了路口，没有死于心碎，也没有死于失血过多。

我想我得赶快找个商店买一副墨镜，我还希望太阳快点落下去，希望街上的行人再少一点……一个高个儿男人用手捂着嘴巴，一边跌跌撞撞地走一边失声痛哭，弄得路人惊诧侧目，这看上去得有多蠢。

第四夜

列车开车的时间是十八点整，我提前半个小时到了车站，上车找到自己的座位，坐下来。我将转车到下一个城市搭飞机，回美国去。

我像刚从一场战役里退下来，精疲力竭地捧着头，望着窗外，连眼珠都累得不愿转动。我想起《双城记》里卡尔顿在断头台上的著名遗言："我现在所做的，比我一生中所做过的一切都更美好……"列车员吹起了哨子。我就要离开这座城市了，这座如此幸运、有你住在其中的城市。

就在这时，我隐隐听到车窗外有人在喊我的名字："劳伦斯！……劳伦斯·戈林！"

我愣了一下才反应过来那是你的声音。我觉得是自己出现幻觉了，甚至当我把头伸出车窗看到你，我还难以相信自己的眼睛。

奥利，真的是你。

你正站在月台上左顾右盼，脸颊涨得通红，满头是汗，单手拢在嘴边反复喊我的名字。我怔在窗口，不知道是不是该躲起来，但这时你一回头看见了我，立即转身向我跑过来，同时列车车身一震，缓缓开动。

你跟在向前的火车旁边奔跑，"戈林先生，我还有话跟你说……"由于少一边手臂，你无法很好地掌握平衡，跑步的速度也快不起来。我几乎把半个身子都探出车窗，叫道："快停下，危险！"除了危险，我也不知道该说什么了。

你看了我一眼，似乎明白我不会跳下车来，便不再喊我的名字，只把全部精力用在追赶列车上，很快你跑过了我的车窗，眼睛紧盯前方车厢连接处的门。

你竟打算跳上火车来?!

列车的速度越来越快。月台上的列车员远远向你喊道："喂，那位先生，停下！……"

我迅速从车窗里撤回身子，也向车门冲过去，但走道里尚未安坐的乘客太多，我没法走快。当撞开不知多少个肩膀，即将到达车门处时，我从车窗里看到你距离车门大概两步远。而在我和车门之间，尚有一步之遥，地上横亘着一堆膝盖那么高的行李箱。我不知被什么东西绊了一下，一个趔趄，一边爬起身一边向你挥舞双手，"不，别上来！"

我拽开车厢门时，你已经纵身一跃，跨到了车门处的镂空铁阶梯上，伸手抓住了旁边竖立的铁杆。

但就在你要站稳的时候，那只右手忽然从铁杆上滑脱（后来你告诉我是因为手上全是汗），而你没有另一只手能再抓点什么固定住身体。你张大了嘴，没喊出来，右臂徒劳地向前直伸着，身子朝后仰面倒下。在我眼中，那就像是五年前你掉下山崖的情境重演。

我朝你扑过去。

我的心跳真的停了一下，在空中抱住你的那一瞬间，其实只有几分之一秒的长度，感觉却像一场漫长的、持续了五年的战役。

我紧紧搂住你，跟你一起倒下去，总算还来得及扭转一下身体，让自己后背朝着地面，承接撞击。砰的一声闷响，我和你滚倒在月台地面上。

列车轰隆隆地从身边开走了。

你那个大汗淋漓的身子在我怀里热烘烘的，一切都如此不真实。我摇摇晃晃地站起身，又伸手把你拽起来。"您伤到哪儿了吗？下次别做这么危险的事了，会出人命的。"

四天以来，你第一次用一种严峻的态度说话："谢谢，我没伤着，哪儿都好好的。"然后你把刚才喊出的那句话重复了一遍："戈林先生，我有话得跟您说。"

我苦笑道："下一趟车好像是三个小时之后，先让我去买一张车票行不行？"

你摇了摇头："不，不必去买票了，今晚您走不成的。"

"我不明白……"

"谈过之后您会明白的。走吧，先去车站服务处，请他们帮忙处理您的行李箱。然后咱们找个地方坐下来说话。"

我晕头涨脑地跟你到了车站服务处，把火车票出示给办事员，好让他们打电话给那辆已经开走的列车上的列车员，去我的座位处找到行李。你写下酒店的电话、地址，请办事员告知列车员，把箱子寄到该处。

我们走出火车站，暮色已经深了，对面有一家亮着招牌的咖啡馆，你停住脚，说："我们进去说话。"

你找了一处最幽静的座位，顾自脱外套，抬头看到我还呆呆站立，"您也把大衣脱掉，坐下来。咱们大概要谈很久，别想着今晚的火车了，我说过您今晚走不成的"。我禁不住打了个哆嗦，一种古怪的预感在心头散开，不由自主地环顾四周，感到在此处即将发生我人生的重大转折。

侍者过来的时候，你说："一壶咖啡。"

在等待咖啡上来的时候，你坐在我对面，点了一支烟，手肘支在咖啡桌上，右手食指和中指前端微微弯曲，夹着烟身，交到嘴唇之间，吸一口，眼睛瞧着桌布的图案。我像等待命运审判一样，双手放在腿上，满怀疑窦地看着你。你的脸像是风平浪静的海面，我预料不出下一刻会有暴雨还是浪头。

我们在沉默中对坐了一小会儿，侍者把咖啡端过来了，我拎起牛奶注进两个瓷杯，汩汩的声音听得特别清楚。

你看着我放下牛奶壶，在烟灰缸里按熄了剩下的烟头，把右手摆在桌面上，那是准备说话的姿态。

你终于开口了：

"原谅我这半天有点粗鲁的行为，但愿您能原谅我。我就从刚才咱们分手之后说起吧。

"咱们在桥上分开之后，我叫了辆出租车回到酒店，没有上楼，直接去了餐厅，想吃完晚饭就不再下楼，早点休息。我读了菜单，看到咱们中午吃过的芦笋牛肝菌烩饭，想起来觉得很好吃，就又点了一份。但是等烩饭端上来，我发现里面放了欧芹。

"我把女侍者叫来——您一定记得她，那个金色卷发、尖鼻子的瘦高个儿姑娘——问为什么额外加了欧芹。她说，本来这道烩饭就有欧芹。

"我问，中午我刚吃过这道烩饭，为什么那一盘没放欧芹？

"她回答：跟您一起吃饭的先生特地要求不要放，他告诉我，他的朋友不喜欢欧芹的味道。"

我的喉结滑动一下。你说："我不喜欢欧芹。这个即使是我的家人也不知道。因为扬氏家族里有一道传统菜，欧芹是其中必要配料，我不愿意扫大家的兴，所以从来不提。不得不吃的时候就勉强吃一两口。戈林先生，请告诉我您是怎么知道的？您怎么会知道这种我从来没说出口的事？"

我哑口无言。

奥利，你要我说什么？说我们曾上千次一起吃饭，我上千次对餐馆的侍者说请不要在菜里和汤里放欧芹？说有一次我吻你的时候恶作剧，含了半口欧芹碎末，冷不防用舌头填进你嘴巴里，那之后半个月你在亲吻前都要让我张开嘴检查？……你要我说什么？我能说什么呢？

在我缄默不语的时候，你也紧闭嘴唇，用复杂难明的目光审视我。

你说：
"不肯回答？好吧，那我就继续说下去。

　　"也许你会告诉我：这只是个巧合。有很多人都不喜欢饭菜里放欧芹碎末，您只是刚好猜中我的口味——当时我这么跟自己解释，因为另一个答案确实太……太让人难以接受。

　　"我已经没有胃口吃东西了。我没动那盘烩饭，就回到楼上房间去整理行李，想让自己忘记这件事。把衣物拿出来，我看到行李箱侧面塞了一张纸片，想起那是下火车时我掖在那儿的。

　　"那是您的东西。

　　"您一定记得第一天晚上咱们换了铺位。第一个下午您的写生本竖在枕头旁边，它掉了一张画纸出来，卡在床褥和壁板之间。换铺位是在夜间，光线昏暗，您收走了写生本，没看到那张纸片。三天里它就始终卡在那儿。最后一天，我收拾箱子、检查床铺时发现了它。

　　"当时您就在我身后忙碌。我马上把它折起来塞到行李箱侧边，想着偷偷留下来，当作一个小小的纪念品。请原谅我这个举动。

　　"那之后的大半天，咱们下了火车、吃饭、散步，我彻底把它忘到脑后……直至摸到它，才想起这件事，想起一直没机会看看上面的内容。于是，我展开画纸，第一次欣赏纸上的画面，我发现……"

你伸手入怀，从衬衣内袋里抽出一片折起的画纸，在咖啡桌上铺平，把一端转向我，推过来，指尖在其中一处笃笃叩了两下。

我只扫一眼，就知道你点出的是什么。那张画纸上有一些人体部位素描，半年前我在维也纳一间小酒馆喝酒，找侍者要了白纸、铅笔，涂鸦消磨时间。画完之后放进口袋，带回家后随手夹进写生本里面。画面很杂乱，画了一些人体部位：一只攥拳时筋络迸起的手背、一段双臂举起时的锁骨……在右下角有一段腹肌、腹股沟和髋骨，画出了腹肌线条、肚脐的阴影。

而在肚脐下方两厘米处，描绘了一块硬币大小的胎记——一块像非洲大陆形状的胎记。

你隔着一张桌子，静静看着我。

"在我身上，就在那个地方，有块一模一样的胎记。不得不说您的画技很精湛。那块胎记的位置、大小、形状，甚至边缘细微之处都画得很准确。我再也没法说服自己这是巧合。

"劳伦斯，您在画那一段人体的时候心中的模特就是我，对吗？我希望您回答我：咱们只相处了三个昼夜，我从未在您面前暴露过腰身以下的部分，您是怎么知道那块胎记的？"

我仍然缄默地看着你，搁在桌面下的双手紧紧攥在一起，想用左手稳住右手的颤抖，就像用水去洗掉眼泪一样徒劳。

你要我说什么呢？说我和你曾上万次一起洗澡、游泳，无数次目睹那块胎记？说我在十七岁那年第一次吻了它，从此我把它叫作"我的非洲"？说在朋友和家人面前我们甚至用它做暗号，如果你若无其事地说"劳瑞，晚上咱们谈一谈非洲问题"，夜间你就会带着那块甜美的大陆与我偷偷相会……

你要我说什么呢，奥利？我能说什么呢？

你低下头看着自己的指甲。

"还是不肯回答？好吧，那我就继续往下说。

"劳伦斯，我要承认您对我来说，有种莫名其妙的吸引力和亲切感，而从第一天开始我就能感觉到，您那种隐藏在客套话和谨慎举止后面的温柔，与所有人都不一样的温柔。

"开始我以为是我太久没接触过陌生人的缘故。狭小的车厢强行拉近了距离，旅客之间往往会产生某种亲近的错觉。我又告诉自己，这是一个品德高尚的绅士对一个残障人士的善意，不用太惊诧，我只不过从未有幸遇到过您这样好的人罢了。

"可您身上总有点不太对劲的地方。我说不出，似乎一切都太巧合了。您'刚好'随身带着我最喜欢的香烟，您'刚好'有一本我最喜欢的小说。今天早晨分别的时候，您显得那么忧伤，您竭力掩饰，但我看得出来那超过了对萍水相逢的朋友的留恋。

"我总觉得您有话想说。于是我故意把您拖住，拖延了大半天，我想也许给您这些时间，您会说出来。但您终究没有说。我的猜测是，也许您对我产生了……逾越友情之外的感情。"

你的声音一直非常镇定，只说到这里时顿了一下。

"您离开了。我想把这三天的各种怪异之处抛到脑后。但是欧芹，还有您的画……我没法不把它们跟那些巧合联系起来。劳伦斯，我丢掉的只是记忆，不是智力……"你的右手在桌面上捏起拳头，你的睫毛、嘴唇，连同你的手，都哆嗦得像个病人，就像是被我传染了某种奇怪病症一样。

我战栗地等待着，口中充满血腥味……那句话以笃定的语调说出来，你金属般的声音轻轻掠过每一个音节：

"我就是您那个死去的朋友。我就是奥利，是不是？"

听到这句话，我忽然瑟瑟发抖，眼泪奔流而下。

我要承认吗？我能承认吗？不，我不能。我只能当那些泪水不存在，我只能当那个近在咫尺的真相不存在。这是我的操守，是我无法忽视的鸿沟山峦。我忍住哽咽，低声说："不。你不是。你是普林斯·扬。你是个有太太有女儿，家庭美满幸福的男人。你不是奥利。奥利五年前就牺牲了。我参加了他的葬礼……"

我哽住了，说不下去。

你安静地看着我，看了很长时间。咖啡馆空无一人，安静得能听清两道呼吸。

咖啡早就冷了。

你忽然开口说了一句似乎不相干的话："蒂朵的年龄不是四岁，是五岁。我们给她虚报了出生日期。她其实是一九四四年四月七日出生的。"

我怔住了。你坠崖的时间是在一九四四年二月。

你点点头，"是的，蒂朵跟我没有血缘关系。她是菲力的遗腹子"。

菲力就是扬氏夫妇死去的那个儿子。我的心脏忽然又开始狂跳，我浑身僵硬地盯着你的嘴唇开合翕动。你的话音像是从很远的地方被风送过来的。

"一九四三年七月菲力参军之前，跟他的恋人艾莉西亚提前做了夫妻间的事。四个月后他所在的队伍遭遇敌军轰炸机，尸骨无存。噩耗传到村里，艾莉西亚带着身孕来到我的养父母家中。三人决定怀着对菲力共同的爱生活在一起，就像真正的公公婆婆和媳妇一样，一起等待那个小生命的降世。

"转年二月，养父把我救回了村庄。两个月后，蒂朵就出生在我养伤的那家医院。我躺着不能动的时候，他们有时会把新生儿抱过来。你能想象吗？听到婴儿快活的咯咯笑声，比一针止痛剂的效果还好。后来我被养父母带回家，有一段时间我的身体状况不允许我外出，或做任何劳神劳力的事情，伤病仍然折磨着我，蒂朵是我唯一的安慰。艾莉西亚是小学教师，得回学校教课，我的养父母要照料果园，她的婴儿时代几乎全由我帮忙照看。

"我就像一个真正的父亲一样爱她。

"后来我们搬到别的城市，艾莉西亚没法找到教师工作，只能在酒馆打零工。在那些乱糟糟的下等地方，寡妇是很受欺负的，她需要一个丈夫，哪怕只为了在午夜接她回家，或是作为幌子，赶开那些对寡妇心怀不轨的男人。商议了一段时间，我们就决定由我来做艾莉西亚的丈夫、蒂朵的父亲。

"我养母还有一个想法：像我这样的残障人，结婚、有子女的可能性不大。如果让蒂朵认我为父，将来我也能享受家庭之乐。我倒没想那么多，我最大的希望是蒂朵能像别的孩子一样父母双全，有完整的家庭，无忧无虑地长大。

"她跟我特别亲。虽然她有自己的小房间，但夜里做了噩梦还是会溜到我床上来，而不选择她妈妈的房间。

"……是啊，我和艾莉西亚是分房间睡的。

"我和她的婚姻就跟我和蒂朵的父女名分一样，是假的。"

我的嘴巴慢慢张开，眼睛又圆又凸。我看上去一定像个傻瓜。

你扬起右手，用拇指擦一擦无名指上的指环，"我们没有婚礼，没有夫妻之实，只有一对在杂货店买来的戒指，和各种登记表格上的'已婚'。

"提出要组成一个家庭的时候，最反对的反而是艾莉西亚。毫无疑问，她爱我，我也爱她，但那是纯洁的兄弟姊妹式的亲爱之情，以及一同从战争中带着残缺幸存下来的、互相扶持的感情。她一直不渝地爱着菲力。因为始终没有遗体，我知道她至今还觉得菲力可能是像我一样：失去了记忆，被某个地方的好心人救了，活在世上。

"而她替我想得更多：万一我从前有过婚姻、有过妻子儿女，而若干年之后他们又找到了我，该怎么办？……因此，好不容易说服她同意成立一个假婚姻之后，我们有过约定：如果我找到过去的妻子和家庭，或者如果她找到菲力，或者爱上别的男人，这个婚姻就立即终止。"

你的声音因为说了太多的话而喑哑：

"那本《双城记》，还有《牛虻》……劳伦斯，你说牛虻不该道出真相，而应该把秘密带进坟墓，那就是你的选择；你选择像西德尼·卡尔顿一样，牺牲自己，成全别人的幸福家庭。

"你怕你会伤害到我和蒂朵、艾莉西亚。因为在我丢失的旧身份里，在奥利的生命里，最重要的那个角色是你扮演的，是不是？

"你不仅是奥利的朋友，也是他的情人，是不是？"

房间里的灯光那么刺目，我几乎睁不开眼睛。我缓缓抬起双手，把遍布泪痕的脸颊埋进抖个不停的手掌里。

我终于说出了第一句话："你怎么知道？"我问的是你怎么会知道我和奥利的关系。

你说："我失掉的是记忆，不是智力，更不是对感情的感知力。你爱着我，我看得出。尽管你极力掩饰，可惜真正的爱没办法掩饰，一整条山脉、一整个海洋也遮挡不住。"

隔了很久，我又问："你为什么要告诉我这些？"

在问这句话的时候，我抬起头，迎着你的双眼。那对灰眼睛里装着一个我曾失去的世界。

你的眼睛闪烁着奇特的光亮。你一个词一个词地说："我告诉你这些，是因为我得让你知道我是有资格的。我有资格接受一切真相。我有资格跟你延续任何一种关系。"

我的眼泪，上帝啊，为什么它们要接连不断地掉下来？

你的右手穿过桌面，碰到我放在桌上的手指，压在我的手背上，很缓慢但很果断地收紧手掌。我感觉到那只手的重量，那种重量一直蔓延到我肩膀，传到心口，令心脏颤动。

我的嘴唇张开又闭合，有无数的话想要说，但它们涌上喉口的一刻，却又都奇迹般地消失。你投来温柔、鼓励的眼神，那目光穿透已逝去的无数白昼、黑夜，重新点亮所有黯淡的梦境与群星，直达未来。

最后我说出的那句话是：

"你也看过我的画了，你觉得，我要是到你住的地方去，能不能给报纸、杂志画画插图，或是找个小学美术老师之类的工作？"

你微微一笑："能的，戈林先生，肯定能。"

奥利，在分别了五年一个月零十四天之后，我终于在晚上二十二点四十九分找到你，与你重逢。是真正的重逢。

从此世间再没有什么力量，能让我跟你分离。

A

自杀管理员

第一幕　第一场

自杀者甲上。拖着脚步，低声啜泣。

自杀者甲　啊，这便是我在生之年

双眼能领略的最后景致

曾爱上兰斯洛特爵士的姑娘伊莱恩

作过一首《爱与死之歌》

如今冷风在半空中萦绕

仿佛将它句句送进我耳朵

一个戴着口罩、手套的黑衣人冲上来，抓住她的

手臂。

自杀者甲　唉，你有这样的矫健身手和慈悲心肠

真不如去烈焰熊熊的火灾现场

那里尽是嘶喊着一心要活的生灵

何必围着我这行尸走肉瞎忙？

你看我的模样倒还像个活人

其实皮囊里早装着一抔灰烬

这牙齿舌尖，除了苦涩尝不到别的

这肝肠脾胃，也只合消化悲辛

你不见我眼泪已将衣衫浸湿

就请行个方便，放开你的钳制

且停止说你的忠告良言，随我给我自己做个主

让空气、风和水波接管这具身体

自杀管理员　　啊，女士！这事可要说一声抱歉

即使想死，你也得死在明天

今早有个身患恶疾的老者，遍体溃烂、痛苦不堪

我准许他跳了下去，因此

今天的自杀名额已满

你若问：此人为何这般自大又惹人厌？

竟以为生死簿在他手中掌管？

我得答：在下是这座桥的自杀管理员

自杀者甲　　　诸神在上！竟有一个职位叫作自杀管理员

　　　　　　　我且问你，是谁允你这样可笑的头衔

自杀管理员　　你看桥头那幢亮灯的小楼

　　　　　　　一年四季我都在那里镇守

　　　　　　　如今我只能请你到那楼中暂坐

　　　　　　　等过了午夜，再决定你在人间的去留

　　　　　　　管理员抓着自杀者甲的手臂走下桥去，退场。

第一幕　第二场

　　　　　　　室内一张长桌，周围围着五把椅子。其中三把椅子上分

　　　　　　　别缚着三个人，每个人都有一只手被绸带绑在一条桌腿上。

　　　　　　　三人愁眉苦脸，嗟叹连连。

自杀者乙　　　来呀，快来看我这天下第一倒霉汉

　　　　　　　生意完蛋、妻离子散

　　　　　　　想要一死了事，居然又杀出个妄人阻拦！

自杀者丙　　　早知如此，我何不买瓶毒药小酌

或把这颈子交给一根绳索

都说这桥是自杀圣地

谁料到还有魔鬼的跟班巡逻

自杀者丁　　　据说这桥附近常游荡着食魂的魔精

就爱咬嚼那水波中漂荡的魂灵

咯吱吱吃得口滑，或许也会到岸上来寻觅？

你们在哪？请快来品尝我的魂儿吧

等死比死更像一种酷刑

　　　　　　　自杀管理员与自杀者甲上。管理员扶着那女人在椅子
上坐下，从墙上取下一副手铐，把女人的一只手铐在墙上
的木条上。甲乙丙丁面面相觑。

自杀者甲　　　原来尚有如许多同侪

选择今宵良辰前去投胎！

自杀者乙　　唉，若不是这家伙横加阻挠
　　　　　　也许我们已在另一个世界会面逍遥

自杀者丙　　那位把我们捆绑在此的人
　　　　　　你倒是说说你的身份
　　　　　　难道你是个杀手狂魔
　　　　　　要把我们当作这陋室的藏品？

自杀者丁　　是啊，我们来此正是希求死神青睐
　　　　　　要杀请快些动手，给个痛快

自杀管理员　什么劳什子的杀手，我可没兴趣做
　　　　　　选择到这桥来投河的人太多
　　　　　　警员们每天打捞尸体，烦不胜烦
　　　　　　因此政府下令设置自杀管理员
　　　　　　每天只准有一人跳下去
　　　　　　后来者，抱歉，请等到明天

自杀者乙　　这事说来真真可笑！

　　　　　　每日在桥上来往的男女，成百上千

　　　　　　你莫非有一双通灵巨眼，观心察骸？

　　　　　　是否人的头顶有云雾蒸腾

　　　　　　想活的便是鲜明雪白，想死的则是灰暗阴霾？

　　　　　　否则，你又怎么知道哪个是自杀者

　　　　　　——难道你全凭瞎猜？

自杀管理员　　且跟你们讲一讲几十年前的旧事

　　　　　　那年这桥刚刚建成，风光一时

　　　　　　一位男士怀抱爱子来游览，踏上桥头

　　　　　　男孩口中吮着父亲刚买的糖球

　　　　　　夕照辉煌，天边云朵犹如熔金

　　　　　　那父亲手扶栏杆，凝视桥下流水悠悠

　　　　　　他忽向近旁一位女士说：

　　　　　　请帮我抱一抱孩子

　　　　　　然后嚯地跳上桥栏，纵身一跃

瞬间身影就在碧波间消失

那便是此桥第一次向幽冥献祭
男孩三十年后也解不开这谜
父亲何以五分钟前还聊起晚饭的主菜
五分钟后就让他变成了孤儿

自杀者甲　　你讲的这故事虽然动人
　　　　　　跟问题可有半点儿关系？

自杀管理员　那个被抛弃的孩子，就是区区在下

自杀者甲乙丙丁　啊！

自杀管理员　我父亲在纵身跳下之前，我始终记得
　　　　　　他转头向我一瞥
　　　　　　那死意已决的目光和脸色
　　　　　　从此我获得了这个特殊能力：
　　　　　　在人群中辨别自杀者

三十年后，政府为这桥招聘管理员

瞧，这职位天生是为我而设

自杀者甲　　抱歉，我对你的特殊能力并无兴趣

请告诉我，我何时才能去死？

坐在剧场第七排九座的鲈鳀起身，捂住裤兜里不断吱吱震动的手机，一边弯腰往外走，一边低声说"抱歉"。他是个专业剧评人，但他的文章没什么分量，专栏在报纸上占的是最下边、最差的位置；导演和演员们在咖啡馆里也认不出他，不会上来笑着拍肩膀。他这次打算骂得狠一点，但显然今天他写不成稿子了，电话是妻子打来的，让他马上去芭蕾舞培训班接女儿，她跟她母亲正在城东跟她母亲的老友欢叙，赶不回来。

鲈鳀挂断电话之后在爆米花自动售卖机旁边站了半分钟，剧肯定是看不成了，今天这场的票是片方送给报纸编辑，编辑再交给他的，如果明天再来看，就要自己花钱买票。票挺贵的，剧评的稿费就要折掉一小部分了。如果只靠刚才看的那开头能不能写出剧评？倒也可以编：看看原著小说，再搜索剧本和别人的评论，拼拼凑凑总能写出几千字。然而，那样他的剧评恐怕又会变成最差的一篇，

被挪到角落里。他回想刚才听到的最后一句台词："请告诉我，我何时才能去死"，心里酝酿着就用这句台词做标题：没人能告诉你，你何时才能去死。

他慢慢往下走，剧院里的空气略为窒闷，弥漫着爆米花的焦甜味，因为有那点甜味，似乎这幽暗空间也变得讨人喜欢了。如果真有自杀管理员这样一个没人竞争、独一无二的职业就好了。每个职业都太拥挤，他开过花店、书店，写过电影剧本、小说，但总是败下阵来，输给那些更如鱼得水的人们。他身上到底有什么异能，可以自立一门职业？特别会剥栗子算不算？系鞋带系得特别紧，从来不会松脱，算不算？职业剥栗子人、职业系鞋带师……一想到接完女儿还要回到岳母家中，他就觉得脚腕上像多了一副镣铐一样拖不动。去年他为弟弟投资的酒吧做担保人，一场火灾过后，抵押的房子被银行收回，他和老婆及三个孩子不得不住到岳母家去。岳母早年是大学德文系的学生，跟她同龄的女人很少能受那么高的教育，她一生以此自傲。前年离婚之后她就开始自学法语，家中贴满写着法语单词的小纸片，她说这是一种"浸入式"外语学习方法，相当先进高效。其实她并不想到巴黎或马赛去度假，只是想延续那种高人一等的感觉。每次在厕所里盯着瓷砖墙上粘的彩色便利贴，鲈鳎都想用淋浴喷头往上猛浇一通，身边的妻子在电动牙刷的响声里模糊不清地念叨：brosse à dents（法语：牙刷），lait nettoyant（法语：洗面奶），嘿，你也念呀。

剧场大厅中央一排立式海报：

也许是今年最后一部值得你买票的舞台剧：《自杀管理员》！

根据真实故事和同名畅销小说改编

导演：犀牦

（国家戏剧金奖获得者，代表作《蒸汽时代的远征》《子弹落在知更鸟群中》）

编剧：羚羟

（曾自杀未遂，将自身经历与感触完美融入本剧，代表作《凡高与提奥》）

领衔主演：

鼬鼹（代表作《鱼类贝类》）

骐驼（代表作《拜伦在希腊》）

如果你也曾有自杀念头

如果你也曾在"自杀圣地"台德桥上徜徉

如果你也有一个自杀身亡的亲友

来吧，让自杀管理员接管你的自杀念头！

他女儿是个十二岁的小胖子，短腿，即使以父亲充满怜爱的目光去看，也只能得出相貌不美且没有变美的希望这种结论。他不主张她去上芭蕾舞班，不是因为想省钱，而是因为他清晰地预料到即使梳芭蕾髻穿芭蕾裙，每天做阿拉贝斯克也没有希望，那种来自母系遗传的平庸的腰肢姿态，以及灵活不起来的眼珠，都是没救的。但妻子和岳母用极其相似的轻蔑眼神看着他，似笑非笑地说一句"学费又不劳你交"，他就没词了。

剧院门口有一个抓娃娃机器，里面新换了电影《复仇者联盟》的超级英雄绒布玩偶。女儿是美国队长的粉丝，鲈鳎站住了，想试试给女儿抓一个，摸摸裤兜还是作罢，这让他胸口荡起一阵几乎致命的灰心丧气。每次岳母用松弛的嘴唇喷吐法语单词、发出"喝、湿、夯"的读音，让女儿跟她重复念的时候，他都想抄起手边随意什么东西，砸到那张扬扬自得的老嘴巴上。工人来修理屋顶，他忍得快憋死了，才忍住没让工人把岳母卧室的屋顶挖穿，让天花板在她入睡时轰然塌陷……谁能告诉我，我何时才能去死？

剧院外露天咖啡座，有个姑娘坐在最靠行人道的椅子里，桌上扣着一本包着麻布书衣的书。她的脸蛋有显而易见的憔悴和一种安宁熬人的痛苦，穿着海蓝色丝袜的腿斜伸出来，但那脚腕线条不好，小腿和脚踝的连接段细得毫无章法，大腿侧面有一道跳丝，露出了里边皮肉的颜色。鲈鳎往那道跳丝上多看了一眼。

刚才有个路过的男人往自己的大腿上看了一眼，这让蛙蟟有点高兴，也是一天中唯一有点高兴的事情。她把身子往下溜一点，穿着丝袜的腿尽量往远处伸出去，脚踝交叠在一起，脚尖往下压，这样腰很难受，但是路人眼中，腿的线条会很美。蛙蟟拿起扣在桌上的小说，继续往下读。

小说名字叫《自杀管理员》，男朋友送的。她三心二意地读了一小半，一堆词语和句子碎片在脑子里七零八落，像拼图堆只有大致颜色，没有图案。小说改编的电影正在拍摄，男朋友猕猱就在那个剧组当摄影师。摄影师是个体力活，猕猱的胸肌和手臂肌肉都很迷人——他的迷人之处，对蛙蟟来说也就仅此而已。

她手里这本书是猕猱剧组里发的。猕猱还特地让电影女主演在扉页签了个名，上款写明"送给蛙蟟"。蛙蟟不喜欢这种礼物，里边隐隐有一种趋炎附势的味道，但她还是适当地演出了喜悦，并在那天晚上让猕猱尝试了一种新的性爱体位，作为回礼。

为继续表示自己对这个礼物的喜爱，蛙蟟给书包了书衣，每天上下班放在随身皮包里。书衣是她在一家网上手工书衣店定做的一款，图案是英国人但丁·罗塞蒂的《受胎告知》：传信天使脚底下烧起一簇蛋黄色火焰，飘浮在距离地面十几厘米的空中，冷漠傲慢地挺直身躯，一副钦差模样。圣母蜷曲在床角，脊背驼着，手虚弱无力地按住袍子下摆，就像被掳掠的女人在囚室里，第一次眼睁睁看着即将霸占她的强盗亮出阳具，一种迟钝而惨切的认命。

这是蛙螟最爱的画，她一直觉得自己就像那个白袍子女人，无论面前的人送来的是火焰或花朵，她只觉得厌恶，只想退到角落里。但与此相反，她有一种想讨好全世界的可怜巴巴的奴性，这个她知道。连在她博客底下留言的一个人写下的几句称赞，她都当作刻度记下来——她随手写了一首模仿弗罗斯特的诗，那人夸道："第三句尤其像弗罗斯特，棒！我觉得你有天分，为什么不多写点？"后来她又刻意写了几首诗，那个赞她的人再没出现。她只能点回去看看那个"棒"，又把那句话截图存在手机里，时不时拿出来看。

猕猴没夸过她。定情也不过是她去剧组找他的时候，在室内景棚的巨大绿帆布后面，他搂住她，手臂像一道桶箍似的束住她，低头舔了舔她耳后那一小块皮肤。他不是那种能引发海啸般狂热的男友。但她更忍不了的是在"人们"那里被划进单身的灰暗区域里，与从来不做头发指甲、自暴自弃的中年电梯女管理员为伍。相比起来，猕猴睡着时扬起的腋窝里的辣臭味尚属于能忍受的范畴。

她忍不住地要在乎所有人的眼神，同时又很想要去他妈的。

小说的黑字在咖啡桌上玻璃灯的光下呈灰橙色，她往下读：

世上有很多地方被称为圣地，即在某一群体之中享有最高声望、寄托梦幻的地方。这群体也许大，也许小。大的群体如教派，如某个俱乐部的球迷，小的群体如冰激凌爱好者，如笃信某星球外星人已于某年某日降临过地球的人们。不同的群体有不同的圣地：耶路撒冷是伊斯兰教徒的圣地；西班牙诺坎普球场是巴塞罗那队球迷的圣地；某个地铁站门口不起眼的自制冰激凌售卖车，可能是冰激凌爱好者的圣地。

自杀者们也有自己的圣地。在世界最大的自杀网站上，常年于投票中雄踞榜首的自杀圣地，乃是位于科尔犹市的台德大桥。台德大桥横跨在滔滔的台德河上，距今已五十年。这座桥尚未完工、仅具雏形之际，就有人迫不及待地前来尝鲜，爬上桥梁上的脚手架，痛哭高歌一番之后，在众目睽睽之下跃入台德河，从此揭开了人们争先恐后到此结束生命的序幕。多年来，这座桥令第二名累西腓的"云中断崖"和第三名赫尔辛基的"水晶冰沼"黯然失色。据自杀爱好者们说，天气好的时候往台德大桥下俯瞰，一片雾气腾腾、波光潋滟，尤其当夕阳把金光洒遍河水的时候，景色尤为壮丽，令自杀者会感觉跳下去将到达另一个奇妙空间，而不是步入人生的长夜。

然而与此同时，科尔犹市警方和法医们始终为前仆后继的自杀者头疼不已，每年需将大量警力和金钱花在打捞、辨认溺水尸身方面。八年前，一位身具异能的人被介绍到道桥管理办公室，他自称能够在自杀者采取行动（也就是爬上桥栏纵身跳下）之前认出他们，并及时阻止。从那年起，台德大桥上多了一位自杀管理员，出于对缴税市民们自杀权的尊重，市政府决定每天保留一个自杀名额，并把判断谁可获准跳桥的权力交给自杀管理员。

狝猲的母亲——一位年轻时上过时尚杂志封面的音乐学院教授——是自杀身亡的，逝者在狝猲心中成了完美不可逾越的丰碑。蛙螈不仅在身高、乳房弧度、头发色泽、说话音色、决断力、急智、选唱片的品味、寻找另一只袜子的速度、做肉排酱汁等诸方面都逊色良多，而且她那颗心的锯齿形状，跟他的没法合上。尖角总是尴尬地顶着尖角，咬不进凹坑里去，就那么勉勉强强、疙疙瘩瘩地往前滚动。那是一种时而让人觉得万念俱灰的勉强，其意义如同一斑之于全豹。

蛙螈随手翻了一页，往下读。

房间西边墙上横钉着一根长长的木条，像芭蕾舞演员练功用的把杆。

四个愤怒焦躁的人被单手铐在上面，木条和手铐圈子里都垫上了棉花和布，弄得像什么情趣用品，其景犹如一处怪异的性爱电影拍摄现场。

一个年轻女人侧过身子伏在木杆上抽噎，她一直戴着口罩，哭声听起来闷闷的；两个男人破口大骂；一个老妇人木然不动。

看那些人的姿势，你会觉得他们的骨头早就懒于支撑皮肤，马上就要放弃肌肉和血液的包裹，幸好每人都有一把椅子坐，托住那些随时会散开的身体。

管理员手端茶盘进来，放在茶几上，在人们对面坐下，用一种极诚挚的歉疚口吻说："对不起，诸位，茶需要等会儿才泡好，想喝茶的就请告诉我，夜还很长。"

一个男人喘着气说："我们有剥夺自己生命的自由，你没有权力拘禁我们。"管理员叹道："我有，说真的，本市警察局长特批的，有证件，瞧，就在那边的墙上，镶着木头框子、跟持枪执照长得很像的那张。咱们现在要解决的问题是，明天你们哪一位可以先去死。"

其中一位年轻男人忽然放声大哭，婴儿那种哭法：扬起脑袋，不顾丑地把嘴巴扯成不规则的椭圆，嘴唇之间连着一丝唾液的亮线。

那老妇人在哭声中开口了："喂，是不是谁哭得更惨谁就可以先去死？我独生子死后，我隔几天都会这么哭上一次，比他这个惨多了。"

其余一男一女也用怨恨的双眼紧盯住管理员，那女人已经提前用自由的一只手捂住嘴，仿佛只等管理员一句话，她就要抢先开始啼哭。

　　那男人的哭声像是房间里一件十分生硬的东西，如黑屋子里的一头白象似的。他哭得太响，管理员不得不提高音量："嘿，这位先生，你尽可以表演伤心欲绝，但很抱歉，这个不能成为我判断的论据。"

　　不不，没有什么真能成为论据：哭不能证明悲伤；每天买鳄梨、樱桃不能证明喜欢吃水果；有男友不能证明不孤独；做爱不能证明爱；还活着无法证明还想活下去；至今没有自杀过也不能证明不想去死。

　　蛙螈把一根手指夹在刚看到的书页处，合起书去看封面上罗塞蒂的圣母。天使手中百合花的花茎，像一根又长又粗的刺，又像上面缠绕铁丝的铁枝，尖端直戳向女人的小腹，说直白点，她的阴部。那才是她畏怯惊怖的原因。

　　猕猿也具有能刺伤她的东西。在那些哼哼唧唧的夜晚，蛙螈尽力用声音和动作表达享受。她努力在每一下撞击里寻找据说会有的乐趣，就像在被刀砍伤的创口里找一颗子弹。

　　爱情应该是一种触发剂，一种火柴似的东西，它该负责把体内的燃料点燃。算上头发指甲、矫形胸罩和蕾丝内裤，蛙螈一共有五十三公斤燃料；然而猕猿却是海水，他只能打湿她，她原先的一点火苗也熄灭了。她猜想了太多的应该，这可能是她的错。她坐在高背椅上，脊背紧贴靠背的弧度，人们带着满脸绝不会去死的平静与满足的神情走来走去，他们真的平静和满足？穿着十厘米高跟鞋，一步一塌膝盖地走在比自己高三十厘米的伴侣身边？

蛙蜎只确定一件事：杰伊·盖茨比（菲茨杰拉德的小说《了不起的盖茨比》主人公）是自杀的。绝对，绝对是自杀。

这时管理员问到了那年轻女人："为什么你想要去死？"

那女人摘下口罩："看，我的理由在这儿。"

口罩去除后，露出了下半截鼻子和上嘴唇，但那几乎就是全部了。她的下嘴唇和下巴像一团融化后又凝固的蜡。

她说话时声音仍然清晰，可知经历过痛苦的练习。下巴和下嘴唇因为想要发出足够正确的音而努力蠕动，扭出种种可怕的姿态。

她说："六年前我想跟我丈夫离婚。他平常只是打我而已，那次他抄起了猎枪。我为我父亲和母亲忍耐了十三次整容手术，现在我父母都去世了。在后来这六年中，我唯一感到平静快乐的一天，就是决定去死的这一天。你觉得这理由足够让我排到第几位去死？"

侍者开始收拾邻近几张咖啡桌，蛙蜎站起来打算走。路过玻璃橱窗时她停下脚步，对着里面昏暗的人影整理裙摆。又想起刚才有个男人盯着她的大腿看，就侧身按照那个男人的角度，自我鉴赏了一下腿的侧面线条。这时她才发现大腿外侧的丝袜上有一道扎眼的白道道，跳丝了。

她太喜欢挨着墙、门和各种角落站立，那些平面上总有些探出的钉子头什么的，像阴险的指甲，她的丝袜全被钩得跳了丝。这是她床头柜抽屉里最后一条完整的丝袜，海蓝色洒银色波点，能搭配她的蓝衬衣。公司最性感的美人——隔几天就抱怨地铁上、游泳池里有人性骚扰她——穿了一条那样的丝袜，于是她也买了一条同样花色的，犹豫了好久要不要穿，今天终于穿了。因为高层人员到公司巡视，她想不管怎样得体面点儿。

结果就是截至今天下午，她连一条不跳丝的丝袜都没有了，陌生人看她的腿是因为她可笑地不知道那儿的跳丝。她连一次真正高潮的性爱都没有过。她生活中找不到一件真正感兴趣的东西，连同这本别扭的作为礼物的书在内。这时手机屏幕上亮起猕猞的电话号码。她把手机调成静音扔到包里，路过垃圾筒时，剥掉书衣，将书塞进垃圾筒。

其实，猕猞并没真想好接通电话之后说什么，所以蛙螟不接，他反倒有点如释重负。挂掉第四个电话，他靠在导演工作室外的墙上，转头跟身边抽烟的编剧说："她肯定预感到我是跟她打电话说分手的。"

编剧羚羟是个雀斑如繁星的干瘦女人，抽烟太凶，神情太紧绷，即使在荷尔蒙横流的剧组里也没人打她的主意。

她对猕猱那句主动跟她说的话，表现出一种有点难看的、受宠若惊似的诧异，但拿出来报答的却是这么一句话："嘿，打电话分手是一种不道德行为，很不道德。其不道德程度近似给明天家中举行葬礼的人发电子邮件寄一束emoji（绘文字，表情符号）玫瑰。"

猕猱呻吟似的笑一声，把手里的剧本打印稿扔回羚羟腿上，摇摇晃晃地起身走了。

这是羚羟一整天中第五次试图跟人说话，每次对话都无法超过三句。如果不算上争吵，她这半年跟母亲说的话没超过二十句。

本性难移。跟亡父一样，她只会以揶揄表达关怀，以嘲笑表达赞美。她生活中给自己安排的每句台词都跟她写的讽刺剧一样，句句是王尔德式的冷嘲。在分数略低于平均值的外壳之下，她那分数高于平均值的智力让她看到过多人类的丑陋和可笑之处。她永远无法跟人好好交流和相处，犹如动物学不会抚摸和亲吻，这一点进化被她父亲和她的基因可悲地漏过去了。她第一任男友用半年搞明白了这件事，第二任用了四个月，第三任则不到一百天。

后来，她跟母亲保证不会再自杀了，不再糟践自己，不再一时兴起把刀片刺进手腕的肉里去挑拨血管，像把叉子伸进蒙着保鲜膜的碗里去戳弄一根面条。

她低头看着手里的剧本和手腕上的刀痕，剧本是照小说改编的。二流小说是那种"点子文学"——抓到一个吸引人的题材之后，不论是大部分作者还是读者，都不再对文字好坏有苛求。但导演说，二流小说才刚好能改编出一流电影。

导演认为要修改的地方都折了角，半页纸都窝上去。她特别不喜欢这样，就像看着一个人被强迫扬起腿、膝盖顶住胸口似的。她翻到第一处折了角的地方。

32. 自杀管理室，夜，内

自杀管理员独白：昨天午夜我看到月亮和云，就知道今天会是个忙碌的日子。但也没想到一天中会有五位好人来照顾生意。他们的理由也都前所未有地充分：得了绝症过于痛苦；孀居后独子丧生；生意失败妻子改嫁；失恋后被毁容；地震中七口家人全都死掉，包括怀孕的女友。

（管理员从抽屉里取出一沓打印纸，给每人分了一张）

自杀管理员：你们可以先看看，这是我这几年整理的本市其余可供自杀的好地点。我都挨个去考察过，拍了照片附在下面。比如我私人排名第一位的但丁大厦顶楼，我觉得不算台德大桥的话，那个地方可以打五星，站在楼顶能远远看到青蓝色的摩比斯湾里的涟漪和帆船，还有青灰色的楚格峰……

这一页边缘写着导演意见："此处展示其余自杀地点的方式过于纸面，像PPT（演示文稿），改为更有画面感的方式。"

羚羚从口袋掏出钢笔修改台词，手指按在笔杆上一阵疼。自杀既然不能，她就选择用别的法子迫害自己——撕咬手指上的皮肤。从拇指开始，顺着指纹的纹理，先咬开一个缺口，然后一块块一条条撕下来，吞掉。她的指甲边缘长年血迹斑斑。指头的皮硬化成了蚕茧一样厚而光滑的壳子，抓东西时常滑脱，每隔几天就摔碎一个马克杯。被剥出新肉、流着血的指尖敲击键盘，如同人鱼用双脚在陆地上行走，每一下都传来一次剧痛。

把剧本所有折角页都修改、抚平之后，羚羚躺在床上给母亲打了个电话，没人接。她忍着手指尖的疼痛，编辑了三条非常长的短信，写了删删了写，要写几句和解的话太难了。她用了"爱"字，还用了"对不起"。发送完毕后，她连看到手机都觉得尴尬和难为情，遂关机，把手机扔到床下，放在毛绒拖鞋里。摸摸放在枕边的剧本，翻个身睡着了。

七天之后，人们将读到她给母亲鹛鸤发去的短信。那部老手机因待机时间过长而关机，调查身份的警察之中，恰巧有一人手机型号与鹛鸤的手机相同，他们给那部手机充了五分钟电，打开了它。屏幕上有十一条未读消息，两条是银行的系统短信，七条是羚羝的短信。鹛鸤的银行账户存款只剩两位数，转账的另一方是比她小十二岁的男友。人们将查到他发给鹛鸤的最后一条短信：对不起，我觉得无颜见你，所以请原谅我的不告而别。

人们将看到枕头上留着后脑勺的印子，印子还像新的一样，完全看不出隔了七天的样子。人们将放空浴缸里血红的水，抬走惨白的尸体。

人们将看到桌上的笔记本电脑一直循环播放某网站上的视频—— 一个采访节目在这七天中已经反复播了数千次。

节目主持人：嗨，你好，欢迎到我的节目来。

自杀管理员（戴着口罩上场，坐下，与主持人握手）：你好。

主持人：你不打算摘口罩是吗？这东西是不是跟蝙蝠侠的头套和超人的眼镜一样？

（观众笑）

自杀管理员：上午我已经跟你们的制片人和导演谈妥了不会摘口罩，我记得你也在会议室，对吧？

（观众笑）

主持人：啊，我的天，我有点尴尬，呼，咱们演播室有点热。（观众笑）我只不过问一下以防你改变主意。我该怎么称呼你？也叫你管理员？

自杀管理员：当然可以，虽然你可能不会给我管理你的机会。我也希望你不会有。

主持人（意味深长地撇嘴）：我那两个前妻倒可能希望你会有。

（观众笑）

主持人：好啦，来谈谈你的工作吧。我看到这里有个记录，你已经干了八年。八年来，你在桥上一共阻止了一千三百七十四起自杀，非常了不起！

（观众鼓掌）

自杀管理员：不用鼓掌，真的不用，因为被我阻止的自杀者有一大半还是另找地方去死了，我只是不让他们增加那座大桥上的自杀数字而已。有一阵我会搜集地方新闻，看那些跳楼、烧炭自杀的人，几乎都是熟脸，有人甚至还穿着到桥上自杀时的外套和帽子。

主持人：毕竟还是有一些人，在那天之后就找回勇气、活下去了。

自杀管理员：不多。

主持人：现在，再给我们讲讲你的工作，你每天是怎么工作的？戴着口罩在桥上方五米处低空飞行巡视？

（他做了一个超人飞行时，一手前伸一手握拳的姿势。观众大笑）

自杀管理员：不是那样的。桥头、桥尾和桥中间各有一个监视镜头，当人们走上桥的时候我会仔细打量，大致可判断他们上桥来是为了到对岸去，还是来"砸水花儿"的。哦，对不起，刚才我用了一个和我太太开玩笑时造的词——我们把自杀的人叫作"砸水花儿的"。这么说不算歧视吧？你们节目不会被抗议吧？

主持人：不会的。这个词是你和你太太发明的？

自杀管理员：是的，她也来了，一会儿你们可以见见她。她是个非常棒的女人，非常棒，棒极了。我觉得你们如果知道我太太有多好，而发现你们再也没机会娶到她，你们会集体去台德桥自杀的，那我就要失业了。

（观众笑）啊，对不起，我跑题了，好，继续说我的工作。如果我认为有可疑人物，就马上从我的小屋里出来，悄悄跟在他身后——由于这几年你们这些媒体的报道，现在我的样子已经有不少人知道了。去年有一伙人还在桥头建筑师的雕塑底座上喷绘了我的头像——我大部分时间都戴口罩，或者用围巾挡住半张脸，戴上特制的带胶粒的防滑棉布手套，一旦发现那人有要爬上桥栏的倾向，就迅速冲上去抓住他，拽回管理室。

主持人：还是有点像超人和蝙蝠侠，是不是？……一年中有没有特别忙碌的时段？

自杀管理员：有淡季和旺季之分。三月和四月是雨季，难得出太阳；十一月是雾季，人们都像待在养花的温室棚子里，透过脏兮兮的半透明顶棚看天。太阳对我这个行业太重要了，人心里想自杀的念头像蘑菇或者霉斑，太阳对它们有杀伤性作用。但雨天和雾天就——完蛋了！地球上的一切生物诞生都靠太阳嘛，见不到太阳就像安泰俄斯双脚离开地面，得不到盖娅的力量一样。我每晚都注意天气，如果天气糟糕，我就要准备好防滑手套和口罩，盯紧监视镜头了。

年底也是旺季。三年前圣诞节花车队伍通过大桥的时候，人群里混着一个自杀者，借助花车的遮挡跳了下去，我没能提前发现。去年"同志骄傲游行"时衣不蔽体的基佬和姬佬们闹哄哄挤得像一大团蜜蜂一样通过大桥，围观者多得像嗅到蜂蜜的蚂蚁。我冲进队伍里，从挂满彩虹图案气球和旗子的小巴士车头上拽下一个人来，他除了鹿皮内裤和乳环什么都没穿，身上涂了一层厚厚的助晒油，要不是我提前戴了防滑手套，根本抓不住他。我拽着他往管理室走的途中，差点被不明真相的基佬和姬佬们按翻揍死。我声嘶力竭地说这是个想自杀的家伙，他们不信，最后一个基佬同意上来搜他的身，在他的内裤内袋里搜着了一封遗书。他承认自己是HIV（人类免疫缺陷病毒）阳性，而他的伴侣已经去世了，他本想趁小巴车开到桥中央时跳河的。

348

总之最近两年，我的工作有点不容易做，他们像要挑战我似的，挖空心思想办法往河里跳。

主持人：确实是艰苦的工作，那么你有休息日吗？

自杀管理员：有的，我每周会给自己放一天假，下桥去走走。

主持人：如果下桥之后，在街上看到一张有自杀意图的脸，你会不会上前阻止他？

自杀管理员：当然不会。在台德桥上管这个事儿，那是我的工作。下了桥，我就不工作了。而且，说实在的，我很愿意尊重人们剥夺自己生命的自由。

主持人：有没有你没阻拦住的、让你感到遗憾的自杀事件？

自杀管理员：有。四年前的雨季，一对兄弟都有遗传病，双双来跳桥，他们知道我会拦住他们，就选了桥两头分别往下跳。我拽住哥哥的时候，弟弟趁机在另一头跳下去了。哥哥在我的管理室客房住了一夜，他的衣服都淋湿了，我太太就给他拿了我的衣服换上。他一直不出声地流眼泪。我允许他第二天第一个跳下去。到午夜十二点过五分时，他就穿着我的衬衣和裤子跳下去了。他的头发颜色和发型碰巧也跟我一样。警察们打捞起遗体的时候，我有一阵恍惚，觉得那遗体就是我。

还有一位被我阻止住的人，第三天我在网站上看到他从游乐场摩天轮的小车厢里跳下来，自杀成功了。他摔在了下边旋转木马的尖顶棚上，砸破顶棚，砸坏了下边的一只戴羽毛头饰的木马，导致这个游乐场最受欢迎的旋转木马关停修理了小半年。这个我是有点愧疚的。

哦，还有一位大胖子，去年雾季的事，我已经握住他胳膊，但是他手臂太粗，皮肉又软得像嚼了十个小时的口香糖，防滑手套也不管用，我的手指头没着上力，他还是跳下去了。我的手臂也被他弄得脱了臼。潜水员在水底下找到他的尸体，但是弄不上来，最后是拴了绳子用岸上的汽车拖上来的。那次之后，我就买了哑铃练臂力。现在，我已经能很轻松地，这样——

(他站起来，两手拎起他刚才坐的皮沙发，慢慢举过头顶。观众鼓掌)

主持人：现在我要念几个观众们递上来的问题了⋯⋯哦，这位观众问，这份工作对你和你的家人有没有负面影响？

自杀管理员：没有。如果一定要说影响，那就是——我经常会收到信——自杀者的家人写来的信。

(他从牛仔外套口袋里掏出一张纸，开始读)

爸爸，这周我们学习莎士比亚的《暴风雨》，老师要我们每个小组演一段。我分到的角色是腓迪南王子，我暗恋的女同学菲比演精灵爱丽儿，她戴了一对她妈妈给粘的假翅膀，在我身后大声念台词：

五噚的水深处躺着你的父亲，

他的骨骼已化成珊瑚；

他眼睛是耀眼的明珠；

他消失的全身没有一处不曾

受到海水神奇的变幻，

化成瑰宝，富丽而珍怪。

我在教室里大哭起来。后来老师向外公和外婆道歉了，说不该让我参加这个活动。爸爸，他们始终没找到你和你的帽子，六艘船和六个潜水员都没找到你。但即使你某天忽然推门回来，我也不会原谅你，不光因为你错过我的足球赛，错过每年你跟外公和我的钓鱼旅行，也不光因为妈妈去年圣诞节说出去找你，一直没再回来（她是不是已经找到你了？），而是因为，我总觉得你跟我有一个约定，那就是你会好好做我爸爸，我认真做你儿子，你教我骑自行车、带我学潜水的时候，我都当作是那个约定在背后生效，但你毁约了。

（人们沉默）

主持人：最近由你的故事改编的小说和话剧都很红啊，做节目之前我到香蕉评论网上去看了看，有四万三千多人打分，分数是八点三分。话剧《自杀管理员》公映十二场，明年第十一和第十二场的票也早就卖光了，非常成功，非常，非常成功。小说中的结局，是那一天同时来自杀的四个人在管理室中住了三夜，滔滔不绝地聊天，为了获得先死的权利，互相劝慰，希望别人找回生的希望，但每到午夜都有一个人走出门跳下大桥。而话剧的结尾，据说是你亲自写出来拿给导演和编剧的，是吗？

自杀管理员：嗯，是的，话剧导演说希望有一个光明的结局。于是，我给他们写了现在这个结局：孀居失子的老妇人收养了生意失败的那位年轻人做养子；地震中家人丧生的男人娶了毁容的姑娘为妻，他们互相成了放弃死亡的原因。电影版的结局跟这个又不同，不过抱歉，影片上映前制片方不允许剧透。

主持人：真酷，三个结局都不一样。而我们征集到的问题最多的就是：真实的结局是怎么样的？

自杀管理员（沉默了五秒钟）：为了表示对死者的尊重，我只能告诉你们：他们中有一些死了，有一些没死——咳，人生还不就是这样。

主持人：最后，让我们欢迎管理员先生的夫人上来跟我们见见面吧。

（观众热烈鼓掌）

（一个穿香白裙子的女人踏上舞台，她也像自杀管理员一样戴着口罩，但身材窈窕，口罩上方露出的一对眼睛顾盼娴雅，看上去是个美人。她站到自杀管理员身边，转身面对人群，摘下口罩，露出一张没有下嘴唇和下颌的脸）

后记

来，见见我的秘密情人

瞧，这柔媚如幼鸽、冷酷如暴君的家伙，猜猜他是谁？

大部分时间，他陪我待在同一个空房间，听着敲击键盘的哒哒声，挥舞手臂，脚尖踢到空中，哼着滴滴答答的小曲。我不回头，他时而迫近，温热的呼吸喷在我后颈上，吹起碎发。我不看，但我知道他在。

有时，他会把我推得远远的，隔着七个不可逾越的重洋。我像少年Pi一样乘着猛虎之舟，漂荡在他或许会出现的海域。冀灵体之复形，御轻舟而上溯。浮长川而忘返，思绵绵而增慕。

当他像蜃景一样现出形状，在夜星最后的辉光里，我要用最快的速度，编结词语句子，织成索具，丢出去套住他的脖颈、手腕、脚踝，像圣地亚哥捕捉大鱼一样，把他一点一点拽回身边。

我紧搂住他的胴体，四肢并用，双腿盘绞在他腰间，一口咬在他湿冷的皮肤上，代替亲吻。

或者让他握着我的手，在海浪雪白的泡沫上起舞。

缱绻的时间，或长或短。我从不恳求他留下来。因为一旦留下来，他也不再是他。

这是我跟他之间不会结束的游戏。我得去找他，不断地失散，再重逢。每次出现，他的样子都会不同。每天、每小时，甚至有时我一转身，他就会消失不见。

但我心知他永不会离我而去。五岁我第一次遇到他时，正沉浸在小孩子那种天昏地暗的痛哭中。忽有两片嘴唇吻了我的额头，我抑住啼哭，听到他说，咱们来做个交易，我允许你一辈子做我的秘密情人，但你要爱慕我，侍奉我，用你心上最烫的血给我暖脚。

我说，我愿意。

后来他带来一双红鞋，亲手替我穿在脚上。那鞋一套上就隐没了，但我感觉得到那魔力流转。他说，一旦穿上就脱不掉的，你得穿着它跟我跳舞，跳到死。

我跪下来吻他的手指尖，说，固所愿也，弗敢请耳。

事就这样成了。

他是疯疯癫癫喜怒无常的疯帽匠，是为拇指姑娘安上蝇子翅膀的小花王，是要我把胸口抵在刺上的红玫瑰。我永远看不厌他变幻不止的脸庞。只要是能与他厮混的地方，我都称之为天堂。

有时跟他整天温存，躺下睡觉时还默默反省自己的愚钝，计划明天该跟他说点儿什么聪明话。

即使在最痛苦的时候，我背转身去，决定跟他冷战，但板起脸还没五分钟，一想起他，手心就慢慢潮湿了。

现在，我每天的工作是给他写情书。他看我写得好，偶尔会捎一点儿钱给我。我就靠那点儿钱过活。但我不在意也不奢求。别妄图指引爱，如果它觉得你配，它自会指引你；爱在爱里面已经满足了。我说，请引我去宇宙尽头的餐厅，去一切地图上不存在的地方。求你与我共舞，一直到死。

图书在版编目（CIP）数据

性盲症患者的爱情 / 张天翼著 . -- 北京：中信出
版社 , 2017.12
ISBN 978-7-5086-8224-2

Ⅰ .①性… Ⅱ .①张… Ⅲ .①中篇小说 - 小说集 - 中
国 - 当代②短篇小说 - 小说集 - 中国 - 当代 Ⅳ .
① I247.7

中国版本图书馆 CIP 数据核字（2017）第 248997 号

性盲症患者的爱情

著　　者：张天翼
出版发行：中信出版集团股份有限公司
　　　　　（北京市朝阳区惠新东街甲 4 号富盛大厦 2 座　邮编　100029）
承 印 者：北京楠萍印刷有限公司

开　　本：880mm×1230mm　1/32　　印　　张：11.375　　字　　数：198 千字
版　　次：2017 年 12 月第 1 版　　　印　　次：2017 年 12 月第 1 次印刷
广告经营许可证：京朝工商广字第 8087 号
书　　号：ISBN 978-7-5086-8224-2
定　　价：49.80 元